William Duncan Latto

Tammas Bodkin

Swatches O' Hodden-Grey

William Duncan Latto

Tammas Bodkin
Swatches O' Hodden-Grey

ISBN/EAN: 9783337395988

Printed in Europe, USA, Canada, Australia, Japan

Cover: Foto ©Andreas Hilbeck / pixelio.de

More available books at **www.hansebooks.com**

TAMMAS BODKIN

SWATCHES O' HODDEN-GREY

BY

W. D. LATTO

𝔏𝔬𝔫𝔡𝔬𝔫
HODDER AND STOUGHTON
27, PATERNOSTER ROW
MDCCCXCIV

CONTENTS

CONTENTS

CONTENTS

CHAPTER XVIII

PAGE

LIFE IN LONDON . . 187

CHAPTER XIX

SEEKIN' WARK . . . 192

CHAPTER XX

MISCELLANEOUS INTELLIGENCE . 202

CHAPTER XXI

A FALSE ALARM 212

CHAPTER XXII

A MARRIAGE ON THE *TAPIS* . . 224

CHAPTER XXIII

THE BEUKIN' 237

CHAPTER XXIV

THE WADDIN' 248

CHAPTER XXV

AMONG THE "MEN O' THE MEARNS" . 256

CHAPTER XXVI

A DENTAL OPERATION 271

CHAPTER XXVII

BODKIN, CLIPPINS & CO. (LEEMITIT) . . . 277

CONTENTS

CHAPTER I

THE Bodkin tribe claims for itsel' a somewhat aunchent origin. The first o' the race to plant fit on Breetish grun', accordin' to the maist reliable authorities, was ane Sir Theophilus Ffrench wha cam' ower frae Normandy wi' his forty-second cousin, William the Conqueror. Like ithers o' his breed, this worthy was sairly afflickit wi' a cravin' very common in a' ages, ca'd earth-hunger. Squattin' himsel' doon somewhaur besooth the Tweed, upon a sung bittie o' grun', the previous possessor whaureof he had sent aboot's business, he furthwith proceedit to multiply an' replenish the earth, wi' a zeal that left naething to be desired.

In process o' time the offspring o' this worthy man waxed sae numerous, that they began to fin' their elbow-room raither scrimp. This was a thing they cudna an' wadna thole upon ony accoont, an' sae it cam' to pass that a curn o' the mair fordersome billies amang them, laid their heads thegither, an' set aff ae bonnie day in purshoot o' a wider an' fatter inheritance. Some gaed ae gait, an' some anither, the haill lot o' them reivin'

1

an' thievin' an' spulyiein' whatever they thocht it worth their while to lay their cleuks on.

Ane o' thae mediæval land grabbers, mair enterprisin' than his brithren, crossed St. George's Channel, landit on the Emerald Isle, and after some valiant fechtin' an' thievin' managed to plant himsel' doon, like the "wee, wee German Lairdie," in a seat that didna richtfully belang till 'im. After the example o' his Norman ancestor, he begat a lairge family o' sons an' dochters. His offspring increased sae amazin'ly, that bye-an'-bye they had the prood distinction o' gi'ein' to Galway the title o' the "City o' the Tribes"—a dizzen o' them, nae less, an' their names are embalmed i' the followin' bittie o' doggerel.

"Athy, Blake, Bodkin, Dean, Darcy, Lynch,
    Joyes, Kirwan, Martin, Morris, Skerret, Ffrench."

Noo, although history is silent on the subject, it's no an unwarrantable stretch o' imagination to conclude that a son or grandson o' the Bodkin aboove mentioned crossed ower to "Caledonia stern an' wild," as his forbears had dune to Ireland, an'i for a like purpose. Settlin' himsel' doon i' the East Neuk o' Fife, he there foondit the aunchent an' honourable family o' the Bodkins o' Buttonhole, whaurof I, wi' reverence be it spoken, am at the present day head-bummer !

But after a', what does it signifee what or wha your forbears were, gin sae be yer ain character an' conduck 'ill thole creetical inspection ? It's self-evident that my ancestors, an' every ither body's ancestors, male an' female, maun hae sprung frae the Garden o' Eden. At a later date even they maun hae been borne on Noah's beuks under some name or ither ; under what parteek'lar name is a maitter o' nae moment whatsomever. The question o' supreme importance is not what were yer forbears ? but, what are ye yersel' ? As a certain poet remarks,—

" Worth makes the man, the want of it the fellow,
And all the rest is leather and prunella."

The ancestral seat o' the Bodkin family has been, time oot o' mind, at Buttonhole, a sma' bit placie in the parish o' Drumlie. It is by nae means a princely possession. Few o' the Fifeshire lairdships are or ever were sae. The lairds themsel's were in my young days feckly hard up ; some o' them were weel kent to be as puir as kirk mice. An auld-time Fife lairdship has been weel describit as consistin' o' " a wee puckle lan', a big puckle debt, an' a doocot." Ithers can speak for themsel's, but for my ain pairt, while confessin' to the sma'-ness o' the Buttonhole lairdship, truth forbids me to own to the debt an' the doocot. The lairds o' Buttonhole, sae far as I can gether frae the family records in my aucht, were never rich eneuch to hae a doocot, an' never puir eneuch to be owin' mair than they cud pay.

In superfeecial extent, it was exceedin' nochty. I' the year o' the lang drooth, ·Dominie Squeeker, the parish schoolmaister o' Drumlie, an' I may add leader o' the psalmody likewise, made a measurment o't for some purpose or ither, an' certifeed on soul an' conscience, that its area was but three acres nine-an'-twenty perches Scots. Sma' it was, an' ferteel it was not. It was mair fruitfu' o' thrissels an' weebos than o' aits an' tawties. Nevertheless, it brocht furth plentifu' craps o' nateral girss, threshies, spretts, an' segs, sae that there was never ony want o' coo's meat an' swine's meat a' the year roon'.

As for the mansion-hoose o' Buttonhole, it was as unpretentious as the estate itsel'. Flanked on the richt by a barn an' byre, on the left by a swine's cruive an' chicken cavie, defendit in front by a fortification o' muck, an' moated by a jawhole o' fulzie, it was a unique specimen o' the Scottish rural cottage o' the Middle Ages, a few representatives whaureof are even yet to be seen in neuks remote frae the march o' modern improvement. At the distance o' a bow-shot or sae frae the door, which faced the sooth, in the reedy depths o' a cowslip covered vale, a wee bit burnie wimpled on its way, singin' as it went a sylvan sang to the whaups an' wild-deuks nestlin' amang the segs an' spretts that ower-shadowed its deep, dark, stagnant pools. Ayont the burnie, the bonnie burnie o' Mossy Howe—sacred to memory's earliest an' happiest recollections—there stretched awa a wide wilderness o' muirlan', clad wi' "broon heath an' shaggy wood," wherein the cushat croodled through the lang simmer days a woodland lullaby to her unfledged offspring.

CHAPTER II

THE proprietor o' Buttonhole, wha, towards the close o' the auchteenth century, yielded his heart an' hand to Miss Effie Muckhawkie, only dochter o' a certain cock-laird in the East Neuk, was ane Tammas Bodkin—a man noteworthy alike for his slicht o' hand at the needle, for the fervency o' his zeal an' piety as an elder o' the Kirk, an' for his irreproachable walk an' conversation as the husband o' a wife an' the faither o' a family. This worthy man was my faither. His Christian name was Tammas, an' I was ca'd after him. There never was a laird o' Buttonhole that was not a Tammas. It has been the name bestowed upon the auldest sons o' the family time oot o' mind. Occasionally whan there happened to be as mony as half-a-dizzen o' contemporary Tammases, to prevent confusion, the name had to be modifeed to indicate what parteek'lar Tammas was meant. Under the age o' ten or twal', they were generally ca'd Tammy. Frae that date till they entered upon the responsibeelities o' matrimonial life, Tam was the favourite appellation, an' whan they cam' up

5

to hae hooses an' wives o' their ain, they were
dignifeed wi' the douce patriarchal cognomen o'
Tammas.   For the sake o' still greater distinction,
it has sometimes been necessar' to clap an adjective
to the word, an' say wee Tammy an' big Tammy,
little Tam an' muckle Tam, an' young Tammas an'
auld Tammas.

I've gethered frae tradeetion an' itherwise, that
my first visit to Buttonhole, tane place on a certain
Hogmanay nicht memorable in the East Neuk for
its by-ordinar' storm o' snaw.   As gloamin' begoud
to set in, which it did aboot mid-afternoon, the
snaw that had been spitterin' on back an' fore the
haill day lang, increased an' multipleed at a fearfu'
rate.

Risin' on the weengs o' the win' it swirlt hither
an' thither like stoure.   It colleckit in immense
wredes whaurever it faund a lowan corner to settle
doon in.   It was a nicht lang held in remembrance
in my faither's family, pairtly for the snaw storm,
but mair parteek'larly because o' its bein' the nicht
o' my hame-comin'.   Aften hae I sat by the chimbla
cheek after I had reached the years o' discretion,
an' listened to my faither an' mother recoontin'
a' the oots an' ins o't.   Every snawy nicht that
happened, as lang as they lived thegither, they
never failed to fecht that nicht's battle ower
again.

There bein' nae sic thing as a horse beastie aboot
Buttonhole, my faither hurried aff through the
blindin' snawdrift to Snipemire, an' got the len' o'
Dauvit Sooter's auld spavint yaud that had months

aforehaun' been bespoken for the great event. Mountin' on Bawsie's back awa he gaed, scramblin' through the snaw wredes in the direction o' Skirl-nakit, a placie aboot four miles distant, whaur there lived a skilly auld wife, Luckie Williamson by name, whase services were invariably in request whan additions were to be made to the population o' the parish. Mrs. Williamson was the weedow o' a sodger wha had lost his life fechtin' against the French, an' her word was a law to a' the women fouk i' the parish ; haud awa frae the meenister's wife, an' maybe the Dominie's. She cud pu' oot teeth, innoculate for the coo-pox, spread flee-blisters, an' spae fortunes. Forbye a' that she was sair lee'd on gin she didna like a dram, ay, an' tak' it tae whan it cam' in her wey.

Lang an' dreich was the gait Bawsie had to gang ; thick an' bewildersome was the snaw ; but the beastie bravely performed her task, an' duly landit her rider at Skirlnakit.

Mrs. Williamson sune arrayed hersel' in her auld grey rauchan', hauled the hood weel down ower her haffets, mountit the naig ahent my faither, an' awa the twa o' them cantered through the drift an' the darkness towards Buttonhole. Bawsie, how-ever, made but sma' progress under her double fraucht.

Darker grew the nicht, looder an' still looder howled the tempest, soughin' an' whistlin' an' skreeghin' amang the skrunty bits o' trees that skirtit the dreary muir lyin' atween them an' the lan' o' Beulah.

Pick-mirk cam' doon on them, afore they had
gane half the wey. The road was fameeliar eneuch
to them for ordinar', but their senses becam' sae
doitrifeed an' bumbazed by reason o' the drift an'
the darkness, that they fairly tint their rackonin'.
Had my faither been content to trust to Bawsie's
sagacity, her nateral instinct would probably hae
led her to her ain stable at Snipemire; but, rizzen
or nane, he held gaun ruggin' an' rivin' at the munks,
an' he saw whaur he landit himsel'! An' whaur was
that think ye? Juist at Skirlnakit! There, at her
ain knockin' stane, whaur Luckie Williamson had
sae short syne gat up, she did again get doon. What
was to be dune? To Buttonhole she was bund to
gang at a' hazards. It was a job that cudna be
putten aff till a mair convenient season.

An auld horn lantrin, wi' a bit cawnel doup
stuck intil't, was hung roon' my faither's neck to
licht their way through the gloom, an' aff they startit
aince mair i' the direction of Buttonhole. They
hadna gane a mile whan doon cam' puir Bawsie
in a ditch half fou' o' slush an' snaw broo, an' doon
gaed the riders heeligoleerie abune a'! Luckie's
grey cloak, like the prophet's mantle, tane to flicht
across the muir. As there was nae Elisha near
bye to seize hauds o't it juist got leave to gang.
A week after, it was fund on the tap o' a fir-tree
twa mile awa. If Mrs. Williamson didna use her
tongue to some purpose, she did naething! Nae
banes were broken, hooever, an' that was ae great
mercy. The only damages consistit o' a wat skin,
an' the extinguishment o' the cawnel doup. Bawsie

gi'ed a warsel or twa an' oot she cam' no ae hair
the waur. Again they set forrit on their journey ;
an' after coontless toils an' tuilyiements, they at
length an' lang drew near to what they thocht was
Buttonhole, but to what turned oot to be Tree-
taps, the residence o' Mr. Jeames Muckhawkie, my
maternal gran'faither that was aboot to be, a placie
situate, at the very least, half-a-dizzen miles distant
frae Buttonhole !

It was noo weel on to bedtime, an' sae, on
takin' a sly peep through the shutterless winnock,
my faither saw Jeames sittin' lowsin' his buttons,
toastin' his taes at a roarin' peat-fire, an' takin' a
quiet sook o' his cutty pipe. Dismountin' frae
his Pegasus, my faither tried the sneck o' the
front door, but lack-a-day ! It was fast. At the
winnock he gi'ed a lood reishle, startlin' Mr. Muck-
hawkie frae his reverie.

" Wha are ye ? an' what are ye ? " cried Jeames,
flingin' doon his cutty i' the ingle-neuk, an' hirplin'
towards the winnock on his stockin' soles.

" It's me— lat's in," said my faither.

" An' wha's *me* ? " inquired Jeames, clappin' his
nose close to the glass, an' glowerin' as if he had
been tryin' to dairt a glance ayont the leemits o'
infeenitude.

" Tammas Bodkin—yer ain son-in-law," was the
reply. " For guid sake open the door."

" Na, na, we've nae use for gangrel bodies
hereawa," returned Mr. Muckhawkie, puin' doon
the chackit apron that saired for a blind, " ye can
gae back the gait ye cam', ye're owre late for yer

Hogmanay, an' owre sune for a first-fittin'; sae
gaewa! gaewa wi' ye!"

Folk maun e'en be sair altered whan their ain
kith an' kin dinna ken them. Puir man! Sae
greatly cheenged was my faither's voice by rizzen o'
cauld an' mental anxiety, that it had completely
tint its auld fameeliar tone, an' wad hae soondit
strange in the lugs o' the very wife o' his bosom.

Had it no been for Mrs. Williamson, wha was
never kent to be beat wi' ony thing she ever tane
in hand, neither Mr. Muckhawkie's heart nor his
door wad hae opened that nicht. A volley or twa
o' her persuasive eloquence, hooever, backed up by
sundry hints at domestic occurrences, that he weel
kent were secrets to a' the warl' except to her,
sune made the garrison capeetulate.

"Have a care o's a'!" muttered Mr. Muckhawkie
to himsel', "that maun be Luckie Williamson, yet
what in a' the earth can bring her here at sic an
oor, an' on sic a nicht, is mair nor I can faddom!"

Up flew the door an' in walked my faither an'
his travellin' companion.

"Mercy be wi' us!" exclaimed Mr. Muckhawkie,
haudin' up baith his hands, "what in the name o'
a' that is gude has brocht the twa o' ye here?
Are my een i' the mirligoes? or what?"

Sae they had to set to wark, an' mak' a hasty
narration o' a' their perils an' misfortunes. But
Mrs. Williamson wadna rest in her rags a single
moment. Her body was at Treetaps, but her
thochts were at Buttonhole. Mr. Muckhawkie
brocht oot his New Year's bottle, an' garred them

pree a wee lickie o't afore resumin' their journey. Mrs. Williamson he rowed up in a pair o' blankets, an' Bawsie bein' completely worn-oot, he brocht furth his ain bit beastie, gi'ed the twa riders a leggie up on its back, an' led them into a muirlan' track, wherefrom, by strictly followin' their noses, they couldna gang far astray.

An oor's trottin' through the howlin' snaw tempest, brocht them withoot further mishaps to Buttonhole. The women fouk had been in an unco quandary ever sin sax o'clock, for that was the oor whan the cavaleers were expeckit to mak' their appearance. It was noo past twal' o'clock. Sair against their will they had performed the first fittin' at Buttonhole, on that eventfu' New Year's mornin'.

Their arrival sent a gush o' joy through my mither's achin' heart, for she had juist been contemplatin' the posseebility o' bein' made a mither an' a weedow at the same time. Whaur had they been a' this time? inquired a half-dizzen o' female tongues that gaed yabblin' a' throughither like a wheen wild-geese. Mrs. Dauvit Sooter was of opeenion that they micht hae been at the Freuchie an' back again, for that pairt o't.

"Deed aye, 'oman, ye may say sae," remarkit anither smysterin' hash, as she tane a hearty sook o' the buttersaps, "but, fegs, my man's no ae bit better whan there's ony thing ado—he's no worth ca'in' oot ' o' a kail yaird."

"Ou, ay, they're a' tarred wi' ae stick," yelpit oot a soople-tongued snippy. "My Jock's juist as

thochtless as a laddie whan he is sent an errand
—wad play at the bools wi' the first herd loonie he
meets."

" Haigs, it cheats me," whispered Mrs. Walter
Wabster, castin' an e'e aroon' her to see gin the
fields were fair, "it cheats me if the twa o' them
hae na been haudin' their Hogmanay at Jeannie
Gallowa's."

" Did you fin' ony smell ? " inquired Mrs. Sooter,
puttin' on a consequential air, an' glancin' roon' the
company.

" I canna juist be a' thegither sure, but I'm far
cheatit gin I faund na a slicht guff whan they cam'
in," replied Mrs. Wabster.

" I was jalousin' as muckle," returned Mrs.
Sooter.

" Deed if it daur be said, she's a drucken bodie
that Mrs. Williamson," remarked Mrs. Snippy
Tongue.

" Ay, an' her to set up hersel', as if *she* were
something ! My certie ! if every thing were kenned
—but bide awee, na," was the observation o' the
wifie wi' the caudle caup on her knee.

Save us a' ! ae ill-speakin' wife is eneugh to be
in a hoose at ae time, but a haill half-dizzen ! 'Od,
they're eneugh to pollute a parish.

On completin' his toilet, my faither stappit oot
frae his hidie-hole ahent the box-bed greatly to
the confusion o' the gossips wha never suspeckit
that he was within earshot o' their conversation.
Of coorse, he had heard every word o't, but bein'
a man o' sense an' a guid Christian besides, he bore

it a' wi' patience, an' didna return railin' for railin'. Hoosomever, that they micht sin against the licht, if they persistit in the belief that Luckie Williamson an' he had been drinkin', he tane special pains to acquaint them wi' the real state o' the case. Bit by bit they learned what had been the hindrance, an' what the cause o' the slicht guff o' whisky Mrs. Wabster had felt, an' bit by bit he gaithered what had been transackit at Buttonhole in the interim.

A great event in the history o' Buttonhole had tane place juist twenty minutes afore the arrival o' Mrs. Williamson, an' exactly at the chap o' twal' o'clock. Belyve Mrs. Muckhawkie, wi' an air o' great self-importance depictit on her guid-natered coontenance, cam' stappin' into the kitchen, an' made the offeecial announcement to her gude-son that his beloved wife was lichter o' a laddie. Reader, that laddie was me!

Neither comet nor earthquake marked the oor o' my nateevity, but wae's me, neist mornin' a chapman bodie was fund smoored in a wrede o' snaw no aboon twa hunder yairds to the nor'-wast o' Buttonhole. Puir craitur! he had gane till he cud gang nae mair, an' then he had juist lain doon an' dec'd wi' his bit pack on his back! A the leelang nicht his wee bit faithfu' doggie had keepit watch an' ward aside the lifeless corp. Whan my faither gaed oot i' the mornin' to fodder the coo, he heard a waefu' moligrant like the whinin' o' a dog. On stappin' alang to see what was the cause thereof, there was the puir chapman lyin' stark and stiff. The body was rowed in a windin' sheet o' snaw, a' except his richt shoother that had been scraipit bare by the dumb companion o' his wearifu' wanderin's. Wae's me! for the puir gangrel bodie, after trampin' oot mony a dub e'e in his lifetime, had juist endit his life's journey whan an' whaur I began mine!

CHAPTER III

SCHOOLS AND SCHOOL-MASTERS

WHAN I had reached the age o' sax it was decreed that I sid be paddit aff to the schule. My brither Jock an' my sister Chirstie had usurpit my seat on the maternal knee, an' I was nae langer the autocrat o' Buttonhole that I aince was. I was everly i' the gait, never oot o' mischief, an' aye fechtin' wi' Jock an' Chirstie. It was high time for me to set aff to the schule, if no to learn, at least to keep me oot o' ill-pratts.

To this proposal I had nae serious objection to offer, for albeit my affection for the scholastic life had been greatly enhanced, nae doot, by veesions o' leather straps, black-holes, cutty-stools, an' fule's caps, that had been held oot to me by wey o' encooragment, yet whan I refleckit that my faither's razor-strap had begun to mak' raither freer wi' my lugs than I thocht a' thegither consistent wi' my dignity as the laird o' Buttonhole that was to be, I cam' to the conclusion that my schule treebulations, whatever they micht be, cud hardly exceed in bitterness the sorrows I had to dree at hame.

My first instructor was a venerable dame, ca'd Bessie Birnie, a lineal descendant o' the famous piper o' Kinghorn. Bessie lived her liefu' lane in a wee theekit cottage, aboot a mile an' a half frae Buttonhole, an' earned her bread, pairtly by her spinnin' wheel, an' pairtly by teachin' the young idea hoo to shoot. Sax or aucht urchins like mysel' were the sum an' substance o' her disciple-ship, an' weel do I mind hoo we used to squat roon' her wheel learnin' oor tasks, juist like a cleckin' o' young chickins roon' a clockin' hen. The text-beuks in vogue at that time were the Single Carritches, the Proverbs o' Solomon for beginners, an' the Bible to finish aff wi'. Bessie's lingo was raither auld-fashioned to suit oor modern notions o' pro-nunciation. In readin' sic beuks as Nehemiah, whenever we cam' to ony jaw-braker surpassin' her pooers o' utterance, she wad juist gie a hoast, an' say, " Some ootlandish toon in Sooth Ameeriky —pass on to the next word, bairn."

Whan I had sat three years at Bessie's feet, drinkin' in oceans o' beuk-lear' an' auld-warl' wisdom—for she wad sometimes halt her wheel, an' tell us a story to keep us oot o' langer—there happened a mischanter, whaurin I had a leadin' han', that put a violent termination to oor mutual relationship, an' got me into nae little het water. I had gotten a bawbee frae Auntie Chirstie for rockin' the cradle till 'er ae Saturday afternoon, whan she was ta'en up fillin' her caff-bed—for by this time she had been a curn years marriet to Reekie the blacksmith, an' had a perfect smytrie o' childer aboot her, an' I happend to gie the bawbee to Rob Tamson, an ill-prattit vagabond, twa years my senior, whase faither keepit a bit shoppie, an' dealt in poother an' lead-draps, tellin' him to bring wi' 'im a bawbee's worth o' poother next mornin'. Gettin' haud o' an auld key, we filed a touch-hole in't, but afore we had fired a single shot, Bessie ca'd us in to oor lessons an' spoilt a' oor sport. Rob Tamson persuaded me to slip doon a picklie o' the poother below Bessie's chair, wi' a sprinklin' a' the gait frae the chair to the ase-hole. Nae sooner had Bessie ta'en her seat at the wheel, than Rob slips awa' to the fire, an' redds the ribs, lookin' a' the time the very pictur' o' innocence,—ill-deedie vaig that he was! Afore ye cud hae said sax, pluff ga'ed the poother, an' besides singein' a' Bessie's nether garments, an' raisin' a skirl amang the schule weans, it set fire to the flows o' lint that were stickin' a' ower the wheel, an' loupin' up through the flichts, the lowe seized on the rock, reducin' it to black ase in a crack.

Bessie was half mad wi' fricht an' anger. As soon as she had ta'en precautions against the spread o' the conflagration, she banged doon the strap, an' ca'd a coort-martial instanter. Rob Tamson bein' the loon wha had set lunt to the train, was ta'en into custody as the Guy Fawkes o' this wicked gunpoother plot. I foresaw what wad be the upshot, for Rob was na the man to stand lang switherin' 'tween a sair hide, an' turnin' king's evidence. Juist as the strap was aboot to alicht

2

on a maist vulnerable pairt o's body, oot cam' the truth wi' a lee at the tail o't.

" It was Tammy Bodkin that had the poother ! " he cried (which was a' very true) ; "an' feint ane o' me kent that it was ab'low yer chair " (which was a manifest lee).

My regaird for truth forbade me to deny the first half o' the impeachment, an' want o' time preventit me frac bearin' my humble testimony on the second, for i' the twinklin' o' an e'e Bessie was at me wi' a fearfu' bellum, ettlin' to lay on me wi' a' her micht an' main, but the instinct o' self-preservation stappit in to my succour, an' sae I managed aye to keep the wheel atween me an' a' skaith. Roon' the wheel we ran, Bessie the hound an' me the hare, till at length an' lang a hole in her chackit apron claught hauds o' the temper-pin, whan doon gaed Bessie an' the wheel aboon a', while I made aff to the door as fast as my feet cud carry me, leavin' her to gether hersel' oot o' the fluir-head as best she cud.

Hame I trottit wi' my thoom i' my check, fleein' frac the deil, only to lan' i' the deep sea, for the auld sorra banged up the remains o' the rock, wi' the aizles o' the lint still stickin' till't, an' ta'en the gait at my heels as fast as she cud rin, vowin' vengeance against me a' the wey. Of coorse, in lodgin' her complaint wi' my faither, Bessie didna underestimate the extent o' the damage, nor meetigate in the least the heinousness o' my transgression, an', my certie ! gin he, honest man, didna' mak' Auntie Chirstie's bawbee the dearest I

ever had in a' my aught, he did naething! My
faither had to pey for the mendin' o' the wheel, an'
Bessie refused to alloo sic a menseless rapscallion
as Tammy Bodkin to set anither fit within her
academy.

That very nicht, a conference ta'en place atween
the auld fouk afore ga'en to bed, whan it was
resolved that I sid be tutored for a season under
the e'e o' my faither himsel'. As his twa looves
were likely to prove wechtier than Bessie's strap,
I had my ain thochts as to the wisdom o' this
arrangement.

Neist mornin' my faither ordered me to stap
upstairs wi' my Proverbs an' Carritches, an' tak'
my station at his lug on the board. If Bessie's
orthoepy was bad, his was ten hunder' times waur,
an' atween the twa o' 's I'm thinkin' we made a
sad mess o' sacred things. Mony a blenter did I
get in the side o' the head for fauts o' pronuncia-
tion that were but little mendit by his attempts at
rectifeein' them. I had my ain thochts though I
durstna say a word, but sure am I, gin Bessie had
been at his haffets sometimes, she wad hae gar'd
them ring, an' maybe stappit him into the coal-hole
till he cam' till himsel' awee.

But the Sabbath-day was the maist wearisome
day o' a' the week to me. My faither bein' an
elder, an' a strict disciplinarian, considert it to be
his bounden duty to haud himsel' an' the haill
hoosehold in het water frae mornin' to nicht.
Duly as the day cam' roon', his razor-strap was
hung up at's lug, that it micht prove a terror to

evil doers. Whaever ventured to glower aff his
beuk, or hoast aboon his breath, or alloo a smile
to crawl ower his coontenance, was sure to get an
admonection wi't across the fingers. In the e'enin'
we a' assembled aroon' the parental knee to read
verse aboot, an' say oor Carritches. By wey o'
improvin' the occasion he wad sometimes put bits
o' questions t' us youngsters, which we had to
answer oot o' oor ain heads, an' unco droll answers
they were at times.

Ae Sabbath-nicht, we were a' eydent at oor
lessons as usual. The subjeck was in the beuk o'
Jonah, an' as the readin' ga'ed on, he clappit in aye
the ither question, as his mainner was, an' whan
at last we cam' to the verse, whaurin we are
informed that a whaul swallow't the rebellious
prophet alive, he says to me, "Tammy, cud ye
think o' onything mair wonderfu' than that—a
whaul swallowin' the prophet?"

"Ou, aye, faither," I replied—"something far
mair wonderfu' than that."

"An' what cud that be, man?" says he, openin'
his een an' mooth to their widest possible extent.

"Ou, wad it no hae been muckle mair wonderfu'
had the prophet swallow't the whaul?" I replied,
in the perfect innocency o' my heart.

The skirl o' lauchter that followed was clean
contrary to a' the laws o' decorum, an' I, even I,
was terror-stricken at the soon's mysel' had made.
But wha cud help it? A' my mither's ingenuity
even was sairly taskit to smother the lauch that
wad be oot in spite o' 'er. But had ye seen hoo

the colour cam' an' gaed on my faither's coontenance, an' hoo stern-like he dairtit his e'e frae ane till anither at sic an exhibection o' unseasonable merriment, ye wad hae been puzzled to ken whether to greet or lauch. Short-lived was oor mirth, hooever, for in a twinklin' the strap was wallopin' richt an' left ower the lugs o' the graceless offenders, an', by my sang, the hoose o' mirth sune becam' the hoose o' mournin '! Every moment I thocht whan the strap wad licht ower my mither's haffets also, for she was as deep i' the transgression as ony o' us, but she was suffered to escape wi' a word o' admoneetion. On my head especially were poured oot a' the vials o' his wrath, an' the creeshin' I got was only to be compared wi' what had followed the " Gunpoother Treason."

Frae that nicht, it was settled i' the paternal mind that, for my impiddence in bein' the mean o' stirrin' up sae grave a breach o' decorum, I sid hae my nose furthwith put to the grun'stane. In brief, as my faither was gettin' tired o' teachin' me, as I was profitin' but little frae his tueetion, an' as the season was comin' roon' whan he wad be aften frae hame "whuppin' the cat," he resolved to place me under the merciment o' Mr. Squeeker, the pairish Dominie, a man generally thocht to be deeply versed in the sciences o' readin', wreatin', an' coontin', an' a maist seyere flagellator, as I sune faun' oot to my cost.

The Dominie belanged to the auld schule o' worthies, wha were aye ready either for a dram or a theological discussion. In his ooter man he was

unco kenspeckle. His head was surmountit by
a broon worsted wig, on his back he wore a licht-
blue coat wi' brass buttons, his thighs were
encased in a pair o' velvet knee-brecks, glazed wi'
dirt, threed-bare wi' auld age, an' tender as
chickenwort, an' on his lower shanks he had a
pair o' coorse, ribbit, hamert-wrocht blue stockin's.
Aboot mid-forenoon, after he had wearied himsel'
oot wi' the administration o' pawmies at the rate
o' a dizzen or sae to ilk ane o' his disciples, he wad
prap himsel' up in the desk like a Hindoo Idol, an'
there he wad sit wi' his e'en steekit, an' tak' a
nap for half an oor at a time. The taws were aye
spread oot afore him, to be ready for ony
emergency that micht arise, an' whaever had the
daurin' impiddence to wauken him frae his nap,
micht consider himsel' lucky gin he cam' aff wi'
a skinfu' o' haill banes.

Under the Dominie's jurisdiction I cam' on
famously. As regairds literary an' scientific attain-
ments, I sune shot far ahead o' my faither, an' cud
set him to richts whan, i' the coorse o' his theological
researches, he fell in wi' ony lang-nebbit word or
phrase that he couldna get his tongue to flype
roon.' I got a paikin' aince ilka lawfu' day, some-
times twice, but bein' sae common, I got used till
't, an' felt raither disappointit belyve, whan, by
nae fault o' mine, but by accident as it were, the
halesome exerceese chanced to be omitted frae the
program.

The only chasteesement, hooever, that still sticks
to my memory like a burr, was ane I richly

deserved at the time, an' that hasna been withoot its uses to me, i' the coorse o' my earthly pilgrimage. I had been under Mr. Squeeker for twa years an' three quarters, an', no to mention that I was aboot as far forrit i' the coontin' line as the Dominie himsel', I was springin' up like a guidly tree, an' growin' a menseless rogue to the boot o' the bargain. Indeed, my faither had begun to speak aboot takin' me hame to the needles. Aweel ye see, ae mornin', me an' twa or three mair like mysel', young Andra Sooter bein' ane o' them, an' a muckle saft too-hoo, ca'd Jock Broon, anither, instead o' gaen to the schule, set aff to the Whunny Muir to seek youts' nests, an' howk lousy arnots. Gran' sport we had too ; but, whan next mornin' cam', what did Jock Broon, the simple snotter-box no do? but lat the cat oot o' the pock i' the hearin' o' some o' 's cronics, wha were kind eneugh to report to head quarters. Of coorse, we were questioned on the subjeck a' roon', an' as nane o' 's wad deny the truth, except Jock Broon himsel', wha to save his hide wad hae denied his paternity at a pinch, the angry Dominie treatit the haill squad o' 's to sic a soon' baissin' as never mither's son amang us had been treated till afore in a' oor born days.

On oor wey hame that nicht, Andra Sooter an' me—to oor shame be it spoken !—laid oor heads thegither, an' contrived a plan whaurby Mr. Squeeker's knee-breeks sid be made to atone for oor tinglin' paws. Andra underta'en to get a pennyworth o' rozet frae Saunders Broganawl, the cobbler, an' the next forenoon was fixed on for the execution o' the daurin' projeck. The oor arrived, an' faun' us prepared, but wi' oor hearts duntin' sair against oor ribs. Juist at the close o' the universal thrashin', that generally followed the Bible lesson an' the Carritches, Andra, wi' the rozet spread oot like a pancake i' his loof, slippit up to the desk whan the Dominie was at the ither end o' the schule, deeply absorbed in a coont in Compound Proportion, an' cleverly transferred the rozet frae his loof to that pairt o' the desk on which Mr. Squeeker wad be sure to seat himsel' for his forenoon's nap.

Wi' fear an' tremblin' we watched the blue coat an' velvet breekies mairch up the floor an' disappear ahent the desk, an' marked the pair o' wee grey een wink, wink, winkin' an' gradually growin' less an' less, until they finally closed on a' sublunary things. Ten minutes were allooed to pass ower, sae that the rozet an' the velvet micht hae time to amalgamate, an' everything bein' ready, some designin' rascal—I sanna be sayin' wha—raxed his airm through below the table, an' slily stappit ane o' his faither's breek needles into the thick o' Jock Broon's thigh. Instantaneously there burst furth sic a howl as never afore or after was heard or uttered within that seat o' learnin'. Mr. Squeeker banged up frae his seat as gin he had been waukent by a clap o' thunder. Grippin' the taws in his richt hand, he sprang frae the desk like a deil incarnate, fell upon Jock Broon tooth an' nail, an' thrashed him within an inch o' his life, withoot takin' time to speer into the origin o' the hullaballoo, or to notice that he had left the bottom o' his velvet breeks stickin' to the seat. Havin' ta'en his penny-worths o' Jock, he was aboot to retire ance mair to the desk, whan stutterin' Andrew Reekie, the smith's youngest laddie, a changelin', accordin' to Mrs. Williamson, an' certainly wantin' tippence i' the shillin', addressed him in the followin' irreverent terms:—" Eh, man, M-Maister Squeeker, d'ye n-no k-ken, sir, that ye've a m-m-muckle h-hole i' the b-bottom o' yer breeks?"

Gin the Dominie was angry afore he was ten times madder noo! Wi' the ae han' he lent Andrew a douffert i' the haffets, an' sent him whirlin' ower a furm. Wi' the ither he instituted a searchin' examination into the truth o' Andrew's statement, an' faun' to his dismay that the fack had been raither under than over-statit. Instead o' a bit holie that my father cud hae doctored up till 'im wi' little trouble, there remained, on the region indicated, absolutely naething whaurin a hole cud be; it was a' hole thegither! Naething remained but the braid dumpy tails o' the blue coat—ower scant by far an' awa to sair for a decent coverin'.

Deemin' discretion the better pairt o' valour, the Dominie ran to the desk for refuge. There he beheld the cause o' the catastrophe! The rozet stickin' on the seat, an' the fragments o' his velvet-breekies adherein' till't! Had it no been mair for ae thing than anither he wad hae thrashed the haill schule black an' blue. Never was Dominie in a fury sae ungovernable, or in a perdicament sae pitifu'.

We were dismissed for the rest o' the day, to oor great joy an' satisfaction, Andrew Reekie volunteerin' the information to ilk ane we met wi' on the road hame that, " D-dominie Squeeker h-had a m-muckle hole i' the b-bottom o' his breeks."

On a certain Moonday mornin', sax weeks or sae after this adventure, my faither, havin' cleared a corner o' the board, ordered me to cast my jacket an' seat mysel' at his hip.   Here an' noo did I begin in dead earnest to wield my swurd an' buckler i' the great battle o' life.

CHAPTER IV

" *WHISTLIN' WILLIE* "

M Y promotion to the board was the means o' gi'en me an insicht into politics, an' vaurious ither branches o' learnin', that Domine Squeeker never dreamt o' in his philosophy. Ploomen chiels by the half-dizzen wad drap in i' the lang fore-nichts o' winter, an' retail a' the clashes o' the kintra-side. Scarcely a day passed ower that didna bring wi' 't twa or three pack-merchants to Buttonhole, a' laden wi' great sacrafeeses in the shape o' braid an' narrow claiths, an' a' cram-fou o' news o' what was gaun on in Lun'on, an' what bludie battles were bein' foucht in Spain an' Germany.

In thae days, whan newspapers werna sae rife as they are noo, fouk had to pick up sic scraps o' news as they cud get, withoot speerin' very closely into the authenteecity thereof; an', wi' the exception o' what we learned frae the chapmen, we kent but little o' what was ga'en on i' the warl', ayont the boon's o' oor ain pairish. Waterloo had been foucht, an' Buonaparte was weel on his wey to St. Helena, afore we at Buttonhole kent ony-thing mair aboot thae great national events than

27

what we had been tell't by gangrel bodies, wha
had pickt up their information, bit by bit, in the
coorse o' their wanderin's.

Amang the regular veesitors to Buttonhole i'
the chapman line o' business in the early years
o' my apprenticeship, was William Stringan. He
was better kent by the nickname o' "Whistlin'
Willie," by reason o' the constantly habit he had o'
wheeplin' awa till himsel'—Sabbath or Saturday,
it was a' the same to Willie. Willie had a pooer
o' Norlan' lingo on's tongue neb, an' never was at
a loss for a story to tempt customers to buy his
trockerie. Willie's quarterly visits were quite note-
worthy events in the monotonous routeene o' life
i' the parish o' Drumlie. Never did he come
withoot bringin' wi' 'im, in addeetion to his stock
o' braid an' narrow claith, moleskins, an' corduroys,
a perfect back-birn o' news baith domestic an'
foreign, that he had colleckit in the coorse o's wan-
derin's to an' fro. Mony was the ell o' claith my
faither coft frae him, an' mony a pound o' guid
siller did he carry oot o' oor hoose. Bein' a greedy
Nabal, hooever, gin he could get his bite, an', soup,
an' bed for naething, catch him payin' for them!
He ettled aye to creep in aboot Buttonhole i''the
gloamin', whan he was sure o' a hearty supper o'
sowens an' sweet milk, an' a pressin' invitation to
stey a' nicht. Bein' far frae ony decent lodgin'
place, my mither, wha was a thochfu' bodie, cudna
thole the idea o' the puir craitur thrachlin' awa his
liefulane through the lanely muirs under clud o'
nicht, maybe to be waylaid, rubbit, yea, even

murderit by some bludie villain, an' hae his mangled remains flung intil a peat hole.

Durin' the second winter o' my apprenticeship, juist the week afore the New Year, we happened to hae a fat swine o' twenty stane wecht to be felled. My faither had arranged wi' Patie Baisler (wha was a gran' haun' at pigstickin') at the kirk door, on the previous Sabbath-day, that he was to come ower to Buttonhole atween five an' sax o'clock on the followin' Friday mornin', an' do the butcherin' business afore ga'en oot till 's day's yokin'; for swine-killin' wasna Patie's ree'lar occupation, but a job that he did at orra times, as it were. Aweel, ye see, wha sid mak' his appearance on the Thursday nicht but oor freen', Whistlin' Willie! His visit wasna oonexpeckit, for he was aye sure to come in aboot atween Martinmas an' the New Year, win' an' weather permittin', for he was auld-farrand eneugh to ken that the bawbees were rifer at that time amang the kintra fouk than at ither seasons. Willie was made welcome as usual, an' a' the lang forenicht he sat on the board, snuffin' an' crackin' like a pen-gun, tellin' us a' the claiks o' the neeborhood. The cracks gaed on frae ae thing till anither, until my faither an' him fell into a dreigh debate anent the number o' ait stacks in the corn yaird on the farm o' Puddinmire, belangin' to John M'Briar. My faither threepit that there were only twal o' them. He had coontit them nae farrer gane than Sabbath, whan he was passin' Puddinmire to the kirk. Willie was equally positeeve that fifteen was the correck figure. He

had also coontit them twice ower to mak' himsel'
certain that very mornin', an' he wadna be fear'd
to back his ain pooers o' calculation against the
arithmetic o' ony man livin'.   My faither wad
wager his lugs—an' he wadna like to want them—
that he was richt.   Willie wad bet twenty pounds
—an' he wasna ower rife o' siller—that he was
richt.

"Twenty pounds!" exclaimed my faither. "Man,
ye |surely dinna mean to say ye're worth a' that
siller?"

This kittled Willie to the very quick, for he was
ambeetious o' bein' thocht a muckle man, an' had a
habit o' blowstin' aboot his great walth.   Kennin'
this weakness, my faither slippit nae opportunity
o' takin' him doon a nick or twa for's ain diversion.

"Worth a' that siller!" said Willie, drawin' frae
his oxter pouch a dirty harran-poke, which he held
up by the neck, an' sheuk in my faither's face,
garrin' the coin clink like a' that.   "Worth a' that,
Mr. Bodkin!   Man, twenty pound wouldna be a
flee-bite to the like o' me.   I've drawn fifty,—aye,
an' twenty to tell't wi—sin' Munnonday mornin',
an' it's a' here, Mr. Bodkin—every plack an' bawbee
o't.   Fu' wad ye like to hae sic a weel lined wallet
as that, man?   A' my ain tae."

"Peugh!   Willie man," answered my faither,
"muckle I wad be made up wi't, or else no—juist
a wheen pennies an' bawbees ye've gotten, for twa
or three ells o' stringin'.   They're makin' ower
muckle din for bein' muckle worth."

"Juist figure that then!" said Willie, lowsin' the

mou' o' 's poke, an' haulin' oot a bunch o' notes.
" Ca' ye that naething ? An' hark ye, man ! D'ye
hear the white siller, hoo it rattles ? "

" I wad rather see't than hear tell o' 't," said my
faither, pretendin' no to believe his ain lugs, " an'
as for thae runkled bits o' paper, Willie, I cudna
juist say at this distance whether they've been
used for tyin' up threed wi', or for curlin' Mrs.
Stringan's hair—ye'll ken that yersel'—but they're
very unlike Bank notes ony hoo."

This was very angersome, of coorse, as indeed it
was meant to be, an' sae naething wad sair Willie
but he wad coup oot the haill contents o' his poke
upo' the board, sae as to mak' his put guid.

" Noo, min," cried Willie, triumphantly, " there's
occ'lar demonstration for ye ! D'ye disbelieve ye're
ain een ? "

" My word ! but ye're a happy man, Mr.
Stringan !" said my faither, haudin' up baith his
han's in an attitude o' astonishment. " Ay, ay,
wha wad hae thocht it, na ? But are na ye fleyed
at times for bein' rubbit, Mr. Stringan ? "

" Show me the chield wha wad daur to try sic a
trick, Mr. Bodkin," said Willie, raxin' himsel' oot
to his utmost longitude, an' assumin' a look o' the
fiercest. " It wad tak' a dizzen fallows as swack
as mysel' to do that, I'm thinkin'."

" Hoot na, William," returned my faither, " we'll
haud by twa juist—ane to grip ye by the thrapple,
an' the ither to rype yer pouches."

" My certie, if my nieves an' feet failed me, they
wad get the contents o' that lume i' their wames,

though!" said Willie, pu'in' oot a muckle horse
pistol frae the tail pouch o' his coat, an' haudin'
it up to the cruizie for general inspection, " Ye see,
that's a freen' that fails me never as lang as the
flint'll blink fire. Juist lat the Foul Thief himsel'
show face, an' I'se do for him, as sure's my name's
William Stringan ! "

Fegs, Willie lookit unco croose, as he had a
richt to do, bein' the owner o' sae mony pound
notes an' an auld pistol. My faither thocht it
prudent to wile his words for the remainder o'
the e'enin', no kennin' what the craitur micht do
till himsel', or to some ither body, gin he had been
putten into ower heigh a key.

Lowsin' time cam' belyve, an' sae Willie, after
gettin' his kyte lined wi' sowens an' sweet milk,
slippit his wa's to his roost, which was a little bit
bed for ae body, that my mither had made up for
ony orra craitur that micht cast up. It was in a
sma' pantry, the lid of which opened aff the hallan,
juist forgainst the ooter door. This pantry was
separatit frae the kitchen by a thin wudden parti-
tion. There were sundry seams in 't through which
ane could see an' hear, though a wee indistinctly,
what was bein' dune an' said at the kitchen fire-
side.

Neist mornin', by the skraigh o' day, my mither
was up makin' preparations for grumphy's ap-
proachin' execution. A fire that micht hae roasten
an ox, bleezed i' the chimbla, castin' a cheery lowe
through the haill biggin', an' garrin' the pewter-
dishes in the plate-rack, an' the pitcher lids on the

wa', glitter like stars i' the firmament on a frosty nicht. On the cruik hang the biggest pat on the premises, an' roon' it were plantit ither twa or three pats an' kettles o' lesser capacity, the haill regiment o' them lip fou o' water, for gussie to be plottit in, after havin' his craig nickit by Patie Baisler's gully.

Patie bein' as regular as clock-wark, arrived exactly at the oor appointit, wi' his whittles rowed up in his blue an' white chackit apron in the ae oxter, an' his bluidie cleaver i' the ither.

The first thing Patie did, after excheengin' salutations, was to put his finger into the muckle pat to try if the water was het eneugh. Findin' that it wad tak' a few minutes to bring it to the boil, he sat down afore the fire, an' had a twa-handit crack wi' my faither aboot the probable wecht o' the swine, which we had named "Willie," after his former owner, William Haddow, tenant in Threshiebogs, to distinguish him frae "Robbie," anither bit shot, wi' black lugs an' a curlie tail, that we had coft aboot the same time, frae Robbie Clappertongue, the miller at Knappy Mill.

"Twenty stane, an' no a pund less," said my faither, "or my een hae deceived me."

"Od I canna tak' in that," observed Patie, takin' a big pinch o' snuff, an' lookin' very wise-like, "Hoo auld is the beastie?"

"Farryt at the beginnin' o' the ait-seed," said my faither; "sae ye can coont that."

"That'll be aboot nine months syne," said Patie, coontin' the time on his fingers. "Twenty stane

3

in nine months—mair nor twa stane i' the month !
—na, that's no possible."

" Twenty stane an' no a pund less, I'se warrant
him," said my faither.

" Say saxteen, an' ye'll be nearer till't," said
Patie.

" Willie only saxteen stane !" cried my faither.
"Man, Robbie's a' that if he be an unce, an' if Willie's
no four stane heavier, I'll undertak' to eat him. I
tell ye Willie's twenty stane, an' that ye'll see."

" Weel, weel," observed Patie, sharpin' his gullies,
an' garrin' them risp on the glitterin' steel, " we'll
see aboot that an we had the spunk oot o' 'm."

Patie tried the water again, an' pronounced it
"juist the vera thing." He then proceedit to lay
doon the rules to be observed in takin' Willie
captive, an' kiltin' him ower on's bean-ends. My
faither was to hing on by the lugs, an' me by the
tail, while Patie himsel' was to whummel him ower
on's richt side. My mither had thochts o' makin'
bluidie puddins for a New Year's feast, an' sae I
was commissioned to kep the bluid in a timmer-
caup, if sae be I cud be spaired lang eneugh frae
the tail. The plan o' campaign bein' completit,
we set oot for the cruive wi' a lantrin, my mither
strictly enjoinin' me to haud a siccar grip, an' no
fyle my breeks wi' the bluid.

A strong sense o' duty alane fortifeed me to face
this fearfu' ploy. Had human natur' been consultit,
I wad hae been in my bed, wi' the sheets stappit
into my lugs, far ayont the reach o' puir Willie's
peetifu' lamentations. But, àlas ! that cudna be

Makin' a virtue o' needcessity, therefore, I screwed
up my courage to the stickin' point.

Willie maun hae had some presentiment o' what
was comin' on him, for, whereas he had been afore-
time distinguished for the suavity o' his mainners,
an' a disposeetion to scrape up acquantance wi'
strangers, he was, on this occasion, as dour to draw
as a badger. To a' my faither's maist persuasive
invitations to come oot o' his lair, he merely an-
swered wi' a heavy grunt an' grane. Like the
Heelanman, whan asked for the len o' " ten-an'-
twenty shillin's," Willie pretendit to hae been
" sleepin' twa lang oors syne."

There bein' nae time to stand an' parley, hoo-
ever, we a' jaump ower the treviss into the ootside
fauld. My faither first tried coaxin wi' 'im, but as
that wadna do, he put in his han', an' says he,
" Willie, my man, it's useless to dort an' thraw wi'
us, for oot ye maun come, an' be stickit, either wi'
guid or ill will—there's nae twa ways aboot that.
Tak' ye tent o' yer gully, Patie, an' I'se draw him
oot by the lug an' the horn."

Makin' a glaum i' the dark to grip grumphie by
the lug, he seized hauds o' the muckle tae o' a
human fit! He had nae time to examine whether
it belanged to the dead or to the livin', for the
neist moment there burst furth a howl that wad
hae frichtened the French.

" Villains ! " roared the voice, "wad ye daur to
cut my craig for my siller ? Come on ! Come on,
I say ! If there's a dizzen o' ye, I'm yer man !
Tak' that ye theevin' vagabonds ! Whew ! " an'

afore ye cud hae said sax a pistol played pluff
inside the stye, makin' a smush that was scom-
fishin', an' a noise that was frichtsome.

We a' tane to oor heels like mad. Back to the
hoose we ran helter-skelter, ilk ane like to ding
ower his neibor, to the great terrification o' my
puir mither, wha imagined, whan she beheld oor
bewildered looks, an' heard us yellochin' a'
throughither, some cryin' ae thing an' some
anither, that an evil spirit had ta'en possession o'
the swine, like as it happened i' the days o' auld,
an' that the brute wad be in at the winnock, or
doon the lum, to devoor us a' up, stoup an' roup.

"Losh be here!" cried my mither, glaumin'
wildly at the poker, "rin ben an' wauken William
Stringan, for we'll a' be killed dead this very
instant!"

Ben ran my faither to Willie's bed-room wi' a
lowin' stick in 's hand, but behold the nest was
flown. Feint a Willie was there to be seen nor
oucht belangin' till 'im, naething but some orra bits
o' duds, includin' his bannet, his waistcoat, an' his
stockin's an' shoon! Here was a bonnie. business!
Willie awa under clud o' nicht! Maybe. he had
rubbit the hoose! Maybe he had been murder't
an' his carkitch carried aff halesale!

My mither was on the point o' ga'en aff in a
fit o' the hysterics, whan the suspeecion cam' into
my head that the occupant o' the swine's hoose
micht turn oot to be nae ither than the packman
himsel'. The muckle tae, nakit as it had entered
life at first, which my faither had laid hand o' i'

the cruive, coupled wi' the fact o' the bodie's
stockin's and shoon bein' still to the fore at his
bedside, as also his havin' a horse pistol in his
possession the nicht afore, a' seemed to point to
the feasibeelity o' my view o' the case. After we
had lookit at the problem in a' its varied lichts,
a resolution was come till that we sid gae roon' to
the cruive, an' see whether my theory was the
richt ane or no.

Turnin' the key cautiously, my faither opened
the door far eneugh to lat oot his head, while Patie
stood at his back wi' his cleaver, ready to brain
whaever micht offer violence. Seein' that the
fields were fair, hooever, we a' crap oot on oor
tiptaes, an' roon' we slippit wi' loupin' hearts to
the cruive, withoot meetin' wi' ony mischanter.
There we beheld a frichtfu' spectacle, for there
lay the puir grunter streekit oot a' his length an'
as dead's a herrin'! He had dootless fa'en a
victim to the messenger o' death ettled at my
faither. Terrifeed oot o''s wits at the colliebuction
that had arisen inside his stye, whan my faither
seized hauds o' the human tae, the puir brute had
socht safety in flicht, an' arrived ootside juist in
time to kep the contents o' the pistol richt atween
the een.

" Is that you, Mr. Stringan?" said my faither,
hardly able to speak aboon's breath, owin' to the
nervousness that had paralees'd his organs o' speech.

" Speer something ye dinna ken!" was the angry
response, " but haud back if ye dinna want a bullet
through your harran-pan!"

" Mr. Stringan ! " said my faither in a tone o'
great pawthos, " are ye daft ? or are ye oot o' yer
wuts ? or hae ye gane gyte ? or hae ye seen the
wirri-cow ? or hae a' thae ills come ower ye at
aince, that ye hae left yer warm bed half nakit
on this cauld winter mornin', an' cruppen in beside
the swine ? "

" Hang ye ! " yelled Willie, " d' ye think I wad
bide alow yer roof an' lat ye cut my throat ? "

" O William ! William ! " said my faither in a
tone o' great earnestness, " I doot—I doot ye're
mind's far wrang, puir man ; but come yer wa's
oot, an' I'se explain a' to yer satisfaction."

" Gie yer aith then that ye winna stick me wi'
that gully I heard ye sharpin'," urged Willie, " for
gin ye try ony o' yer pranks wi' me, mind this—
I've anither shot i' the pistol ! "

" It was the swine an' no you we were ga'en to
stick, Willie," said my faither in a tone o' great
earnestness an' solemnity ; " but come yer wa's, like
a man, an' I sanna alloo a hair o' yer head to be
hurt."

Wi' this assurance the puir mortal cam' creepin'
on a' fours frae his hidie-hole, haulin' his pack at his
curpin'. Whan he had thowed his frozen tacs at
the kitchen fire for a wee, he got into the best o'
speerits, an' lauched as loodly as ony o' 's at the
redeek'lous mistak' he had fa'en intil.

Willie's fears as to oor murderous intent hadna
been sae foondationless as we at first imagined.
He had waukened frae a dream about bein' rubbit
an' murdert, juist as Patie Baisler cam' stumpin'

in the hallan. Wonderin' at the oontimeous steer
aboot the hoose, he nat'rally applied baith his ee
an' his lug to the seam i' the wa'. Catchin' a glisk
o' Patie sharpin' his whittles afore the fire, an'
over-hearin' bits o' oor cracks aboot the stickin' o'
ane "Willie," together wi' bits o' the argument
atween Patie an' my faither, wherein the words
"twenty" an' "pound" were used, the appallin'
thocht by-an'-by ta'en possession o' his muddled
brain, that he—Willie Stringan—was the "Willie"
referred till, an' the twenty pounds he had wagered
in the ait stack dispute the unknown quantity that
was to be ascertained by the cuttin' o' his craig.

Maitters lookit unco like a plot to tak' awa his
life for the sake o' the siller he had been braggin'
aboot. Thinkin' he had seen an' heard eneugh to
convince him that his hin'maist oor had arrived,
gin he didna mak' himsel' scarce, he banged up,
creepit intil's breeks an' coat, slippit oot wi' his
pack, noiseless as a shadow, an' socht an asylum
frae his foes in the swine's cruive!

CHAPTER V

HUNTING THE "GOWK"

IN twa days' time the news o' Willie Stringan's adventure had run like wullfire ower a' the East Neuk. Gang whaur he likit, he faun' that the story had preceded him, an' great was the merriment indulged in at his expense. Naebody likes to be made a lauchin'-stock o'. He was angry, an' nae wonder. But to put oot his spite on my faither, i' the way he did, wasna bonny conduct in ony Christian man. The ill-deedie vaig! Gin he had gotten what he deserved, he wad hae been weel soused for't. But there were mair haun's i' the pie than Willie's, for whanever the Deil tak's in haun' a parteck'larly kittle job, be sure he'll get the help o' seven speerits mair wicked than himsel'.

Aboot three months after the swine's cruive business, ae mornin' atween seven an' aucht o'clock, in comes Willie, pack on shoother, ellwand in han', an' whistlin' as usual.

He didna stop to chap at the door, but bauldly stappit inbye to the fluirhead, whaur he faun' my mither busy makin' the parritch, an' up to the oxters in aitmeal.

40

" Guid mornin t'ye, Mrs. Bodkin," he said ; " I
see ye're like the guidwife spoken o' i' the Pro-
verbs, ye rise while it's nicht, an' gie meat t' yer
hoosehold, an' a portion to yer maidens. Ye're no
like Mrs. M'Briar, owerbye at Puddinmire, for I
gi'ed a glower in at the hallan-winnock i' the bye-
comin', an' wad ye believe it? the lazy limmer
wasna oot o' her roost, an' a' the bairns rinnin'
aboot nakit, an greetin' for their parritch."

" Yea, yea, William," said my mither, " but ye
see I'm no Mrs. M'Briar, an' Mrs. M'Briar's no me ;
but what's brocht ye sae sune oor gait, this mornin'
ava ? "

" Aha, guid news sidna tarry lang by the wey,
Mrs. Bodkin," said Willie, puttin' on a very myste-
rious air, " but, that's true, far's the guidman this
mornin'? "

"'Deed, Willie, Tammas is owerbye at the Knowe
Park gettin' in his ait-seed," was the reply, " an'
he hasna time to spare the day, sae ye needna be
lowsin' doon yer pack."

" Hoity, toity! ye're unco short wi' a body the
day, Mrs. Bodkin," said Willie, " but haud yer
weisht, 'oman, for ae fitstap I'm no to gang
ootower this door, till I've delivered the message
to ye're guid man 'at I got yestreen, frae John
Stamps the postman at Anster.

" Eh, what message was that, Mr. Stringan ? "
speered my mither, her curiosity gettin' wakened
up by Willie's mystification.

" Send for Mr. Bodkin instantly," said Willie,
gatherin' up his pack an' ellwand, as gin he was

aboot to gae aff in the pet, "for I sanna say a
word mair aboot it till he comes. I'm nae to be
standin' here a' day, daidlin' awa my time for
naething. That winna pey wi' me."

"Stop! Stop! Mr. Stringan," said my mither,
an' rinnin' to the fit o' the garret stair, she cries up
to me, "Rin ower bye to the Knowe Park, laddie,
an' tell yer faither to come hame immedintly, as
Mr. Stringan has a message till 'im, frae Mr. Stamps,
the Anster postman."

Aff I flew like the shot o' a gun, an' delivered my
message, and hame cam' my faither burstin' like a
puddin', an' wonderin' a' the wey what cud be the
purport o' Willie's communication. His surmisin's
were sune set at rest by Willie informin' him that
Mr. Stamps had a letter for him, wi' the New York
post mark on't, an' "to lie till called for."

"Losh, man, William," said my faither, "did ye
see the letter? an' what like was it ava?"

"See it!" replied Willie, wi' an air o' the greatest
assurance, "that I did, an' handled it tae, an' Stamps
says a gallanter letter never gaed through his office.
Frae some lawyer, I suppose by the hand wreat.
Has a black border, tae, an' sealed wi' black wax,
an' I noticed on't twa cross banes, an' a death's
head. I wad hae brocht it wi' me to favour ye,
but Stamps wadna gie't to onybody but yersel', as
he said it was to lie till ca'ed for."

"Something happened to Uncle Jeames in
America," remarked my faither. "He was ailin'
sometime syne, an' gin he be dead, as I hope he's
no, the feck o's walth will fa' to me, as bein' next

o' kin. I'se fling on my coat an' rin doon to
Anster an' see the end o' the business."

"An' by my certie," said Willie, "gin ye be
certain o' sic an heirskap as Jeames Bodkin's
fortune maun be, I'm no gaen awa ae fitstap till
ye tak' a complete suit o' the best Wast o' Englan'
frae me. We've kent ane anither lang noo, Mr.
Bodkin, an' wha kens gin there'll be ony speakin'
t' ye, aince ye get sic a clash o' siller i' yer loof, sae
ye'll juist patroneese me aince mair afore ye've
grown ower big for dealin' wi' the like o' puir
Willie Stringan."

Weel, juist to pacify the craitur, an' get quat o'm
withoot mair ado, an' pairtly, too, maybe, because
his heart was opened at the near prospeck he had
o' inheritin' a lairge fortune, my faither did tak' a
suit o' Willie's Wast o' Englan', an' was foolish
eneugh to gie him his ain price for't, which was
at least a hunder per cent. aboon its real value.
The bargain concludit, Willie pouched his four
pound ten, shoother'd his pack, an' set aff through
the Whunny Muir whistlin' like a mavis, an'
dingin' the taps fra the carldoddies wi' his ell-wand,
by wey o' beatin' time to his ain music.

My faither washed his face, shaved his beard, an'
flang on his Sabbath-day's claes, an' aff he set
to Anster what he could scour. His thochts by
the way were, dootless, a wee mixed. There wad
be sorrow for the death o' Uncle Jeames, joy at
the prospeck o' gettin' sic a nice peeled egg, an'
maybe veesions o' a gilt coach, an' a Baronetcy, if
no a Peerage!

On presentin' himsel' at the post office, Mr.
Stamps handit him the letter frae the winnock,
wi' an air o' greater politeness than was common
wi'm. Awa he slippit intil a quiet corner by
himsel', brak' open the seal, an' read as follows :—

" New York.

" HONOURED SIR,—As the law agents and legal
executors of the late James Bodkin, Esquire, of
this City, it is our sad and painful duty to inform
you that your distinguished relative died here, on
the 31st ult., and we are to apprise you, that by
his death you are put into the immediate posses-
sion of his immense fortune, amounting *in toto*,
after deducting all necessary expenses, to the sum
of 200,000 dollars cash, together with his Mansion
House, No. 999, Nineteenth Street, in this City
and all its relative fixin's, for the disposition
whereof we anxiously await your esteemed orders.
The money we have sent off in hard cash, by the
present Mail Packet, addressed to you (as instructed
by your late relative) at the Flying Horse Inn,
Market Street, St. Andrews, where it will have
arrived by the time you have received this letter.
Please forward a discharged receipt for the amount,
per return of post, together with instructions for
the disposition of your remaining property.

" SKINFLINT & MILKHIM.

" *Land, Law, and Loan Agents.*

" THOMAS BODKIN, ESQ., of Buttonhole, Scotland."

Havin' maister'd the contents o' this epistle, my

faither stappit in bye to Mr. Stamps, an' communi-
catit till 'im the news o' his guid luck. Stamps
advised him to lose nae time in settin'; aff to
St. Andrews to secure his treasure.

He didna need twa tellin's to do that, an' as he
jealoused that the parcel wad be a wechty ane,
the siller bein' a' in white an' yellow metal, he
bethocht himsel' o' a conveyance. On the road
to St. Andrews, he ca'd in at Saughenshaw, an'
got Robbie Rough to gie 'im a lift in's cuddy-
cairt. The road atween Anster an' the Ancient
City, bein' nane o' the smoothest, was far frae bein'
weel adappit for cuddy-drivin'. Robbie, hooever,
carried wi' 'im a stoot hazel rung, havin' a sharp
pike in the end o't, an' therewith he keepit proddin'
at the hurdies o' the camsteerie brute to gar it pit
a stap amou't.

"Robbie, man, ye cruel pagan!" said my faither,
unable to forbear ony langer, "the richteous man
has mercy on's beast. Dinna ye ken that the
Almichty ance opened the mou' o' an ass, an' made
it the meedium o' reprovin' its wicked maister,
wha was juist sic anither as ye are yersel', I
doot?"

"Weel, I'll no be a richteous man than," replied
Robbie, giein' the cuddy anither desperate poke
aboon the tail; "an' as for my ass speakin' back
to me, I'm no the least fleyed for that, for ae
day, a wheen weeks syne, whan his bridle was
awa mendin', I was leadin' him frae the stable by
the tongue, for want o' onything better to hing on
by, an' as sure 's death, Mr. Bodkin, the haill

apparawtus cam' to me. Sae gin the want o' a tongue be ony encooragement for an ass to speak, mine 'ill maybe say something belyve. But see, min, yonder's Luckie Paunch's braw new signboord. We're juist half wey to the city. Arena ye gaen in to gie's a dram on this cauld day, that I may wuss ye success, wi' a' yer gran' gear?"

My faither had nae objection to this proposal, because it was noo past denner time, an' he was beginnin' to feel a wee thochtie yappish. Sae they ca'd a halt at Mrs. Paunch's, whaur they had some meat, an' nae less than a half-mutchkin o' Glenleevit was disposed o' atweesh the twa o' them. Mrs. Paunch havin' been tauld aboot the fortune, leuch like mad, haudin' up baith her hands in wonderment at the thocht o' sae muckle siller.

Again they set oot on their journey, but at a snail's pace, for the cuddy, unable to walk fast afore their halt, frae sheer starvation, was noo juist as unable to do sae frae havin' tane ower menseless a wame-fu' o' Luckie Paunch's fodder, for they had corned the cuddy as weel as themsel's. By dint o' perseverance hooever, they at last an' lang reached St. Andrews, and landit at the sign o' the Fleein' Horse. There they faun' the parcel awaitin' them, juist as the New York chields had said. It was a plain-lookin' bundle, girt roond wi' raips in a' directions, an' naething ava like the hool o' sic a valuable kernel as twa hunder thoosand dollars. But as Robbie sagely observed, appearances are unco' deceitfu'.

Wi' the help o' half a dizzen o' hangers-on aboot

the inn stables, they managed to heeze the pock into Robbie's cairt. Mony jokes an' guesses were made as to what cud be in't, it was sae uncommon wechty. My faither, however, wisely resolved to keep them a' i' the dark, for fear o' excitin' their cupeedity, for some o' them micht hae been sae far left to themsel's as to hae followed the cairt to a lanely pairt o' the road, an' committit murder an' spulzie.

They had sax or aucht mile o' gait afore their han', an' it was growin' gloamin' dark by the time they were ootside the wa's o' the city. Their progress was but sma', for if the cuddy was sair forfouchten afore, he was ten times mair sae after he had received his gowden burthen. Seven o'clock had chappit on oor auld gowkoo knock, an' still there was naither word nor wittens o' my faither. By richts he sid hae been hame on the back o' denner-time, an' here it was near supper-time, an' still he cam' not. That was far frae bein' like Tammas Bodkin, for he was as reeg'lar for ordinar' as the tides o' the ocean. My mither had been oot at the door, fifty times sin' fouroors' time, lookin' an' listenin' for ony sign o' his hame-comin'. Belyve she cam' in wi' the report that she cud hear the rummel o' a cairt comin' doon the Broomybrae Road. Shortly thereafter the equipauge drew up afore the door.

"Haste ye, guidwife, an' mak' ready a feast o' fat things for Robbie an' me," was my faither's first salutation. "Fling aff yer orra duds, an' don yer bravery, lass! Juist as I expeckit—Jeames Bodkin

dead—nae less than twa hunder thoosand dollars
—every plack an' bawbee o't—an' a' i' the pock
here ! "

" Tammas, my man, ye're no yersel' surely ! "
said my mither wi' a deep sich. " Are ye the waur
o' drink ? or are ye fey ? or baith ? "

" Deed, Effie, 'oman, I'm no juist mysel', I daur-
say," said he, clappin' 'er on the shoother ; " but
I'm mair than mysel', an' that's muckle better, for
I'm as rich as Crœsus, now, hinny. We'll hae a
coach belyve to ride in, with the lion an' the
unicorn fechtin' for the croon pentit on the lid o't.
Gae awa, guidwife, an' fell the coo, an' put a lunt
to the peatstack. Send for Janet Grierson, an' gie
her as muckle beef in her lap as she can carry
hame wi' her, to gar her auld crakit pat play
broon ! "

Wae's me, hoo my mither glowered in a state o'
perfect bewilderment at his daft-like antics ! A
few rational words o' explanation, however, sune
cleared up the mystery, an' by-an'-by she begoud
to comprehend that she was hencefurth to be as
find a leddy as was in a' the lan'.

Wi' muckle ado we got the parcel carried inbye
to the fluir-head, whaur we proceedit to rip it up,
sae that we micht feast oor een on the treasure
within. The muckle kist that had been my grand-
faither's was toomed, an' brocht frae the neuk to
receive its fraucht o' gowden dollars. My faither
had nae patience to lowse the raips frae the parcel,
but sent me up to the board for the muckle sheers,
wherewith he whankit them aff, juist as if they had

been a wheen beasin' steeks. My mither thocht it was wasterfu' like, an' said sae.

'Wasterfu' like, 'oman!" exclaimed my faither, "wha that can brag o's thoosands wad care a snuff pen for an auld hempen string?"

On the mou' o' the pock bein' open'd, oot tumbl't a whunstane as big's my head. Anither shak' brocht furth anither stane o' the same quality, but nae appearance o' gowd or silver.

"Seems to me," observed Robbie Rough, wha was standin' wi' his hands in his pouches behaddin' the operation, "seems to me to be a pockfu' o' road metal! They maun hae queer siller in Ameerika, but it winna gang far here aboot, I'm thinkin'."

My faither tane an unco red face till himsel', an' wi' the view o' seein' to the bottom o' the business, he grippit the pock by the twa corners, and sheuk oot the haill contents on the floor—stanes! stanes! and scraps o' auld eiron! Feint head else. Preend inside the mou' o' the pock was a wee bit paper, wi' the followin' inscription on't in a roon' hand o' wreat, that we kent weel to be Willie Stringan's,—

"The first o' April
Send the gowk a mile."

This was an awfu' revelation. Never had my faither been in sic a rage in a' his lifetime. He was neither to haud nor bind. He was baith affrontit an' wae. To be made sic a fule o' by a blackguard chapman bodie!

Juist at this stage o' the business, in staps

4

Saunders Walker, the guidman o' Deukdubs, an
unco tricky carl, wha was passin' oor door hame-
ward frae the market, an' to him were relatit the
leadin' events o' the day, Whistlin' Willie bein'
named as the author o' the hoax.

" Gin I were you, Tammas," said Saunders, after
he had heard the haill story, " I wadna lat that
vaig sleep this nicht wi' a skinfu' o' hale-banes, if I
ken't him to be within the boon's o' the coonty.
If ye like, I cud put ye on the scent o'm, for I
ran in i' the bye comin' to speer for auld Weetfit,
wha has been ailin' for some time, an' wha did I
see cockin' at the kitchen fire, but the very rascal
that has played ye a' this pliskie?   The guidwife
tauld me that Willie was to be at Weetfit a' nicht,
sae gin ye be clever, ye'll maybe get yer satisfaction
oot o'm afore bed-time yet.   Gin I were you, my
sang, but I wad lat him fin' the wecht o'. my cudgel
on his ill-faurd shoothers, for his main impiddence."

Withoot anither word, my faither banged doon
his hazel-rung frae the bauks, an', sair against my
mither's will, set oot on the instant to Weetfit, fully
determined to gar Willie's carkitch atone for his
misdemeanours.

An oor's walk brocht him till's destination, but,
lo, an' behold! whan he put his angry coontenance
inside the kitchen door, an' demandit the body o'
William Stringan for instant execution, the fouk
glowred at him as gin he had been a warlock.
Willie Stringan! feint a Willie Stringan had they
seen or heard tell o' for months an' mair.   Here
was he, the " gowk " ance mair!   Little did he ex-

peck sic treatment frae Saunders Walker, but it's ill kennin' fouk.

There was nae help for't, but juist to treasure up his wrath for an after occasion. Turnin' his weary fitstaps aince mair i' the direction o' Buttonhole, he stoitert his wa's i' th' dark through the muirs an' dangerous quagmires "that lay atween 'im an' his hame," the snipes an' wild-deuks keepin' up a ceaseless concert o' eerifu' music—eneugh to frichten ony honest man oot o's very joodgment!

My mither had agreed wi' him to place the cruzie i' the gavel winnock to guide him through the mire, an' glad was he as glad could be, whan he at last got a glisk o' the freen'ly beacon, beamin' like a star o' hope amid the surroondin' darkness. Keepin' his e'e stedfastly fixt on the licht, an'

"Plantin' his staff wi' a' his skill,
To keep him siccar,"

he knoitit awa' at a steady pace, whan doon he plumpit intil a peat-hole, up to the very shoothers amang water an' rotten glaur!

Thinkin' that his hin'most oor was at han', he remained stockstill for a wee, considerin' whether he wad mak' a desperate effort to free himsel' frae his perilous sitiwation, or leave the case i' the han's o' Providence, whan the idea at last struck him that the maist he could look for frae Providence was the means an' the abeelity to help himsel'. Summonin' up a' his remainin' pith an' veegour, he gied a warsle or twa, laid hauds o' the lang threshies that hung ower the brink o' the hole, an' was never

mair thankfu' in's life than whan he at last faun'
the soles o's feet on dry land, even though he had
left his shoon stickin' fast i' the glaur at the bottom.

Huntin' the "gowk" again! The licht he had
seen wasna the licht my lovin' mither's haun's had
placed i' th' gavel winnock, but ane o' yer deceitfu'
Will-o'-wisps that lead the unwary to the City o'
Destruction.

After gaun through a warl' o' lesser misfortunes,
ower numerous to mention, he at last an' lang
reached Buttonhole, barefit an' bareleggit, an'
drookit like a drooned mouse. My mither grat
like a bairn whan she beheld him in sic a waefu'
plicht. She thocht he had gotten himsel' brained
in battle wi' Willie Stringan. Whan Jock, an'
Chirstie, an' me, saw her sabbin', we fell to the
greetin' likewise. Buttonhole that nicht was truly
a scene o' weepin' an' wailin', an' I may even say
o' gnashing o' teeth, for I'm sair mista'en if my
faither had but gotten a grip o' Saunders Walker,
an' especially o' Whistlin' Willie, that nicht, he
wad hae been the deid o' them! Gude guide us!
never was mortal man sae mad on a first o' April
sin' the warld began. What was waur to thole than
a' his ither misfortunes, was the thocht that a' his
houpes o' walth an' grandeur had been dashed to the
grun', never mair to rise an' disport themsel's on
triumphant wings!

CHAPTER VI

TIBBIE TURNS UP

I N the last year o' my apprenticeship, there cam' to the neiborhood o' Buttonhole, in the capacity o' a maid-servant, a trig, sonsy, speerity young quean, wi' een as black as slaes, cheeks roon', plump, an' red as roses, an' a wee bit mou' that seemed designed by natur' to fit itsel' into mine. Though a year or twa younger than me, she nevertheless lookit mair like a woman than I did like a man, for the crap on my chin hadna as yet sprootit beyond the texture o' cat's hair, nor had a razor passed ower my face, though I had made sundry attempts to snod aff the roughest an' langest bristles wi' my sheers, especially at the wicks o' my mou' whaur they had apparently a mair fruitfu' soil, or a mair genial cleemate than elsewhere.

The name o' this bit rustic maiden was Isabella Monypenny. Her faither was a sma' farmer at a place ca'd Breeriebuss, aboot sax miles to the wast'art o' Buttonhole. William Monypenny, though weel eneugh to do, as the sayin' is, was far frae bein' a walthy man, in the common acceptation

o' the word, an' sae, as his bairns grew up, they
had to gang furth an' fend for themsel's,

"At service out amang the farmers round,"

like the bairns o' Burns's honest cottar.

The first sicht I got o' the bit lassockie was i'
the kirk, on the second Sabbath after the Martinmas
Term. Never before had my e'en lichtit on ony-
thing in the guise o' mortal flesh and bluid half
sae bonnie an' captivatin'.

Through the kirk I glowered, in search for
comparisons, but though scores o' mirky, blumin'
faces were there, nane o' them a' cam' near hand
up to Tibbie Monypenny's. Sair did I try to keep
my een aff her—ower an' ower again did I tear
them awa', an' fix them on the Rev. Gabriel
Gowlanthump's red nose, wi' a heroic determina-
tion to follow the thread o' the discoorse, an'
dismiss a' carnal thochts o' the rosy cheeks an'
slae-black een o' the fascinatin' fairy—but a' my
efforts were in vain.

I cud see—at least, I thocht I saw—that Tibbie
had aboot as little control ower her een as I had
ower mine. I cudna look aboon half a second
at her, withoot catchin' her in the act o' glowerin'
at me, an' whanever oor een forgaithered she wad
blush an' glower doon to the text, an' I wad do
the same. That a mutual flame had been kindled
in baith oor breasts, was a clear case. Till that
eventfu' day, we had never seen ane anither. An'
yet, nae sooner did oor een meet, than there began
to operate some owermaisterin' law o' attraction

that pu d at oor heartstrings, an' drew them closer an' closer the langer we were acquant, until we gradually entered into partnership, an' there remained but ae fond, faithfu', trustin' heart atween us twa.

For aince was Mr. Gowlanthump's discoorse ower brief for my taste, though it had lastit a haill oor an' a half. The time seemed to hae flown past wi' the fleetness o' a swallow on the wing. The final "add no more" wherewith the worthy divine invariably finished aff his discoorse ; the douff, dull soon' caused by the energetic steekin' o' the Beuk ; the lood, discordant music o' nose-blawin' ; the tappin' on sneeshin'-mull lids ; the simultaneous up-sneerin' o' snuff through some fifty or saxty nasal orifeeces, an' the general chorus o' sneezin' that never failed to follow thereupon ; a' thae noisy demonstrations, ordinarily hailed by me, wi' nae common pleasure, as heralds o' a happy release frae an intolerable infliction, fell that day on my startled imagination wi' a dreed an' unwelcome signeeficance. They warned me to prepare to tak' a last fond look o' the slae-black een an' rosy cheeks, for that I wad see them nae mair for a week —maybe no for a fortnicht !

At the kirk skailin' I made a' haste to get oot, if sae be I micht get near her ; for whan words are forbidden, it is delightfu' even to rub claes wi' a bein' beloved. In this projeck, hooever, I was cruelly disappointit. Tibbie's seat—bein' that be-langin' to Burleyracket, whaur she was laundry-maid, was nearer the door by a half-dizzen o' yards than the Buttonhole bucht. This gied her the start o' me. An' mair an' waur than that, there were twa auld wives, clad frac tap to tae in lang grey cloaks, wha got atween me an' my diveenity, completely chockin' up the narrow passage, an' thus arrestin' my door-ward career. "Sorra tak' ye an' yer auld cloaks!" thinks I to mysel', "can ye no lat a body past ye?" But feint ae fitstap wad they budge oot o' their usual jog-trot. Na; they maun hae their cracks finished first. Ane o' them has the rheumatics, an' hasna winkit an e'e for twa nichts rinnin' wi't, an' that maun be discussed. The ither tak's a flaffin' at the heart whan she lies doon in bed, an' that maun be enlairged on. Ane o' them suggests that mankind are but a set o' puir feckless mortals at the best.

"Eh, ay, 'oman," says the ither, "especially, as I was sayin' to Geordie the ither day, whan fouk grow auld an' frail like you and me."

"Deed, ay, 'oman!" was the sympathetic response, "ye've said the truth, if ever ane said it, an' whan the flaffins comes ower my heart, I'm sometimes like to think I'll no live to see through the winter, 'oman."

By the time I reached the door, Tibbie was trippin' awa' doon the Kirk Loan, what she cud bicker. A half-minute mair, an' she wad vanish frae my sicht. My impatience refused ony langer to be guidit by my better joodgment. The ancient dames were juist on the threshold, discussin' the efficacy o' hartshorn an' swine's seam as a cure for the rheumatics, whan I sprang forrit

atween them an' the door cheek, an' cleared the
kirk-yaird at a half dizzen o' spangs. Whan I
reached the ootside, it struck me very forcibly that
I heard a screed like the rivin' o' oo'en claith. On
reachin' the kirk style, I tane a keek ower my
shoother to see if I hadna dung onybody ower in
my flicht, whan I saw Geordie Mortclaith, the
beadle, comin' burstin' after me, wi' ane o' the
tails o' my spleet new sky-blue coat, wi' the clear
buttons, haudin' it up in his han', to the admiration
o' a' beholders !

" Hoy, Tam ! Stop—stop min !" cried the digger
o' graves, wi' a smirk o' sarcasm on his face.
"Dinna rin awa' an' leave yer coat-tail hingin' on
the sneck o' the kirk door ! Man, ye're a rammel-
some hallion. Ye've dung the win' oot o' thae
auld wives—very naur."

I banged roon' my hand, an' lo, there was but
ae solitary swallowtail to the fore ! The ither ane
had pairtit company wi' the body exactly ower by
the sma' o' the back.

" To the mischief wi' ye're snecks !" I exclaimed,
as Mortclaith haundit me the fragment o' my mis-
fortunate garment, "what gars ye hae cleuks o'
that kind aboot the tabernacle door ?"

" Hoots, toots !" said the sexton, "what gars ye
gallop sae fast ? There's naething wrang wi' the
sneck, if fouk werna sae hellicat an' misleared.
Haigh, it'll maybe teach ye to jump an' flee at
leisure after this, lad. I sure ye, a bonnie lad *ye*
are, rinnin' an' kiltin' up yer lang souple teelyour
shanks, as gin the very deil were in ye !"

Had it no been the Sabbath day, an' me i' the midst o' a multitude o' decent fouk, wha were beginnin' to colleck aroon' an' admire my ri'en coat, forbye that Mr. Gowlanthump an' the eldership—they bein' meantime i' the Session hoose coontin' ower the offerin'—micht put in appearance withoot a moment's warnicement, I'se wager ony money, Geordie Mortclaith sidna hae made aff wi' himsel' withoot gettin' in's cheenge, as the sayin' is. Scornin' to mak' a show o' mysel', hooever, I had juist to slink awa like an evil-doer, as gin my nose had been bluidin'.

What a merciment it was that Tibbie was doon the Loan afore me! Had she gotten a glisk o' my solitary swallowtail, wamflin' i' the win', never mair cud I hae glowered her i' the face.

Aff I gaed doon the Loan, at a trottin' pace, keepin' my een amo' my feet, bein' ower blate to look upwith, an' tryin' if peradventure I cud single oot amang the fitmarks in the gutters the prints o' Tibbie's cuddie-heels; for at that blessed moment I felt as if I cud hae lain doon, on my bare knees, an' kissed the very yird that had been hallow'd by the touch o' her shoe-leather.

At the Loan-fit I cam' up wi' my bosom-freen', Andra Sooter, wham I made privy to the mischanter that had befa'en my coat. Layin' oor brains a-steep, we sune fell upon a plan whaurby my coat was transmogrifeed into the simeelitude o' a jacket. At the lithe side o' a hay-sow, I cuist it aff, an' flypit up the remainin' tail underneath, fastenin' it to the neck linin' wi' a preen to prevent it

frae creepin' doon an' tellin' ony mair tales. Still,
whan I forgaithered wi' acquantances I was far
frae feelin' in a comfortable frame o' speerit. I had
an inward consciousness, as Mr. Gowlanthump wad
say, that something was far wrang wi' me, an'
therefore, like ane tormentit wi' a wauken con-
science, I imagined I saw the avenger o' bluid in
everybody I met. Wi' the view o' forgaitherin' wi'
as few fouk as possible, I left the hie road an' tane
through the fields, creepin' alang dyke-sides an'
through plantations like a fugiteeve an' a vagabon'.

On loupin' a feal-dyke into a bit clumpie o' trees,
within twa park-breeds o' Buttonhole, I was dumb-
foondert to find mysel' in the handy-grips o' the
Philistines! Three weel-dressed, buirdly, resolute-
lookin' fallows, wha had been skuggin' ahent the
dyke, an' watchin' my suspeecious movements, jaump
up an' surroondit me. Ane o' them grippit me by
the cuff o' the neck (an' got's han' broddit wi' the
preen—sair'd him richt!) anither ane clappit a
cockit pistol to my breist—while the third slippit
a pair o' handcuffs upo' my shackle-banes!

The haill business had been gane aboot in a
trice. There wasna time to speer what they meant
by siccan maisterfu' conduck towards the person
o' a puir 'prentice tailor, wha had never sae muckle
as hairmed a louse in his lifetime, except it micht
hae been dune accidentally, as it were, in the
pursuit o' his honest vocation.

CHAPTER VII

A PROVIDENTIAL DELIVERANCE

AT first I was inclined to believe that, like
the man wha gaed doon frae Jerusalem to
Jericho, I had fa'en amang thieves. By-an'-by I
began to discover that my captors had a wonderfu'
respeck for law an' justice, though undootedly
in my case, their zeal wasna juist accordin' to
knowledge. Had they been the aweless an' lawless
vagabonds I tane them for, instead o' clappin' the
shangies on my shackle-banes, they wad hae begun
by knockin' oot my spunk, an' endit by sinkin' my
nakit corp intae a peat-hole, or by hingin' me up
to the brainch o' a tree by my grauvit, to gar folk
trow I had made awa wi' mysel'. Moreover, I
overheard the leader o' the gang takin' coonsel wi'
ane o' his subordinates, as to whether I sid be sent
awa' direck to St. Andrews, or mairched aff in the
first instance to Burleyrackit, to be examined by
the laird, he bein' a Justice o' the Peace. I cud
gather, frae thae twa circumstances, that I had
been nabbit as a rogue, though what I had dune
to offend the majesty o' the law I cudna divine. I
had tint my coat-tail, nae doot, but the coat was

60

my ain, an' though I had, for decency's sake, con-
vertit it into a jacket for the time bein', that was
nane o' their business.

"Gentlemen," I ventured to stammer oot, my
teeth rattlin' i' my head wi' fricht at the soon' o'
my ain voice, "wherefore hae ye the assurance to
mak' a capteeve o' me, as gin I were naething better
nor a thief, or something waur?"

"You will find that out presently, my fine fellow
—but meanwhile you keep your mouth shut, else
it may be the worse for you," replied the head
man, wha, frae his tongue, appeared to be an
Englisher.

Afore I cud utter a word in my ain behalf, the
chield wha had claught me by the cuff o' the neck,
began to waidge his steekit neive close to my nose,
an' yelled oot, "Weisht, ye teevil's puckie! an' no
pe speakin' pack till ta Supperfysore, nelse she'll
pe oblige to broke ta nose affen yer face—sure's
teath she will! Humph! ta muckle filthy smug-
glin' loon-lookin' fallow that she is!"

"That's your ticket, M'Donald!" cried the super-
visor, weel pleased wi' the zeal o' his subordinate.
"Keep him quiet there, Sullivan, will ye?" he
continued, turning roon' to the fallow wha had
slippit the shangies on my shackle-banes, an' wha
had the unmistak'able pug nose o' the Emerald
Isle. "You get those here barrels of brandy con-
veyed to St. Andrews, where you'll report the
seizure, and say that M'Donald and I will follow
with the prisoner as soon as we have taken his
deposition before Nicholas Bowman, Esquire, of

Burleyrackit, one of His Majesty's Justices of the
Peace in these parts."

"Faix, Misther Buggins, and it's that same I'll
do wid all me heart and sowl," replied Sullivan,
touchin' his hat; "but, oich, yer honour, it's mighty
dhry I am, and sure a gintleman like yersilf
wouldn't nohow be afther grudgin' me a blessed
dhrop ov that same brandy, afore I sets out on
sich a divil ov a journey on this cowld day?"

"Sullivan," said Buggins, wi' an airch twinkle in
his little grey een, "thou'rt an honest fellow; but
look 'ee here, sirrah, that tarnation thirst of thine
will be thy death some of these days, if thou
repent not, and betake thyself to water, like a good
Nazarite. Howsoever, thy request shall be granted
thee. M'Donald, hand me that gimlet of yours,
and you, Sullivan, bring forth one of those barrels."

Sullivan didna need twa tellin's to do that, an'
sae, divin' into the heart o' a big broom cowe near
bye, he drew therefrae a brandy keg that wad
haud maybe a gallon an' a half o' liquor. This
he sets doon on the dyke-head, while Mr. Buggins
proceeds to pierce it wi' the gimlet.

"Now, Sullivan," said Buggins, "you'll have the
goodness to control your ravenous appetite till
your betters have been served;" an' sae sayin', he
clappit his mooth to the gimlet hole, an' sookit
like a horse-gelly.

"Prime liquor!" he remarkit, smackin' his lips,
an' dichtin' them wi' the sleeve o's coat. "Now
then, Sullivan, lad, apply your gob like a brick;
but not too much of a good thing, look 'ee—four

mouthfuls, and not a blessed dhrop more—d'ye hear?"

"Ay, ay, yer honour," replied Sullivan, like to wirry himsel' wi' the desperate efforts he was puttin' furth to mak' the four moothfu's as big as a dizzen.

"Sorra rive her greedy wame!" cried M'Donald, whase teeth had been waterin' while Buggins and Sullivan were layin' their lugs amang the liquor, "but her nainsell maun hae a bit toothfu' tae, to mak' us a' neibor-like. The ne'er-be-lickit will she hae tastit sin' Friday was a week."

"Surely, M'Donald—surely!" said Buggins, grippin' me by the cuff o' the neck, while the drouthy Celt was weetin's whistle—"but look'ee, M'Donald, only four pulls, d'ye hear?"

"Four sooks! haigh, that'll be ae half-mutchkin, at onyrate!" observed the Gael, blawin' oot his skinny chafts like the snotter o' an angry bubbly-jock. "Weel, she's a sup guid drink," he continued, after he had ta'en his pennyworths o't "but she wadna gie a gless o' ta guid Ferintosh or Glenlivat wi' a flan o' peat-reek in't, for a' yer far awa' stuffs, that she wad no, Mr. Buggins."

While the three excisemen—for gaugers I guessed them to be, frae their walk an' conversation—were thus moistifyin' their leather, I stood bye like a pair o' weet breeks, hingin' doon my lugs, an' hardly daurin' to look upwith. The truth began to creep in upon me by degrees, an' belyve I saw that I had been nabbit on suspeecion o' bein' a smuggler. Some days afore this a Dutch schooner had landit a cargo o' brandy, an' tobacco, under clud o' nicht, at the Auld Haiks, an' had gotten aff haill scart, although there was a revenue cutter cruisin' aboot, aff the East Neuk. The authorities were clean red-wud wi' anger at bein' sae cleverly ta'en in by the Dutchmen, an' left nae stane unturned to fin' oot the loons wha had received the unleisum stoutherie.

The gauger-tribe were fleein' hither an' thither like bumbees roon' a buss o' withered carl-doddies, seekin' for hinny, an' findin' nane. At length their zeal had been rewardit by the discovery o' that hochie o' brandy stowed awa' in the broom-buss, an' seein' me creepin' through the fields like a ne'er-do-weel, they naterally concludit that I was the owner o't, the mair sae that, by some unlucky chance or ither, I happened to loup the dyke pre-ceesely ower forgainst the spot whaur the smuggled liquor had been hidden.

" Now then, M'Donald, take care of your man, look 'ee, and don't let him escape," said Buggins, after he had laid doon to Sullivan his final instruc-tions as to the report he was to lodge wi' the authorities in St. Andrews.

"That she will," returned the Hielanman, grip-pin' me mair siccarly by the cuff o' the neck than ever, "Oich, she maun pe mair soupler than ta fery deil, gin her nainsel' bena ta match for her on her nain twa feet."

" Then, ho for Burleyrackit ! " exclaimed Buggins, loupin' the dyke, an' whistlin' a cheery spring till himsel', juist as gin it had been perfectly lawfu' for him to do sae on the Sabbath day !

A bonny Sabbath day's wark, thinks I ; but a single cheep aboon my breath I durstna utter, for Buggins keepit close by my side, wi' a cockit pistol in his neive, ready to blaw oot my harns at a moment's notice, gin I had daured to show the slichtest inclination to turn camsteerie on their han's. Never in a' my life had I felt mysel' sae sma' an' helpless as whan thae menseless fallows had me i' their handy-grips. Yet, amid a' my treebilation, the idea that I was free o' the crime laid to my chairge was a soorce o' nae sma' comfort to me, an' I didna doot that Providence wad, in the lang rin, open up for me a door o' escape frae the hoose o' bondage.

Mr. Buggins, hooever, wad hae conferred a lastin' obligation on me had he sent me aff to Botany Bay at aince, raither than to Burleyrackit, for gang there we cudna withoot Tibbie Monypenny beholdin' me in my forlorn condition. What cud she think, seein' the company I was in, but that I was naething but a ne'er-do-weel, whase craig wad yet be encompassed by a hempen grawvit ? My torn coat, too, wad, dootless, prove a ferlie to the guid fouk o' Burleyrackit, for my captors, in rypin' me for treasonable correspondence, (though the only thing o' the kind they fell in wi' was my redskinned pocket Bible), had laid their clutches on the solitary swallow tail, an' this they very considerately restored to its proper pendant condition.

The Laird o' Burleyrackit, afore whase tribunal I was shortly to tremble, was notorious ower a' the East Neuk, baith for his wickedness as a man

5

an' his cruelty as a magistrate. His faither, auld
Deacon Bowman o' Crail, it was weel kent had
feathered his nest by dealin' in smuggled guids.
By this means he had been enabled to gie his only
son a college education, an' sae qualifeed him for
the snug sitiwation in India that the Deacon had
got the promise o', for gi'ein' his vote contrary to
soul an' conscience, at a contestit Parliamentary
election.

Mr. Nicholas Bowman sune made a man o' him-
sel' amang the

"Black Gentoos and Pagan Turks."

In a year or twa, word cam' hame that he had
marriet the heiress o' a Bengal Nabob, ca'd Rama-
grumphy, wha was reputit to be as rich as the Bank,
an' as black as the ace o' spades. Accoonts cam'
hame belyve that he had scraipit thegither a' his wife's
bawbees, an' made a moonlicht flittin', leavin' the
unfortunate black-a-moor quean broken-heartit, an'
as puir as Lazarus. Some fouk didna stick to say
that he had even gane the length o' makin' awa'
wi' his black-a-viced wife an' innocent bairnies,
by flingin' them into a draw well. Although there
may hae been nae grunds for sic a story, yet, sin'
the best o' men are liable to be leed on, it need be
nae wonder gin the warst o' them sid hae their evil
deeds ca'd waur than they are. Innocent or no
innocent o' that parteek'lar crime, hooever, he had
mony sma'er anes to accoont for.

On his return frae India, Nick Bowman coft the
estate o' Burleyrackit, biggit a braw hoose on't fit

for a prince to live in, marriet a grand English leddy, an' drave aboot the kintra side in a twa-horse coach, like a perfect madman. At little or nae offence, he wad bleeze up like a whun-cowe an' swear like a dragoon. Indeed, whan he got intil's high keys, he didna stick even to send the Rev. Gabriel Gowlanthump to the Ill Place, withoot the sma'est ceremony. Never was he kent to enter a kirk door frae the ae year's end to the ither. The haill Sabbath-day lang he wad sit up at hame wi' a curn mair fallows like himsel' drinkin', helter-skelter, playin' at cairts, an' defilin' himsel' wi' every kin-kind o' abomination. In fack, he was naething better than a pagan. Him a Justice o' the Peace! Had he been as puir as mony ane, he wad hae been less thocht o', maybe—

"But money mak's the mare to go,
Whether she has a tail or no."

Whan we arrived at Burleyrackit, we faun' the laird an' twa o' his drucken cronies—Sabbath day although it was—on the green in front o' the hoose wi' their coats casten—divertin' themsel's wi' flingin' the hammer, an' puttin' the stane—guid auld Scottish games, baith o' them, nae doot, but no a kind o' wark for ony Christian man to be employed at on the Day o' Rest. The laird an' Supervisor Buggins were nae strangers to ane anither. Mony a bottle o' champagne they had toomed atween them, an' never did they forgaither withoot ha'en a bout at wrestlin', boxin', rinnin', or loupin' ower yetts an' dyke-heads.

"Hulloa, Buggins!" yelled the laird, as we mairched up the avenue to whaur the sports were gaen on, "Caught one of those fellows, at last—eh?"

"Yes, yer honour—in the very act too," replied Buggins.

"Well, Buggins, we'll take care of him—won't we! But suppose in the first place we have a game or two, all of us together, and then to business? Won't that do—eh?"

"Agreed, agreed," cried Buggins, "but the prisoner—what shall we do with him meanwhile?"

"Oh, the prisoner!" said the Justice. "This way with him, gentlemen, and I'll make him snug enough—no fear of that!"

Sae they harled me awa' to a laigh bit hoosie that stood nearbye amang the trees. They stappit me intil't juist as gin I had been a brute beast, takin' special guid care, ere they left me, to thraw the key i' the door.

In my prison-hoose there were a big boiler an' sundry washin' tubs. The laundry, by jingo! Tibbie's warkshop! The shrine o' my heart's idol! Oh, that she had been there to cheer me wi' her presence! I imagined that I beheld her slae-black een an' rosy cheeks, an' the thocht soothed the agony o' my capteevity, and cheered my droopin' heart.

For some time I cud hear the shouts an' aiths o' the gamesters ootside. Belyve the profane clamour ceased, hooever, an' save the whistlin' o' a solitary shilfa on the lum-head, or the occasional howl o' a hungry hound i' the kennel close bye, not a soon' was to be heard.

By-an'-by it fell doon pick mirk, an' what wi' the silence—the darkness—the certain prospeck o' a fearfu' ordeal afore my han', an' the present pangs o' a hungry wame—for meat hadna crossed my craig sin' brakfast time—I was truly in a condition as pitifu' as ever fell to the lot o' an innocent man.

I cudna think eneugh o' them leavin' me sae lang in a state o' thraldom. The reason, as I suspeckit at the time, an' faun' oot to be a certainty afterwards, was this: Tirin' o' their gamblin', the laird an' his cronies had gane in to denner, an' forgotten a' aboot me bein' i' the washin'-hoose. They yokit to the toddy i' the lang-run, an' held the puddin' reekin' till it was far into the sma' oors o' the mornin', an' them a' as blin' as bats, an' as fou as the Baltic.

I had been some oors in utter darkness, an' utter silence too, save for the squeekin' o' mice an' rottans i' the crap-wa'. At last I hears the soond o' a fit ootside! Noo, thinks I, here comes my death-warrant! A cauld shiver cam' ower me, an' my heart "gaed dunt upon dunt," like auld Knappy Mill's whan

> "He thocht that the soun' o' the happer
> Cried, 'Tak' hame a wee flou to yer wife,
> To help to mak' brose t' yer supper.'"

Moved by an instinct o' self-preservation, I crap awa into a hidie-hole, ahent the boiler, an' sat doon on a dail that happened to be lyin' across the mou' o' a kimmen. Juist as I had sitten doon, the key turned i' the lock, an' back gaed the door to the wa'. In trippit—wha wad ye think?—the laird? —Buggins?—M'Donald?—na! but—juist Tibbie Monypenny! In the ae oxter she carried a horn lantirn, an' i' the ither a wisp o' shavins, to licht the boiler fire wi'. Wi' a prudent forethocht that has never desertit her through life, she was settin' aboot makin' preparations for the great annual lustration o' the family linens, for next day she was to hae her boukin' washin'.

As she stappit ower the door-stane, the licht o' the cawnel fell upon her face and revealed to my bewildered gaze the sparklin' lustre o' her slae-black een, the youthfu' dimples on her rosy cheeks, an' the temptin' sweetness o' her cherry mou'. My heart, that had erstwhile been duntin' for fear, began noo to be affeckit by a mair pleasin' sensation. It gaed a' aglow juist like a lowin' coal, an', but for the gyves on my wrists, an' the perilousness, no to say the disgracefu'ness o' my sitiwation, I wad un-dootedly hae sprung forrit, flung my airms roun' her snaw-white neck, an' kissed her sweet facie a' ower, frae the chirl on her wee bit chin, to the very roots o' her raven hair. Had I been the menseless vagabond that the gauger clanjamphery tane me for, I wad hae seized advantage o' the open door, an' made aff wi' mysel'. But na, na; Tibbie's weel-faured face nailed me to the spot. I was fascinated—spellbound,

> "And I that moment could not see,
> I was the mate o' misery."

For twa or three minutes I had sitten in a sort o' ecstacy, watchin' i' the licht o' the lantirn the lovely apparcetion flittin' aboot sylph-like frae ae job till anither, whan first a lood crack, an' syne a plunge, waukent baith Tibbie an' me frae oor respeckteeve reveries.

"Gude be wi' us!" cried Tibbie, an' flew to the door, dingin' ower the lantirn in her hurry, an' leavin' me aince mair in utter darkness.

The crack that had startled her was due to the breakage o' the dail I was sittin' on. The plunge that followed arose frae my hinder quarters settlin' violently doon into the kimmen amang the boukin' graith, that Tibbie had been in the wey o' collectin' frae the coo-byre, an' whaurin she was aboot to lay the dirty duds asteep.

Puir quean! Tibbie had run awa' wi' the notion that the place was hauntit by some ghaist or gyr-carlin'. Muckle though I was grienin' for a crack wi' her, yet, a' thing considered, I concludit it wad be as weel to lat her be stappin' wi' that notion for the time bein', an' lippen to Providence to provide us wi' a mair propeetious beginnin' o' oor coortship at some future opportunity.

My prison door bein' left ajee, the thocht struck me belyve that it wad be my duty to withdraw to mair comfortable quarters. This I cud do wi' a clear conscience, seein' I had been wrangously ta'en captive, an' keepit in ward contrairy to the law o' *habeas corpus*. As for the bits o' hand-cuffs, it wad be less my faut than my misfortune, gin the gaugers ever saw hilt or hair o' them again.

Slippin' my wa's oot on my tiptaes, like a cat on
a het girdle, an' keepin' an e'e i' my neck, like a
tod gaun to rob a hen-roost, I tane to the fields an'
the untrodden solitude o' the wuds, shapin' my
coorse by the shortest cuts for Buttonhole, whaur
there had been great consternation an' searchin's o'
heart by reason o' my unaccoontable an' mysterious
disappearance.

My faither had been ower-bye at Snipemire,
speerin' at Andra Sooter if he had seen or heard o'
me on the road frae the kirk. Andra had tauld
him hoo I had misgoogled the tail o' my coat, an'
the general conclusion arrived at was that, frich-
tened to shaw face at Buttonhole, I had either
drooned mysel' or run awa to the sojers. My
faither had juist returned to Buttonhole, bringin'
the Snipemire fouk alang wi' him, to assist him in
searchin' for my dead body. My mither, sabbin'
like to brak her heart wi' grief, was in the act o'
puttin' a lichtit cruizie into the lantirn to lat them
see to search for my remains, whan in I stappit—a
welcome sicht to the haill lot o' them, especially to
my pawrents, wha had gi'en me up for lost.

As sune's she cuist her een on me, my mither,
flingin' doon the cruizie in the ase-hole, threw her
arms roon' my neck, an' cried oot, " Oh, Tammy,
my bairn ! what's come ower ye, that ye've been
sae lang o' comin' ! I dreed sair ye've been at nae
guid ! "

" Guid have a care o's a', Tam ! " exclaimed my
faither, gettin' a glisk o' the shangies on my
shacklebanes. " Whaur—hoo—what, in the name

o' wonder, is the meanin' o' thae loon-lookin' things ye've gotten yer hands intil?"

"Na, ye ken, faither!" cried little Jock, my younger brither, wha had been takin' a back observation o' my person, "that cows the gowan! Look here juist!"

"Dear me, laddie!" said my faither, inspectin' my solitary swallow-tail, "but ye maun either hae been i' the coo-byre or the muck-midden."

Sae, to satisfy their curiosity, I had to lay doon a parteek'lar narration o' a' that had passed atweesh the gaugers an' me, an' a' that I had gane through on that eventfu' afternoon an e'enin'.

My accoont o' the unchristian treatment I had tholed at the hands o' the gaugers made my faither that he was neither to haud nor bind. He actually swore a solemn aith, there an' than, that gin ever they cam' in his gait he wad gie them up their fit, for daurin' to misguide a bairn o' his as they had misguidit me.

But hoo to get the shangies aff my shaklebanes was the next question. My faither tried to prise them sindry wi' the poker. Havin' failed in that, he next yokit to them wi' a hammer, an yarkit at them till my airms were dirlin' up to the very shoother-blades, but a' to nae purpose. Neither pokin' nor knockin' wad gar them lat gae their grups. The warst o't a' was that my ri'en coat cudna be ta'en aff, till my hands had been freed frae the yoke o' bondage. The only feasible plan was for me to stap ower-bye to Scouriebrae, late an' the Lord's day nicht though it was, an' get

Saunders Reekie, wha was Auntie Chirstie's guid-
faither, to exerceese his handy-craft on them.
After hearin' a' my story, Saunders tane me into
the smiddy, fastened the shangies into the vice, an'
filed them aff as clean as a leek.

A blither man than me, whan I had recovered
the use o' my hands, wasna in a' the East Neuk o'
Fife as that nicht gaed ; but frae that day till this
I've had nae love for the gauger fraternity, an' but
unco little respeck for " Justices' Justice."

CHAPTER VIII

CALF-LOVE AND PHYSIC

LOVE! that was a new sensation to me! Nae doot, frae the Sang o' Solomon, an' ither soorces o' information, I had learned, amaist as sune as I cud gang my lane, that there was sic a thing i' the warld, an' that in its mair pooerfu' developments it was prone to beget heart-disease, an' to gar fouk do an' say unco queer an' stupid things, especially whan the mune was at the height. But never, never until my een beheld the blithesome blink o' Tibbie Monypenny, did I realise the sair pangs they maun thole wha are doomed to gang aboot their daily duties wi' the haill contents o' Cupid's quiver stickin' i' their gebbies. My sang! it is ae thing to read about love in novells an' poetry beuks, but whan it yokes to gnaw, gnawin' at yer heart like a moose at a bit toastit cheese, it lats ye ken anither o't!

I hadna been in love aucht an' forty oors afore its effecks began to manifest themsel's in my person an' behaviour. I gaed clean aff my meat, for ae thing, an' that tune mak's a fell alteration, especially on young fouk wha are naterally fashed wi' a

ravenous appetite, as I was at that period o' my
life. The love-fever crap up belyve frae the stam-
mack to the brain. I gaed aboot the hoose like
ane daivert an' doitert, wi' my hands i' my pouches,
an' my een fixed on the floor, as gin I had been
lookin' for needles. Noo an' than a heavy sich ·
wad bubble up frae the pit o' my stammack.
Whan spoken till, I wad mak' the daftest like
replies—clean contrairy to what they sid hae been.
I'm no sure but that a wheen tears sprang up in
secret i' the wicks o' my een. Aince I'm certain
they did, an' that was ae nicht whan Patie Baisler
cam' in an' began a lang palaver aboot the dandy
new servant lass at Burleyrackit, an' hoo she had
been seen hingin' ower the bleachin'-green stile
crackin' wi' the coachman, an' hoo the twasome
seemed as gin they were curdooin' wi' ane anither.
Ah! I had aye a dridder that there micht be
something o' that kind gaun on. I was in despair!

That nicht sleep forsook my pillow. Neist
mornin' I misgoogled Patie's corduroy slacks, by
cuttin' the legs o' them a hand-breed ower short.
Though I had been trokin' awa i' the cuttin'
depairtment for maybe auchteen months, an' had
driven my sheers through nae that little claith in
that time, yet never afore had I played sic a pliskie.
It wasna the loss o' the claith a' thegither that
troubled my faither, but it was sae daft-like, that it
garred him tine confidence in my joodgment for a
week or twa.

My mither, wi' the inborn sagaucity o' her sex,
sune saw there was something wrang wi' me

What it was, an' whether the malady was mental or physical, she cudna tell, nor did I venture to enlichten her on the subjeck. Had Mrs. Williamson been still to the fore, she wad hae been ca'd in to exerceese her skill on the case. But wow, alas! Geordie Mortclaith had gi'en her head the hin'most clap, lang, lang ere I had begun to handle a needle, lat-a-be losin' my appetite, an' brakin' my heart aboot the lasses.

Under the impression that my stammack was oot o' order—for I had complained o' the heartburn an' she had seen me tak' a turn o' the waterbrash ae day, after suppin' sowens an' soor milk to my denner—my mither wad hae me to swallow a dose o' salts an' senna. Puir bodie, little did she ken my malady sprang frae causes that physic cudna reach! Hoosomever, physic bit to be had, an' sae, juist on the back o' four-oors time, she brews a browst o' black-lookin' graith, that had an' unco ill smell, an' a waur taste, an' I'm ordered to drink it aff.

Muckle though I respeckit her authority for ordinar', I maun say I felt a strong repugnance to gang through this ugsome ordeal, for brawlie did I ken that the complent didna lie i' the stammack ava, but in a mair vital organ an inch or twa farther up in my thorax. Doctors' drogs I had aye abhorred ; the very thocht o' them garred me grue. I glowered first at the unsavoury potion, an' syne at my mither, wi' a very crabbit coontenance I dinna doot.

"Come, come noo, Tam—that's aye your wey,"

exclaimed mither, stirrin' up my falterin' resolution. "Aff wi' them at aince, an' ye'll never ken they've been i' yer mooth. See there's a wee harlie o' sugar to put i' yer gab after them."

"Juist enoo, mither," I replied. "I'se coont a hunder the back'art gait an' syne drink up the soss."

The honest woman havin' stappit ben the hoose for a minute, I banged up the potion in a state o' desperation, ran into the pantry, an' garred it play clash into what, in the dark, I tane to be a kettle wi' swine's meat in't, but what I faund oot afore lang to hae been half-fou' o' whey.

By the time she cam' back, I was dancin' aboot i' the floor, stuffin' my mou' wi' the sugar, gruein', an' feighin', an' shylin' my chafts like mad, an' a' to gar her trow that the ugsome compound had actually gane ower my throat. The ruze was eminently successfu', an' I had the satisfaction o' hearin' a warm eulogium pronounced on me for takin' the dose sae clean oot.

That nicht we had whey-brose to oor supper, but my appetite no bein' very gleg, I refused to partake o't, an' my mither, kennin' I was under medical treatment, didna press me. The first sup my faither put intil's mou', he sat dernin' for some-time, turnin' the spoonfu' roon' frae the ae cheek to the ither, as if in twa minds what to do wi't, an' at last he garred it play skyte into the ase-hole.

"What's wrang wi' ye, Tammas?" inquired my mither.

"Naething wrang wi' me," he replied, liftin' up the timmer caup to his nose, an' snuffin' at its contents

wi' a suspeccious snirk, "but there is something
very far wrang wi' the brose, Effie,—soot amang
them, I'm thinkin', or some ither confoondit waugh-
tastit graith. The very smell o' them's like to turn
my stammack."

"Hout na, Tammas," said she, "that's a mere
haiver surely, for they were a' made oot o' ae meal
pock, an' a' oot o' ae whey—guid, fresh whey it
was too, juist aff this mornin's 'earnin', an' it was
never oot o' the pantry till it was put on the fire
no aboon half an oor syne."

"That may be sae," replied my faither; "but
onyhoo, anither spoonfu' o' them sanna enter my
lips."

Jock an' Chirstie, seein' my faither fling doon his
spoon, flang doon theirs too, an' sae there was a
general rebellion against the brose.

"'Deed ye're a' ower nice to please," said my
mither, gi'en' her head a fling. "There's mony
hunder head o' puir things i' thae dear times, whan
a sackfu' o' aitmeal in a pairish is a sicht for sair
een, wha wad think themsel's feastit like princes
on your leavin's. Hand *me* the plate, Tammas,
an' *I'll* sup the brose."

My mither cud thole ony thing amaist, but to
hae her cookery ca'd in question. Gin the kail was
fund faut wi' for bein' ower saut, she was sure to
pronounce them ower wersh. What the rest o' the
hoosehold declared unpalatable, she wad eat wi'
mair than ordinary voracity, declarin' a' the time
that it was capital, excellent, an' that she wad do
hersel' ill wi't, she was sae michty fond o't.

Of coorse, the whey-brose was perfection—better never was made in braid Scotland. Afore she ca'd a halt, she actually cleared oot my faither's platefu' an' her ain, an' wad hae gane still greater lengths, tak' her word for't, had she no been fearfu' o ower-loadin' her stammack. I sat watchin' her movements, an' though she was enlairgin' eloquently on the virtues o' the brose, I cud easily see by the wey she was grindin' them atween her teeth, an' by sundry facial contortions that it was forced wark wi' her to put them ower ava. An' nae wonder cither, seein' they had gotten sic a dose o' my salts an' senna !

Saturday cam' roon' whan Mr. Gowlanthump's knee-breeks, that we had been repairin' on the seat, were to be sent to the manse. As it was thocht that a moothfu' o' caller air micht do me guid—the salts an' senna havin' had nae effect—I was paddit aff wi' them a wee afore the gloamin'. I had fulfilled my mission, an' was stappin' hameward musin' on a certain pair o' slae-black een an' rosy cheeks, whan I was waukened frae my broon study by hearin' a bit hoast ahent me on the road. By this time the gloamin' had meltit into darkness, though there was still some styme o' licht, for the new mune, shapen like a heuk, was hingin' i' the wastern firmament, an' castin' a "silvery licht on tower an' tree."

I had juist passed the Horse Shoe Inn at the Kirktown, whaur I had excheenged salutations wi' Mrs. Snifters, wha was stannin' atween the door cheeks wi' her twa nieves plantit on her buirdly hainches, whan I heard that hoast. I gied a glower ower my shoother to see whaur it cud be comin' frae. There, trippin' lichtly towards me, I beheld a bein' wha, at the first glisk I got o' 'er seemed to me to be an inhabitant o' Paradise that had wandered awa on some errand o' mercy, an' tint hersel'. On a closer inspection she proved to be a mortal like mysel', wi' a greybeard fu' o' whisky wainglin' on her airm. The greybeard was a sure mark that she didna belang to the ither warl', an' I was determined gin it were within the boonds o' possibeelity, to fin' oot what pairt o' this ane she belanged till.

"Guid e'en!" said I, as she cam' up to me.

"Guid e'en!" she replied.

"Hae ye far to gang this gait?" said I.

"To Burleyrackit," was her answer.

My heart lap up to my very mou'! Cud it be possible that this was Tibbie Monypenny? Ay, the very same! I had heard her utter but four words afore, an' that was i' the washin' hoose, whan the dail brak' an' I landit up to the waist amang the boukin' graith. The tones were the same, only the "Gude be wi' us" o' the washin'-hoose, uttered under the influence o' a momentary fricht, lacked the dulcet saftness o' her "guid e'en" on this mair auspeecious occasion. As she wore a red cloak wi' the hood drawn doon ower her chowks, I had some diffeeculty in gettin' a proper vizzie o' her face, but I saw an' heard eneugh to satisfee me that I was really an' truly in the presence o' the bein' wha had been the mean, unbekent to her, puir

6

quean, o' bringin' sae mony mischanters upon me, but wham a kind Providence, I didna doot, had thrown in my gait that nicht for the wisest an' best o' purposes.

After gettin' the better o' the first effecks o' the violent agitation produced on my frame, by the discovery that my fallow-traveller was nane ither than the owner o' the slae-black een that had sae completely pierced "my bosom's core," I ventured aince mair to address her, an' says I, " Are ye no feared, my woman, to gang through thae dismal-lookin' wuds yer liefu' lane under clud o' nicht? Last winter—nae far'rer gane—an' on juist sic anither nicht as this, a puir man—an English traveller—was rubbit o' twa hunder pounds forrit here a bittie, an' had nearly the breath o' life knockit oot o' him."

" Indeed, they're eerie-lookin' wuds thae," said she,—an' she creepit nearer to my side as she said sae,—" but is there ony wey o' gaen to Burleyrackit withoot gaen past that place?"

" Maybe ye wadna mind though I gaed a' the gait wi' ye—wad ye?" said I, wi' falterin' voice, for I had mind o' what Patie Baisler had said aboot the coachman an' her, an' I wasna sure but there micht hae been a tryste atween the twa o' them that nicht. In that case, of coorse, my puir services wad hae been declined wi' thanks.

" Ou, na," said she, " I wad be richt blithe o' yer company, ye ken, but I cudna think o' takin' ye sae far aff yer road—unless ye be gaen my gait onywey."

" Weel, than, I'm juist gaen your gait onywey," said I, though in sayin' sae, I doot, I was sklentin' awee thocht, " an'—an' ye'll juist lat me cairry that greybeard, too, for I see ye're gettin' tired o't."

Sae she handit me the greybeard, an' we grew belyve to be " unco pack an' thick thegither." I was pleased to learn frae her speech an' behaviour that she was a gleg, frank, ootspoken dame, wha had a mind o' her ain aboot a hantle o' things, an' didna' tak' water in her teeth to say what she thocht.

It wad be teedisome to relate a' that passed in the delichtfu' corrieneuchin' we held atween us, on oor way to Burleyrackit, But I may mention that I gleaned a curn items o' information that were to me o' surpassin' interest.

First an' foremost, I gathert that Nicholas Bowman, Esq., J.P., had haen a by-ordinar' spate o' drinkin' that week. He had drucken the greybeard as dry as a whistle, an' Tibbie had been sent to the Horse Shoe Inn for a fresh supply, that he micht hae the means o' haudin' himsel' cheery on the Sabbath-day. Guid had come oot o' evil, I'm sure, for gin he had been content to drink at leisure, I wadna hae seen Tibbie's face that nicht.

Secondly, I learned eneugh to satisfee me that the story aboot Tibbie an' the coachman hadna a word o' truth in't—an' that was oonspeakable comfort to my mind.

Thirdly, I faun' oot that Andra Sooter—though he had never letten on to me, the sleekit rogue, for a' we were sae freen'ly wi' ither—was ower the lugs

in love wi' Peggy Paitrick, a fellow servant o'
Tibbie's, an' that he was ower-by seein' her maist
ilka Friday nicht.

Fourthly, I ascertained in a roondaboot sort o'
wey—for I wasna courageous eneugh as yet to tell
her that I had been airt an' pairt in the ploy—that
the Laird and Supervisor Buggins whan they gaed
to the Washin' Hoose to bring furth their prisoner,
an' faun' that the bird was flown, wrocht themsel's
up into a tremendous passion, swearin' an' raigin'
till they nearly windit themsel's, as gin swearin'
wad mend the maitter ony.

Fifthly, it appeared that Sullivan, wha had been
despatched to St. Andrews wi' the caggies o' brandy,
had never gotten that length, he havin' opened the'
gimlet hole on the road, an' drucken himsel' to
death. Neist mornin' his lifeless corp, stiff as a
poker, an' cauld as lead, was fun' lyin' beside the
barrels in a wud half-gaits atween Burleyrackit an'
St. Andrews, an' the bit pownie beastie that he
had haen alang wi' him, gaen snuffin' aboot close
by, wi' the bridle-reins trailin' amang the feet o't.

Sixthly, an' lastly—an' the maist important item
of a' to my taste—Tibbie, in answer to a question
I ventured to speer at her, tauld me, wi' a profusion
o' smiles an' blushes playin' at hide an' seek on her
bonnie face—for by this time we were stannin' in
the licht o' the kitchen window, an' I had her face
in full view—that I micht stap ower bye wi' Andra
Sooter some Friday nicht—juist if I likit though!
Of coorse I wad like—there cudna be twa weys
aboot that!

We communed thegither doon in the back area for the feck o' an oor—the happiest oor I had ever spent in a' my born days! Wi' Tibbie for my companion, I felt as if I cud hae lingert there for ever, regairdless alike o' wind an' weet, o' simmer's heat an' winter's cauld.

On pairtin' wi' her—for alas! the sweetest moments come to an end sooner even than the sourest anes—I didna hae the courage to lay my lips to hers, by wey o' imprintin' a smurach on them. I had a feelin' that we werna juist far eneugh intil ilk ither's confidence an' kennin's for gaen to that extremity juist yet. Maybe I was a wee thochtie blate forbye. But it maitters na, I did what was the next best thing to makin' an oscular demonstration—I sheuk her by the han. in sic a hearty wey as must hae convinced her that my fingers were actin' under a pooerfu' impulse communicated to them frae the very bottom o' my heart.

Hame I gaed takin' a yaird an' a half at ilka stap, an' whistlin' to mysel' sae loodly an' merrily that—

    "Ye very firre parke rang."

My mither cudna think eneugh o' the charm that had been wrocht on my health an' speerits, by the combined operation o' the salts an' senna, an' the moothfu' o' caller air, for I tane a hearty supper, an' was as brisk as a bee.

Afore retirin' to bed that nicht, I sat doon in a violent state o' poetic ecstasy, an' tried my 'prentice han' at the composeetion o' the followin' bit sang.

THE LASS O' BURLEYRACKIT.

AIR.—"*Roy's Wife of Aldivalloch.*"

The muses nine o' birth divine,
　Wha dwall upo' the mount Parnassus,
Are weel-faured, strappin' sonsey queans,
　An' guid aboon the maist o' lasses.
But I could name a winsome dame,
　As guid, an' ten times mair respeckit,
Wi' rosy checks an' slae-black een,
　The bonnie lass o' Burleyrackit.

There's Mysie Tod o' Clortyclod,
　What though she hae a clash o' siller?
For worth an' wut, the pridefu' slut,
　She couldna haud the cawnel till her.
There's Effie Glen o' Toddleben,
　For me her very heart she'll brak' it;
It micht hae been had I ne'er seen
　The bonnie lass o' Burleyrackit.

Lang Jenny Grubb o' Drumliedub,
　She's but a glaikit, weirdless towther;
An' Betty Shaw o' Muttonraw,
　She's witless, hallokit, an' throu'ther.
Wee Jeannie Heigh, black, wild, an' skeigh,
　An' Peggy Pye, dour an' tongue-tackit;
There's nane in a' the parochin,
　Can match the lass o' Burleyrackit.

Her pawky smiles, her witchin' wiles,
　Her cherry mou', sae sweet an' bonnie,
Her raven hair, her queenly air,
　Her kirtle, snood, an' cockernonie:
Frae head to feet she is complete—
　My heart she's stown, my brain she's crackit;
Baith day an' nicht she's in my sicht—
　The bonnie lass o' Burleyrackit.

CHAPTER IX

THE TEMPLE OF TERPSICHORE

HAVIN' got in tow wi' Tibbie, the next job was to arrainge wi' Andra Sooter as to oor conjunct expedeetions to Burleyrackit, on the Friday nichts. This maitter was settled, the first time we forgaithered, to the entire satisfaction o' baith pairties.

But hoo was I to get awa ilka Friday nicht withoot lattin' the cat oot o' the pock at hame? That cam' to be the next consideration. An excuse that wad sair my turn noo an' than, an even for twa or three weeks rinnin', micht be framed by the exerceese o' some sma' ingenuity. This we proved by actual experiment. But no for the life o' me cud I see hoo I cud decently draw straes afore the een o' the auld fouk frae week to week, frae month to month, an' maybe frae year's end to year's end. Andra an' me tane the subjeck through han's, an' after surveyin' it in a' its vaurious aspecks, we lichtit upon a plan that we thocht wad answer.

The week afore the New Year there comes a dancin' maister bodie to the pairish, an' opens what he was pleased in his printit handbills to style a " Temple of Terpsichore." The meetin' place was John M'Briar's strae-barn, at Puddinmire, an' thither the nobeelity, gentry, an' residenters i' the districk were inveetit to send their sons an' dochters to be taucht hoo to kick up their heels on the maist approved principles.

A strae-barn, as my mither truly remarkit, was a droll place to be transformed intil a Temple o' ony kind, an' as for the nobeelity an' gentry, they were but an unco thin crap in the pairish o' Drumlie. But sin' we canna expeck to fin' muckle smeddum in a dancin' maister—a toom head an' licht heels bein' raither sib to ane anither—the preceese terms o' the puir bodie's adverteezement wadna need to be ower closely creeticeesed.

Of coorse, the Temple o' Terpsichore was a famous institution baith wi' auld an' young. It was the crack o' the haill kintra side for the feck o' the winter. Its high-priest, M'Kickie, was, in the early pairt o's career, a man o' vast wecht an' authority wi' a' the married women wha had families o' grown-up dochters, that were like to stick on their han's, gin they didna get themsel's shewn aff to the best advantage. Tak his word for it—

> "He had seen great anes, an' sat in great ha's,
> 'Mang lords an' fine ladies, a' covered wi' braws."

He used to brag o' his havin' been a pupil o' Neil Gow's, an' even gaed the length o' claimin' acquantance wi' Paganini. Whiles whan he wad get on's high keys, he wad seize hauds o' the fiddle,

THE TEMPLE OF TERPSICHORE   89

an' rin up an' doon the gamut like lichtnin', garrin'
his "elbock jink an' diddle" wi' great veegour,
throwin' back his head, and screwin' his mou' to
the ae side an' his een to the ither, pechin' an'
grainin' like a sheep afflickit wi' the sturdie, an'
makin' a skraighin' noise like a score o' gan'ers,
cryin' a' throu' ither, eneugh to wauken the Seven
Sleepers—an' that, we were gi'en to understan', was
a swatch o' Paganini's style o' playin'—only a
vastly improved edition o't. Then for a sketch o'
Neil Gow's bow-han' (greatly improved, too, of
coorse), he wad rattle awa through a lang rigmarole
o' jigs, strathspeys, an' reels, garrin' his head bob,
bob up an' doon sae furiously that it seemed as
gin he wad end himsel' some day by flingin' his
neck oot o' joint.

Yet for a' his wind, Mr. M'Kickie was naething
better than a tailor like mysel'. Feint ane o' him
had ever been langer or farrer frae his native
pairish o' Auchtertool than the sax months he lived
in the Sooth-Back o' the Canongate o' Edinbro',
whaur he wrocht in a bit garret roomie, sax feet
square, makin' breeks for a militia regiment, at a
wage o' auchteen pence a day. "Whan wine's in wit's
oot," is a true sayin', for takin' a bouse ae Saturday
nicht wi' twa or three billies i' the Horse-Shoe Inn,
whaur he put up, he got himsel' fou' an' let oot the
poother unawares. The story spread like wilfire
through the pairish, an' in less than a week every-
body kent o't. Puir M'Kickie lost far mair by
tellin' the truth than he had ever dune by tellin'
lees. His was a very hard case indeed, an' a' the

mair sae as the fack o' his bein' a tailor bred was raither creditable till him than itherwise.

At M'Kickie's Terpsichorean Temple, hooever, Andra Sooter an' me resolved to get oorsel's initceated into the sublime mysteries o' Petronella, the Heelan' Fling, an' Jacky Tar. It wasna devotion to the saltatory airt a' thegither that led us into this ploy, but we calculatit that it wad furnish us wi' a feasible excuse for bein' abroad on the Friday nichts, whan, of coorse, we cud substitute Cupid for Terpsichore, an' Burleyrackit for Puddinmire.

There are aye twa at a bargain makin', hooever, an' in my case it was necessar' to secure the concurrence o' an individual wha stood to me in the twa-fauld relationship o' pawrent an' 'prentice maister, afore I cud gang ae fitstap farrer into the M'Kickie business. My mither, I didna doot, cud be managed wi' little trouble, for she had aye a laudable ambeetion to see us upsides wi' oor neebors, if no as far ahead o' them as possible ; but my faither raither pridit himsel' on rinnin' 's head against the general custom, the mair especially as he was on releegious grun's dead against gi'en' the slichtest coontenance to what Mr. Gowlanthump, in a discoorse adaptit for the speceefic occasion, frae an auld ane on the dancin' o' Herodias' dochter, ca'd the " sinfu', Antechristian, heathenish, diabolical practeese o' promisc'us dancin'." Of coorse, his bein' in the eldership made my faither a' the mair zealous in guairdin' my morals frae contamination.

I lost nae time in soondin' my mither on the

subjeck, an' was delichtit to fin' that her sentiments
an' mine were identical. Sae whan e'enin' comes,
an' we were a' sittin' roon' the ingle, the discoorse
turns, by the merest accident ye needna speer,
to Mr. M'Kickie an' his gran' Terpsichorean
Temple.

" A' the young fouk in' the roon' are to be at it,"
my mither mildly observed.

" The greater fules their pawrents maun be to
lat them ! " growled my faither.

" Deed, I never cud see the ill o't ! " returned my
mither, " an' that's no sayin' ae thin', an' thinkin'
anither. I was at the dancin' mysel' whan I was
like them, an' sae were ye yersel', Tammas, as ye
may weel mind. An' what the waur are we o't
the day ? "

" An' what the better are we ? " retorted my
faither. " But waur or no waur, it's clean against
Scriptur'. Mair an' ootower a' that, though we
cam' by nae skaith, that doesna prove that Tam 'll
be equally fort'nate."

" Deed, Tammas, Scriptur' says naething either
for or against it, an' as for Mr. Gowlanthump—he's
a bonnie ane indeed to rail aboot the ineequity o't,
whan his ain twa dochters are taucht dancin' at the
Buirdin' School, in St. Andrews.

" Are ye sure o' that ? " said my faither sharply.
" Wha's yer author ? "

" Naething can be surer," replied my mither
calmly, " an' my author is Mrs. M'Briar, whase twa
little nieces are at the same schule, an' dancin' alang
side o' them ilka day."

" Weel, after that onything ! " said my faither, grindin' his teeth thegither.   " Laddie, ye'se get to the Temple o' Terpsichore!   An' juist lat Mr. Gowlanthump say a single word aboot it to me, an' I'se gie him a bane to chaw at I'm thinkin ! "

Next day my mither set oot to St. Andrews wi' her butter an' eggs, an' there she coft me a pair o' splendacious dancin' pumps, at a cost o' nae less than three half-croons.   The marrows o' them werna to be seen within the haill Temple o' Terpsichore, except on the feet o' Mr. M'Kickie himsel', an' his had been embroider't by the fair fingers o' a blumin' damsel o' thirty-five, belangin' to Pittenweem (whaur he had last set up his Temple), an' wha presentit them to him, accordin' to her story, as a token o' profound admiration for his professional abeelities, though, as was generally hintit, her profound admiration very possibly orginatit in a different, if no in a mair selfish motive. If sae, she maun hae met wi' an unco sair begunk, puir quean, for it cam' oot belyve that M'Kickie had a wife an' twa weans livin' in the neiborhood o' Stirlin'.   The rascal had quietly gi'en them the slip, leavin' them on the cauld charity o' a walthy carl o' an uncle o' his ain, wha had a lairge sheep-farm thereawa.

Mr. M'Kickie's coorse o' instruction was to last for aucht weeks.   Andra an' me were reeg'lar attendants except on the Friday nichts, whan we faun' mair pleasin' enterteenment at Burleyrackit.   I made great progress in my saltatory studies, an' equally satisfactory was my success in winnin' the

affection o' Tibbie Monypenny, sae I had nae reason
to complain.

Aboot the middle o' the term we had a practeesin'
ball, to which we that were scholars were allooed to
bring oor sweethearts. Of coorse, I had Tibbie,
an' Andra had Peggy Paitrick—they havin' speered
leave oot for that nicht.

Tibbie was charmin',—I had maist said divine!
No bein' up to the names o' the vaurious articles o'
her apparel, I sanna ventur' to describe them, but
her slae-black een, her rosy cheeks, her raven ringlets
—I cud hae describit them, gin the dictionar' had
been able to furnish words expressive eneugh for
sic a delicate task. Frae a' the fair dames that
graced the Temple o' Terpsichore that nicht she
bore the gree awa.

Ilka craw thinks its ain bird the whitest, nae
doot, an' maybe Andra Sooter was as muckle built
up in Peggy as I was in Tibbie. If sae, he was
very welcome. She was weel eneugh, an' it's a
guid pack that pleases the merchant. But she was
naething like Tibbie Monypenny, an' that's no sayin'
onything to Peggy's disparagement, for whaur per-
fection is the ellwand it's nae mervel gin ordinary
mortals come scrimply up to the standard.

Tibbie an' me werena aince oot o' the floor the
haill nicht. My certie! She cud wag her tae wi'
the best o' them. At Bab-at-the-Bowster she flang
the napkin to me, an' sae we set oot for Burley-
rackit, her hingin' on my airm, as was but meet an'
proper. Andra had Peggy in tow, an' they were
on the road afore us, maybe at the distance o'

twa hunder yairds.   The mornin' was raither dark.
The mune had set, an' the stars were happit by
a thick canopy o' cluds.   Oor road lay for some
distance atween a thick wud on the ae hand, an'
a raw o' lint-holes, lip-fou' o' foul water, on the
ither.   We were stoitin' alang, deeply immersed in
oor ain cracks, an' never dreedin' skaith, the mair
sae as Andra was sae near bye, whan oot sprang
a pair o' murreungeous rascals frae the wud, an'
ane o' them flings his airm roon' Tibbie's waist,
while his pairtner in ineequity grips me by the cuff
o' the neck !

The first thocht that flichtered athort my mind
was, cud they be my auld adversaries the gaugers?
But I tane nae time to gie a second thocht to the
subjeck, for I juist liftit my steekit neive, an', wi' a'
my pith an' veegour, an' they were nae that sma'
in thae days, lent the chield wha had collared me a
wallop that turned him clean heels ower head into
the midst o' the lint-hole !   Noo for the vagabon'
wha had daured to lay foul fingers on Tibbie, an'
wha, regairdless o' her warsellin', an' flytin' an'
scartin', still stuck till 'er like a whittret !   I made
as short wark wi' him !   My wrath bein' fairly
wauken't, I sprang at him like a teegar, lowsed his
handygrips frae Tibbie's waist, an' gied him a
blenter i' the braid-side o' the head, that sent him
intil the stank after his accomplice.   His heels
were juist gaen ower the ugly head o' 'm, whan
Andra, wha had heard the fearfu' stushie break oot,
cam' rinnin' back to see what was ado.   On sur-
veyin' the battle-field we faun' a lang broon pock

lyin' at the side o' the road, an' whan Andra cam'
athort it wi' his fit, the bass fiddle, that had bummed
sae dolorously in oor lugs the haill nicht through,
sent furth a deep sepulchral groan.

" Put yer tae-piece intil her, Andra," said I.

Sae the neb o' Andra's tackety shoe cam' in
violent colleesion wi' the pock, whaurby the un-
fortunate instrument was sent into the middle o'
the pool. This it did wi' an angry growl, provin'
as plain as words cud hae spoken it that we wad
never mair be deaved wi' its bow-wow-wowin'.

Of coorse, the twa vaigs whase heels I had dung
sae clean ower their heads, didna mak' a lang
sojourn i' the lint-hole. They remained there nae
langer than they cud help, but reikin' their fins
they crap oot on the further shore, whaur—the water
bein' atween them an' me—they thocht themsel's
on biggit land, an' begoud to craw unco croose.

"Mr. M'Kickie!" roared I, after the craitur had
put himsel' hafflins oot o' breath wi' the violence o'
his objurgations, " ye mauna suppose that I'm sae
blin' as no to ken ye! Ye can juist gang yer wa's
doon bye to Pittenweem, to the puir quean ye've
been coortin' for cake an' puddin'. Better still,
haud ye awa to Stirlin' to yer ain wife an' weans.
It wad be far wiser-like than tryin' to lead ony
virtuous young woman aff her feet—ye puir, in-
signeeficant, blowstin', cooardly warrach 'at ye are!
Aye, an' d'ye really think that because ye've been
sax months in Edinbro', an' can coin a wheen lees
oot o' hill an' heap, ye cud also twine Tibbie an'
me roon' yer thoom ony way ye like? Aha,

lad! ye've chappit at the wrang door for that. Ac tailor is as guid as anither ony day, an' a hantle better sometimes ye'll be thinkin'. It was very far wrang o' the Auld Reekie fouk to haud ye pinglin' sae lang at sogers' breeks, an' only gi'ein' ye auchteenpence for yer day's wark. But never mind though ye had to creep yer wa's back to 'starvation in auld Auchtertool'—ye're no the first, an' ye winna be the last, that Fortune, the fickle jaud, has fouchten wi' i' the mornin' an' fawned on at e'en. Can-do is easily carried aboot, an' whan ye can nae langer fill yer wame by shakin' yer fit an' tellin' lees, ye can aye mak' auchteenpence at the needles."

M'Kickie didna expeck either the sarkfu'-o-'sair banes or the reddin' up I had gi'ein' him, or he wad hae thocht twice afore vent'rin' to clap his unhallowed cleuks upon Tibbie Monypenny. But it was a' tint that fell by 'im, for truly he was a main scoondrel! I cudna juist blame him a' thegither either for ha'ein' a lithe side to Tibbie, after seein' her buskit up like a wax-doll, an' fleein' through the reel as licht an' gracefu' as a lintie. Human natur' cudna behold withoot admirin' her. Bein' a marriet man, hooever, he had nae business to fa' in love wi' 'er, or if he cudna help doin' sae, it was his duty, at the very least, to bury the unleisome passion oot o' sicht into the secret depths o' his ain bosom.

As for the bass fiddler—a drucken collier chiel' hailin' frae some o' the coal heuchs owerby at the Bungs,—his ineequity was the less heinous in

my een, that he had evidently been made a catspaw
o' by his employer.   Puir fallow ! he had the warst
o't ; for not only did he get himsel' wat to the skin,
his claes belaggirt an' his fruntispiece malagruzed,
which was nae mair than what Mr. M'Kickie
himsel' had to thole,—but Andra's tackety shoe
had dung his fiddle into spunk wud.

A warl' o' slack jaw was intercheenged atween the
bellegerents, but as Tibbie an' Peggy were anxious
to be hame, an' as they were frichtened for hosteeli-
ties brakin' oot anew, Andra an' me, at their earnest
solcecitation, resumed the mairch towards Burley-
rackit, leavin' the enemy to rake frae the lint-hole
the pockfu' o' spails that had aince been a bass
fiddle.

Neist nicht Andra cam' owerby to Buttonhole
in a state o' great concernment, an' tauld me hoo
he had heard them sayin' at the Smiddy that
M'Kickie had stown awa frae his lodgin's i' the
Horse Shoe Inn, afore daylicht, takin' a' his effecks
alang wi' him, except the score o' the popular sang,
" Guid nicht, an' joy be wi' ye a'."   A cadger bodie
belangin' Dundee had been at the Smiddy i' the
forenoon gettin's rigwoodie mendit, an' he said that
he had forgaithered wi' the bass fiddler an' him at
day-daw awa ower the Girdle Feet i' the direction
o' the Guaird Brig.   Baith o' them, he said, had
their e'eholes as blue as blawarts.   For a' that the
High Priest o' Terpsichore an' his cronies had
eaten an' drucken durin' the sax weeks he had
lived at the Horse Shoe, he made aff wi' himsel'
withoot gi'ein' puir Mrs. Snifters sae muckle as the

7

black afore his nail, or even sayin' " I'm obleeged
t' ye !" Forbye a' that, he had gotten fore-
handit peyments frae his scholars for aucht weeks'
schulcin', an' here was he awa whan as yet he hadna
gi'en them aboon half the value o' their siller !

CHAPTER X

THE DIET O' CATECHEEZIN'

ON a certain Sabbath-day i' the hairst-time,
the only worshippers frae Buttonhole in
Drumlie Pairish Kirk were me an' my faither, for
my mither baid at hame to look after the coo an'
the swine, while Jock an' Chirstie were awa spendin'
their hairst vacations wi' Sandy Reekie, wha had
by this time gotten a smiddy o' 's ain, doon near
Pittenweem, an' was doin' weel i' the warld. As
my faither sat wi' the elders in their bucht, I was
the sole occupant o' the Buttonhole pew. Havin'
had a hard week's wark on the hairst field, my
faither an' me were sleepier than ordinar' on that
parteek'lar day. By dint o' fidgin' aboot, bitin' the
end o' my tongue, an' nippin' my thighs, I managed
to keep mysel' wauken, until I saw that my faither
an' half the congregation were thrang noddin' to
ane anither. My blinkers likewise gaed thegither
for guid an' a' juist as Mr. Gowlanthump was
layin' doon " Ninthly." Patie Baisler, whase pew
was alangside o' oors, snored raither lood for my
comfort. But the soond deed awa belyve, an' left
me in the land o' Elysium.

Hoo lang I remained in that somnolent state I canna tell, but the neist soond I heard was Mr. Squeeker's stentorian voice launchin' furth into the third measure o' the "Bangor," an' garrin' a' the roof an' rafters dirl wi' the fervour o' his sacred melody. My first glower was direckit to the elders' bucht, an' there I saw my faither an' his brithren o' the eldership, rakin' at their c'eholes, showin' very clearly that we were a' eeksie-peeksie for aince.

Had we lost naething by that stown nap but the hinder-end o' the sermon, the loss wad hae been but sma'. We had heard it a' afore, aftener than aince or twice, an' if spaired, we micht do sae again. But we had tint a maist important announcement that Mr. Gowlanthump had made at the end o't. It was to the effeck that he wad haud a diet o' examination at Buttonhole, in the hoose o' Mr. Tammas Bodkin, on the Tuesday followin', whaur a' the pairishioners residin' in that quarter o' the pairish, gentle an' semple, were inveetit to assemble at twa o'clock i' the afternoon. Mr. Gowlanthump cud tak' freedoms at Buttonhole, owin' to my faither bein' an elder, that he wad scarcely hae daur'd to tak' elsewhere, an' therefore he had arranged to haud a meetin' withoot speerin' aforehaun' whether it wad be convenient for us, or indeed withoot sayin' ought aboot it, save an' except what he said in 's intimation frae the poopit. This intimation neither my father nor me happened to hear, for the rizzin that we were baith soon, asleep whan he made it.

Tuesday was aye a head-day at Buttonhole. It was washin' day. Noo, to hae an examination an' a washin' i' the hoose on the same day was mair than we were prepared for.

We had feenished oor denner o' cauld-kail-het-again—oor usual fare on washin' days. My mither was i' the act o' dichtin' up the cutty-spoons, whan in comes Mrs. Dauvit Sooter, followed at intervals by Dauvit himsel', Dauvit's auldest laddie Andra, an' the younger members o' the Snipemire family. "Ay, ay, what cud hae brocht sae mony Sooters to Buttonhole, on sic a day, an' at sic an oor ? " was the thocht that was uppermost i' my mither's mind.

"Inbye an' warm ye," said my mither, "an' gie's the news."

But afore Mrs. Sooter had time to lowse her news-wallet, in cam' Wattie Wabster an' his wife, wi' their childer, an' a 'prentice loonie, wi' a fearfu' tautit head, that Wattie had wi' him, learnin' the weavin' business. Bottom room was gettin' scant, but the auld fouk managed to get accommodatit ae wey an' anither. As for the youngsters, my mither tell't them juist to "hunker doon on their thooms." Never aince jealousin' what was what, my mither still held her hands gaen i' the washin' tub, keepin' up a' the time a cheery crack wi' her guests, an' garrin' the saepy graith flee through a' the neuks o' the kitchen, weetin' a' their duds. She had juist begun to question Mrs. Wattie Wabster aboot her next youngest bairnie that had lately had the measles, the dregs whaurof had

fa'en intil its left leggie, causin' sair rinnin's, whan
in comes John M'Briar o' Puddinmire, accompanied
by Patic Baisler, an' a squad o' half-lang ploomen
chields frae the neeborin' farms, some o' them entire
strangers to my mither. Od, things were really
beginnin' to look unco serious. The floor-head
cud nae langer accommodate the motley multi-
tude. As for the ben-the-hoose, it was fu' o cheese
laid oot to dry, sae she cudna send them ben there.

"Gang yer wa's up to the garret, Andra," said
my mither to Dauvit Sooter's laddie, "an tell
Tammas to come doon an' speak to me."

Doon cam' my faither wantin' the coat, an' wi'
his tape measure hingin' roond 's neck, but an ye
had seen hoo he glowered whan he set his nose
inside the kitchen an' beheld sic a hoosefu'!

"Gude be here!" he cried, haudin' up baith his
han's, "ye're no a' wantin' yer measurements ta'en
are ye? Mrs. Sooter, I'm sure ye wadna wear a
pair o' breeks o' my makin', at ony rate."

"Nane o' us are here for oor inches, I doot,"
observed Dauvit Sooter, beginnin' to suspeck there
was some mistak' somewhaur. "We're come to say
oor carritches, Mr. Bodkin."

"Carritches, Dauvit!" cried my faither, takin'
aff 's nichtcap an' clawin' his pow, "I canna see
hoo that can be ava."

"Ou, was ye no i' the kirk on Sabbath?" said
Dauvit.

"Ay was I."

"An' did ye no hear Mr. Gowlanthump gie oot
the intimation?"

" Whaten an intimation ? "

" Ou, juist that there was to be an examination hadden at Buttonhole this day at twa o'clock."

" No possible, Dauvit ! " said my faither, gi'ein' anither claw till 's croon, an' takin' a terrible red face till himsel'.

" It's provable, though," said Dauvit, appealin' to the rest o' the company for confirmation o' his statement.

" It's juist as sure's death, though ! " said Mrs. Wattie Wabster, " for we a' heard it, as we did— an' juist as we were crossin' the Mossy Howe at the Stappin' Stanes we saw Mr. Gowlanthump comin' leisurely doon the lang dyke side, an' he'll be here enoo—as he will. Wattie," said she, turnin' till 'er guidman, " I'm sure ye saw him too."

" Did I no ? " said Wattie. " Haigh I saw him ! an' gin he hasna' been pittin' aff's time, he maun be past the Corbie Stane afore noo, I'm thinkin'."

" Guidwife ! " exclaimed my faither, risin' at length to the magnitude o' the occasion, " what are we to do ? The meenister comin' an' no a clean seat i' the hoose for him to sit doon on ! Fling bye yer washin' tub, 'oman ! an' aff wi' yer short gown ! Dauvit Sooter, rin ye oot to the end o' the hoose, an' gin the meenister be near hand get him to look at the swine for awee, till we put things something decent like. Sorra tak' this for a bad business ! Tam ! Tam !—d'ye hear ? " he cried up the stair to me. " Come doon this meenute, an' get on yer blue jacket wi' the clear buttons ! Patie, man, rin oot to the byre for the lang fir dail we scrape the swine on, an' we'll lay't atweesh a pair o' chairs for the youngsters to sit on. For ony sake, Mrs. Sooter, bear a haun' an' set the muckle chair an' the table for the meenister!"

Havin' delivered a' thae orders, my faither boltit to the ben end o' the hoose to redd his hair, an' fling on a coat. There he faun' my mither, in nane o' the best o' tempers, fechtin' like a day's wark to get oot o' her short gown an' intil her lang ane. There was nae time to waste in fruitless words, itherwise she wad hae gi'en him an upreddin' for no peyin' attention to the poopit intimation —gettin' himsel' made a warl's wonder o' ower a' the pairish, an' bringin' sae mony strangers on her whan her hoose wasna fit to be seen by fouk wi' a' their braws on!

The news o' Mr. Gowlanthump an' the Carritches didna gang weel doon wi' me ava. Gin I had gotten due warnicement, feint a flee wad I hae cared, for I cud hae furbished up my theology aforehaun', but a hurried survey o' the subjecks likely to be discussed convinced me that I was as sure to stick as I was a leevin' mortal. Was I to mak' an ass o' mysel' afore Andra Sooter an' the lave o' them? But what was I to do? Creep intil a canny corner like an ill-doer, oot o' sicht? Na! that wadna do, for I wasna sae sma' a mote as to shrink into inveesibeelity. Cud I no crawl in below the board an' hap mysel' wi' the orra clippins? That wadna do either, for gin my sin didna find me oot, my faither wad be sure to do sae, an' that wad be even waur than makin' a

guddle o' the "reasons annexed." A' thae shadowy
thochts flichtered across my brain wi' the fleetness
o' merry-dancers on a winter's nicht, but they
furnished nae feasible means o' escape frae my
peck o' troubles.

Desperate ailments need desperate cures. Doon
the garret stair I crap on my tiptaes, an' i' the
midst o' the general hurrie-burrie I glidit to the
door like a ghaist, withoot excheengin' word or
wink wi' onybody there. Roon' to the back o'
the hoose I ran like a huntit hare, an' nae ither
refuge bein' at haun', I scrammelt up a trap that
was leanin' against the easin', an' mountit up to
the riggin'. Frae this vantage grun' I made a
hurried survey o' the adjacent landscape. Mr.
Gowlanthump was approachin'. By this time he
was aboot half gaits atween the Corbie Stane an'
Buttonhole. I then streekit mysel' oot a' my
length on the riggin' as flat as a flounder, sae that
his Reverence michtna get a vizzie o' me i' the
bye-gaen. I hadna been aboon three minutes in
this position, whan I overheard my faither trottin'
roon' a' the doors, bawlin' oot "Tam! Tam! are
ye there, Tam?" but Tam wasna inclined to
mak' onybody sensible, whether he was there
or no.

By-an'-by I heard Mr. Gowlanthump comin'
past the end o' the hoose, gruntin', an' pechin', an'
reddin' his throat, to mak' himsel' ready for action.
As for me, I durstna budge oot o' the bit, nor mak'
either hishie or wishie, for fear o' back-fear. But
wow alas! never are we in greater peril sometimes,

than whan we think oorsel's maist secure. I had
felt the rotten pins crackin', an' the divots beginnin'
to gie wey for a half minute or sae, but houp still
whisper'd into my lug, that they wad haud oot lang
encugh to sair my turn. Houp proved hersel' in
this case to be a leein' kittie. At the preceese
nick o' time whan Mr. Gowlanthump was passin'
in the front o' the hoose, fornenst whaur I was
lyin', the divots tint their grip, an' doon we row'd,
them an' me thegither, wi' an awfu' hurlie-hacket,
richt on the croon o' the Rev. gentleman's head!
Nor did the mischief, bad as it was, end even wi'
that, for ayont him lay the jawhole, an' richt into
the middle o't him, an' me, an' the divots played
plouter, garrin' the fulzie jaup up in a' directions,
fylin' a grand table-claith o' Wattie Wabster's
weavin' an' my mither's ain spinnin', that was
dryin' on a scrog near-bye, an' committin' sundry
ither pliskies o' lesser enormity.

My faither an' Dauvit Sooter hearin' the stushie
cam' rinnin' to the door, an' pu'd us oot o' the
Slough o' Despond. We were truly a sicht to be
seen raither than describit ; we were literally covered
wi' glaur frae head to heel.

The meenister was ta'en into the parlour, whaur
he got himsel' cleaned, an' arrayed in my faither's
best black suit. But my certie gin' I didna mak
my feet my freen's, I did naething. As sune's I got
oot o' the jawhole, I set aff what I cud scoor to
Treetaps, to my grandfaither, an' laid doon the
haill story to him. Sae he cam' owerby wi' me
to Buttonhole i' the gloamin', an' used his guid

offices to restore me aince mair to the favour o'
my deeply offendit pawrents.

A crusty auld tyke at the best, Mr. Gowlan-
thump's temperpin was naewise improved by the
jawhole catastrophe. Durin' the examination that
followed he was as soor as sowens an' as thrawn
as a welk. The hafflin plooman chields sat like
a wheen condemned thieves, wi' their bannets
atween their knees, frichtened to lift their een frae
the points o' their tackety shoon. Wattie Wabster,
decent carl that he was, got into sic a state o'
agitation, that whan it cam' his turn to answer
he cudna utter a word—no, though Andra Sooter
was sittin' ahent him feedin' the answers ane by
ane intil's left lug as they were needit. Wattie
fairly brak doon on the Carritches, but Mr. Gow-
lanthump thocht he wad try him on anither
tack.

"Mr. Wabster," said his reverence, wi' a fearfu'
scowl that garred Wattie shak' in's shoon, "where
was the land of Nod?"

Andra Sooter, bein' up to a' mainner o' mischief,
whisper'd into Wattie's lug something aboot "Cape
Cod."

"At Ca-ape Cod, sir," answered Wattie, the
syllables like to stick in's windpipe.

"What d' you say, Patrick?" roared his Rever-
ence, applyin' to Patie Baisler for his opeenion.

"Weel," said Patie, "the twa words are no that
onlike ane anither, onywey."

"What say you, John?" continued the meenister,
turnin' to John M'Briar, wha was sittin' in a corner

mumpin' at the head o' his staff, an' lookin' as if he wad like to say something.

"Disna the Beuk say that the land o' Nod was to the east o' the Gairden?" observed John, addressin' himsel' to Patie Baisler.

"Ay does it," returned Patie.

"Verra weel than," said John, layin' doon the words into his left loof wi' the end o' his staff, "isna Cape Cod in Ameeriky? isna Ameeriky wast frae this? an hoo' than cud the twa places hae ony sibness to ane anither?"

"But bide awee, John!" said Patie, warmin' up in defence o' his ain theory, "d'ye no ken that the warl's roon' like yer ain head, John?"

"I'm nae sure o' that," replied John, "we ha'ena Scriptur' for't, at ony rate.

"But it's gospel 'at I'm tellin' ye, though," said Patie, "an' noo juist suppose the Gairden to lie at yer left lug, an the lan' o' Nod at yer nose, is 't no as plain as the sole o' Mr. Bodkin's guse, that ye micht gang frae Eden to the lan' o' Nod, by haudin' either east or wast? The ae road wad be a wee thochtie langer than the ither, but that wad be a'."

Seein' that the question wasna like to be cleared up by the united wisdom o' the twa disputants, Mr. Gowlanthump proceedit to unfauld his ain views on the subjeck; but though he managed to pit doon a' veesible opposeetion, yet Patie still thocht that there was bound to be some relationship atweesh Cod an' Nod, an' whan John an' him next forgaithered at the smiddy, they were on the very point o' fechtin' aboot it. 'Deed, the smith

said they wad hae fouchen ootricht, if he hadna
gane in atween them, an' threaten'd to knock doon
wi' his fore-hammer the first o' the twa that daured
to lift his neive aboon the band o's breeks.

Mr. Gowlanthump next tacklet John M'Briar.
Noo John, besides bein' a clever haun' at geography
an' metapheesics, was likewise a bit o' a poet in
his ain humble wey, an' cud mak' up sangs an'
verses on the spur o' the moment, an' in a mainner
that was very divertin' sometimes. John was never
at a loss for a rhyme, for whanever he cudna get
existin' words to clink, he wad set to wark an'
mak' new anes for himsel'. Even in common
converse he wad munt up into the regions o' the
sublime, an' weave a wab o' crambo jingle that was
perfectly mervellous. Never havin' as yet gi'en
Mr. Gowlanthump a swatch o' his poetical gifts, he
was determined no to lat the present opportunity
for doin' sae slip bye unimproved, an' sae the
followin' droll colloquy tane place atweesh the twa
o' them :—

> " John M'Briar of Puddinmire."
> " Sir, I'm here at your desire."
> " Ye'll answer me this question, John."
> " As mony as ye like—come on l "
> " How long was it ere Adam fell ? "
> " Deed, sir, that's mair nor I can tell."
> " So, John, you cannot tell me that ? "
> " Ye've said the truth, sir, weel-a-wat ? "
> " Then I must tell you, I opine ? "
> " Yea, like a sensible divine."
> " Well, not until he got a wife."
> " He'd better led a single life l "

"A most judicious observation."
"Considerin' my sma' eddication."
"I marvel at your ready rhymes."
"Deed, sir, they're unco thrawn at times."
"Is Mrs. Mac a rhymster too?"
"Na: juist as timmer, sir, as you!"

Mr. Gowlanthump wad fain hae ventur'd on a few mair questions, but feelin' that John was beginnin' to tramp on's taes he prudently cut short the extraordinary confab, an' tauld him he micht resume his seat.

Havin' dune ample justice to the ither subjecks on the programme, which includit Noah's Ark, Lot's Wife, an' Balaam's Ass, his Reverence wound up the labours o' the day, by gi'en' a lang an' learned dissertation o' his ain, whaurin he fixed the exack localities o' Tarshish, Ophir, an' the valley o' Baca, an' sae endit that memorable Diet o' examination.

CHAPTER XI

A GUIZIN' PLOY

URIN' the last saxteen months o' my apprenticeship my mind was in a constant whirl o' excitement. The oors, aince lang an' teedisome, flew by on the wings o' the win'. My heart, aince sae dowie an' cauld, was noo in a habeetual glow o' happiness. Frae peep o' day till the Lady's Ellwand stood ower the lum-head, I keepit the needle reekin' an' whistled like a lintie. The prime cause o' a' this feleecity, of coorse, was "the bonny lass o' Burleyrackit."

The Temple o' Terpsichore havin' been steekit in the mainner already describit, Andra an' me were under the needcessity o' lookin' aboot for a new excuse for oor Friday nicht expedeetions. An auld reekit fiddle, the solace o' my grandfaither's solitary oors after he had happit my grannie i' the mools, had lain tuneless upo' the bawks ever sin' he had played his last grand finale an' passed awa frae "sunshine to the sunless land." This was noo my daily and nichtly companion as aften as I had a moment's leisure. The thrummin' an' bummin', an' cheepin' an' scrapin', that gaed on i' the hoose

111

was, as my mither sometimes remarkit, eneugh
to frichten awa a' the rottans i' the pairish. Andra
Sooter, no havin' come into the possession o' a
fiddle by heirscape as I had dune, coft a second-
haun' ane frae a broker mannie in St Andrews,
the purchase price bein' five and saxpence.

Noo that he had a fiddle o' his ain Andra wad
be ower at Buttonhole maistly ilka nicht, an' the
twa o's wad sit up i' the garret after lowsin' time,
scartin' wi' micht an' main wi' the view o' extractin'
"the concord o' sweet soon's" frae oor harsh
rebellious instruments, until my faither, wi' his
nichtcap on's head, wad stap half gaits up the
stair on's stockin' soles, an' put an end to oor
skraighin' by hintin' to me that I was keepin'
Andra ower lang oot o's bed.

Afore lang we made the important discovery
that playin' the fiddle didna come by natur', like
clawin' oor heads whan yeukie, but that it was
ane o' the fine airts, like cuttin' oot a coat, an'
requeir'd to be learnt under the experienced e'e o'
a maister.

In a lanely roadside thack-roofed hoosie, half a
mile beyont Burleyrackit, lived Blind Archie, wha,
while servin' his king an' kintra in the capacity
o' a sodger, had tint his e'esicht by the accidental
blawin' up o' a poother-horn. Dischairged wi' a
pension o' saxpence a day, he had settled doon
in the society o' a frail unmarriet dochter (his
guidwife havin' deed while he was at the wars),
an' there he focht hard to eke oot an honest
livelihood for the twa o' them, by gi'ein' lessons

on the fiddle, an' by hirin' himsel' oot to play at Maiden feasts, waddin's, feetwashin's, New Year's day balls, an' sic like ploys. Sae naething wad sair Andra an' me but we wad be aff to Blin' Archie to learn the fiddle. Ae nicht i' the week was a' my modest request, an' my faither, seein' I was workin' sae eydently, made nae objection, though he sheuk his head an' muttered something till himsel' whaurin the terms " vanity " an' " nonsense " were audible, showin' plainly eneugh that he had but little faith i' the musical profession. Ony nicht i' the week wad hae answered Archie, but Friday nicht was oor choice, because it wad enable us to fell twa dogs wi' ae stane, namely, learn the fiddle an' do oor coortin' business at Burleyrackit.

We had been gaen back an' fore to Archie an' Burleyrackit for the feck o' a twalmonth, never missin' a single Friday nicht, either for the sake o' a sair head or weety weather, whan Auld Handsel Munonday comes roon'. That was aye a day whan auld and young divertit themsel's wi' a' kinds o' gilravage. A' the auld roosty guns i' the pairish were furbished up for the great occasion. For weeks aforehaun' the plooman chields wad be spendin' the lang forenichts meltin' doon lead pipes an' pewter plates i' the fryin'-pan, an' rinnin' bullets to fit the mou's o' their flint-lock fowlin' pieces. Some wad try their skill at prize shootin' for legs o' mutton, while ithers wad set oot lang afore daylicht for the Whunny Muir, especially if there happened to be a flou o' snaw on the grun',

8

to hae a day's sport amang the hares an' paitricks,
an' that too in spite o' the game laws! Ithers
wha had freen's at a distance wad pey them a
veesit. As for the younkers, they wad be up
betimes i' the mornin', havin' scarce winkit an e'e
the haill nicht for thinkin' o't, an' awa roon' the
farm toons for their Handsel. At nicht they wad
colleck in threes an' fours, an' after buskin' themsel's
up in the maist ootlandish raiment they cud
think o', an' bleckin' their faces, wad set oot on
guizin' expedeetions.

On the previous Sabbath, Andra an' me had
learned frae Tibbie, wha forgaithered wi' us quite
accidentally, of coorse, at the skaill o' the kirk,
that the Leddy was awa gallantin' sooth amang
her English freen's, an' that the Laird himsel',
wha had been detained by a stennis he had gi'en
his cuit whan skeitchin' like a madman on the ice,
was to set oot next mornin' for the same destination.
Burleyrackit wad thus be all but desertit. Very
lanesome an' eerie it wad be, Tibbie pathetically
hintit, gin Andra an' me cudna get owerbye to
spend the forenicht wi' Peggy an' her. Tibbie
wasna very skeigh for ordinar', but she didna like
to enterteen strangers wi' fause faces on, for they
micht be at bottom a curn ill-deedie rapscallions,
wha wad think naething o' robbin' the hoose,
murderin' the servants, an' then settin' fire to the
haill biggin'. Peggy Paitrick enterteened a seemilar
opeenion. Indeed, gin there was ony difference
atween them, she was the warst o' the twa, for if
we wadna promise to gang ower an' bear them

company on Handsel Munonday nicht, she wasna
sure but she wad gang in to St. Andrews an'
spend the nicht wi' her auntie. Noo as the cook
was awa hame to see her mither, an' the butler
was in Englan' wi' the Leddy, gin Peggy gaed
to St. Andrews what was Tibbie to do? Was
she to bide in that muckle toom hoose her liefu'
lane? Na, na: if Peggy gaed to St. Andrews
she (Tibbie) wad hae to lock the door an' gang
to Breeriebuss. Then what if the hoose sid be
broken up an' spulyied in her absence? She wad
be sure to get the wyte o't—for everything was
trustit to her—an' the ruin o' hersel' an' o' a'
belangin' till 'er wad be the consequence.

Tibbie's peetifu' moligrant was sae fou o' images
o' terror that, by the time she cam' to the end o't,
my hair was beginnin' to stan' on end. The airtfu'
cuttie that she was, though! to gar us believe
that it was Peggy wha had the principal han'
in trystin' us ower to Burleyrackit, whan it was
hersel' a' the time juist as muckle as Peggy! But
she didna get me to believe her, for a' that, for
weel did I ken that she was juist as daft aboot me
as Peggy was aboot Andra, an' maybe mair sae.
Hoosomever, her request, sae slily preferred, an'
pooerfully pleadit by the irresistible eloquence o' her
rosy cheeks an' slae-black een, seemed sae reason-
able in itsel', an' complouthered sae entirely wi'
oor ain inclinations, that we agreed, wi' the utmost
cheerfu'ness, to be at Burleyrackit neist nicht by
the chap o' sax o'clock.

Munonday nicht arrives, an' finds Andra an' me

arrayed wi' oor sarks umost, wi' lumes shapen like
Turkish turbans on oor heads, an' wi' oor faces
pentit a' ower frae lug to lug wi' a mixter o' pat-
bleck, cawk, an' yellow ochre. Crack aboot the
New Zealanders an' the king o' the Cannibal
Islands! my word for 't, there's nae a Wankey
Fum amang them a' wi' a face half sae black an'
gruesome as Andra's an' mine were that nicht, an'
I never saw them! As we were resolved on ha'ein'
some music wi' Tibbie an' Peggy, juist to cheer
them up awee, as weel as to gie them a sample o'
oor musical abeelities, we tane oor fiddles in oor
oxters, an' aff we set to Burleyrackit.

Oor knock was answered by Tibbie, wha cam'
wi' a cruizie in her han' an' opened the door wi' a
licht heart an' a smilin' coontenance. But whan
Andra an' me presentit oor frichtsome-lookin'
fruntispieces till 'er, she gied a piercin' skirl, flang
the lampie frae her, an' 'boot ship for the kitchen
what she cud bicker. I was ower souple for her,
hooever, for I juist banged my arm roon' her neck,
tane 'er into my oxter as gin she had been a
pockfu' o' feathers, an' plantit a warm, though I
doot, an unco blecky kiss on her mou'. I whispered
intil her lug at the same time something I kent
wad calm her fears an' lead to oor immediate
identification.

Tibbie had been expeckin' to see us, of coorse,
but no in sic an ootlandish guise.

" Eh, Tam, ye scoondrel! " cried Tibbie, recover-
in' her breath on seein' wha we were. " Is that
you? But hoo did ye no tell me yesterday ye

were to hae on that ootreike? Frichtenin' a body
that way! Feigh! sic a pictur' ye are. Man, gin
ye only saw yersel'!"

Seein' she was inclined to say a guid hantle mair
to the same effeck, I proceedit to clap an extin-
guisher on her loquacity by steekin' up her gab
wi' a bunch o' two-lips. Though she made some
sma' demur at first, and huild back her head frae
mine, yet there were aye twa "comes" for ae
"haud awa," in her discoorse, which was juist a
feegurative wey o' sayin' "ye may kiss me twice,
for aince that ye lat me abee."

While I was tig-towin' wi' Tibbie i' the lobby,
Andra was employed in like mainner i' the kitchen,
an' the violence o' the resistance offered to the
performance o' the operation was a clear proof to my
mind that Peggy was enjoyin' the ploy famously.

Havin' got ower a' thae preleeminaries we yokit
to oor fiddles an' played up the "East Neuk o'
Fife," an' the "Diel amang the Teelyours," while
the twa bits o' lassies, wi' hearts as licht as flees
an' as merry as crickets, set to the dancin' i' the
fluir-head like very mad. What wi' Andra an' me
fiddlin' an' hoochin' at ilka turn o' the reel, an' the
hallokit dames skirlin' at the heicht o' their voices,
Burleyrackit was in a bonny uproar that nicht.
To see the pair o' them skippin' like maukins i' the
fluir-head, wi' their mou's a' bruikit by reason o'
the friction they had been subjected till by oor
sooty physogs, was truly divertin'. Atween ilka
spring they wad fling themsel's doon beside us on
the settle, fair oot o' breath wi' the violence o' their

saltatory exerccescs, an' then wad ensue anither
roon' o' rooketty-cooin' to the further befylment
o' their faces an' runklement o' their ringlets.

We had been rantin' through the kitchen in this
mainner for the feck o' an oor, dreedin' nae skaith,
whan juist i' the midst o' the "East Neuk o' Fife"
there comes a lood reishil at the front door, which
sent a stoon' through oor vitals, an' brocht the
hirdum-dirdum to a premature stan'-still.

"Losh be here!" exclaimed Tibbie, lookin' unco
concerned like, "what can that be?"

"Eh," cried Peggy, "I'll wager ony money it'll be
Saunders Broganawl's twa soutar chields, for whan
I was alang on Saturday nicht, for the Laird's tap-
boots, they were speerin' gin he was to be frae
hame this week, an' I tauld them he was gaun to
Englan'."

"Impudent scoondrels!" said Tibbie, tossin'
aboot her jet-black curls in prood disdain. "To
come an' chap at the big door too! Haigh I sure
ye, the kitchen door micht hae saired them."

"As it has saired a pair o' better fallows," I
observed.

"Ye may say sae!" said Tibbie. "Wha cares for
them? Willie Lapstane an' Peter Rozet! Bonnie
messans indeed! Ane o' them wi' a bool fit, an'
the ither gleyed o' an e'e. We want nane o' their
company here."

"Na, feint a bit o't, Tibbie, ae Sooter is eneugh
i' the hoose at ae time," put in Andra, alludin' till's
ain family cognomen.

"But, Peggy, it fa's to you to answer the door,"

said Tibbie, "sae ye'll better gang an' tell them to
gang back the gait they cam', for we dinna enter-
teen stragglers here."

"Eh, Tibbie 'oman!" cried Peggy, haudin' up
her han's an' lookin' the very pickter o' terror, for
at that instant the reeshilin' at the door was renewed
wi' tenfauld force an' fury, until we thocht every
moment whan it wad gang on its back, " Eh, Tibbie
'oman! I canna gang my lane, for I'm at the very
doon-fa'in' wi' fricht!" an' the puir thing crap as
close to Andra as she cud get.

" Nonsense, 'oman!" exclaimed Tibbie, wi' a
greater display o' coorage, though she also hirsled
nearer to me, less for protection, hooever, than oot
o' affection, as it were, " ye're no needin' to open
the door unless ye like. Juist put yer mou' to
the keyhole, an' tell them that gin they dinna pack
aft wi' themsel's we'll set Pompey at them, an' gin
they gie ye ony chat, ye can pey them back wi'
their ain siller. Juist speer at Willie Lapstane hoo
his bool fit is stannin' the frost this winter, an' see
at Peter Rozet gin he's aye glowerin' twa airts for
Sabbath."

" Ay, d' ye, Peggy," said I ; " an' ye may add, that
gin they dinna sing silent in a jiffey, an' slink their
wa's withoot anither word, Andra an' me 'ill be oot
an' gie them as soon' a swabblin' as they've had sin'
they cud birse a lingan."

" Will we no than!" said Andra, steekin' his
neives, an' assumin' a look fierce eneugh in a'
conscience, seein' his face was mairterit wi' cairt
creesh an' pat-bleck. "Come on! lat's gang a'

thegither, an' see what they've to say for themsel's."

Sae aff we gaed. Tibbie an' me i' the van, an' Andra an' his flame actin' as a reargaird. Up the stair frae the kitchen, which was on the under-grun' flat, to the big ha' door we mairched in martial array, Andra an' me prepared to do battle, like valiant knichts, in defence o' oor "lady loves," an' Tibbie an' Peggy equally prepared to do lip-service in their ain behalf.

A' this while the knocker had been rattlin' on the door, garrin' the haill hoose ring, an' as we drew nearer we cud hear the soon' o' a fit yarkin on the timmer.

"Hoolie there will ye? hoolie lads!" I cried, layin' my mòu' to the keyhole, "or wad ye like to get yer ain hides weel tanned? Mind if ye dinna do the tae thing, ye'll get the tither."

"Bring nane o' yer bool feet an' skellie een this wey!" cried Peggy, "ye're no wantit."

"Fegs, my lads, gin ye dinna tak' yer creep belyve, Pompey'll maybe speak t' ye," added Tibbie.

As for Andra, he displayed his valour by cryin' oot wi' a majorfu' like tone o' voice, "Come on, Tam! come on! Lat's gie the scoondrels a hidin'!"

Havin' in this mainner launched defiance at the heads o' oor unseen veesitors, we stood stock-still for a second or twa, to see what effeck it wad hae, but we had sune cause to rue oor rashness, an' to wish oorsel's far eneugh frae Burleyrackit!

"I shay, Buggins," remarked a droosy, whuskie-

feed voice ootside, "isn't thish a-a-a capital joke
—eh? That a gentleman like me—hic—should
be denied the *entrée* to-to hish own housh, by
Jove!"

"Yes, yer honour, a capital joke!—a capital joke
indeed!" was the reply; "but look'ee, Mr. Bowman,
if I were you I'd play the deuce with them servants
—that I would, look'ee, an' no mistake!"

"I shay—hic—open the door, will ye? This
very inshtant open!" yelled the whuskyfeed voice,
in a stentorian key that garred us a' shak' like
winnel-stracs.

"Wha's there?" inquired Peggy, like to swarf
wi' fricht.

"It'sh Mr. Bowman that'sh there!" roared the
voice, addin', at the same time, a fearfu' aith by
wey o' testifeein' to the verity o' the statement.

"And he must be in," added the ither fallow,
firin' aff anither ill-word.

Sin' that was the wey o't, it was clearly mair nor
time for Andra an' me to betak oorsels to safer
quarters. Sae doon the stair we boltit an' Tibbie
at our heels, leavin' Peggy to face the foe an' thole
the dirdum for the haill lot o' 's.

"Into the kitchen! Into the kitchen!" Tibbie
cried, "they winna think o' comin' doon here."

"Haigh ye wadna ken, 'oman!" said I, "for it
cheats me gin the Laird's no the waur o' drink, an'
there's nae sayin' what a fou bodie winna do. I'se
place the kitchen door atween him an' me, till we
see what's to be the upshot."

"Weel, weel," whispered Tibbie, "juist hover

aboot a blink, an' I'll gie ye the wink as sune's the fields are fair.   Rin noo !"

The Laird was by this time rampaugin' aboot in the lobby aboon, like a very diel incarnate. Tibbie's advice to rin wasna oot o' time.   Juist as she was utterin' the word, we heard the Laird commandin' Peggy to gang doon instantly an' send up thae fiddler fallows, an' he wad soon settle wha was best at the tannin' an' hidin' business.

" Send me on that delightful and delicate mission, yer honour," said Buggins.   " Why, look'ee, I'm up to that sort of thing ; 'tis my trade, sir, my trade, look'ee, to ketch them rogues an' vagabonds."

" Your trade," said the Laird, " why, yesh to be shure—your trade, Mr. Buggins, you'll fetch 'em up, Buggins, and—hic—if they ask your authority for sho doing—hic—juist shay that you have got the warrant of Mr. Nicholas Bowman, J.P.—Justice of the Peace, by Jove ! Ay, ay, Buggins, fetch 'em up, and—and tell 'em that Mr. Bowman desires partik'larly to see their fiddles.   Ha ! ha ! we'll have a tune, Buggins."

I waitit at the door till I heard Buggins' fit on the stair, and then, turnin' on my heel, I vanished into ooter darkness like a gleam o' fire-flaught.

CHAPTER XII

THE unexpeckit return o' Mr. Bowman to
Burleyrackit, alang wi' his boon companion,
Supervisor Buggins, cam' aboot in this wey. That
mornin' on the road to Pettycur, whaur he had
intendit to cross the water on his wey to the sooth,
he forgaithert wi' Mr. Buggins, wha had been scourin'
the kintra side at the head o' a posse o' gaugers
in pursuit o' an illicit distillery that was thocht to
be carried on in the wild muirlan' territory, sitiwate
atween Lawhead an' Clockmydrone. But he had
made naething o' his search, an' whan Mr. Bowman
met him he was trottin' back to St. Andrews.

Buggins was acquant wi' a' the alewives i' the
roon', an' at his suggestion the twasome slippit
awa' to a roadside cheenge-hoose, keepit by ane
" Drouthie Nancy."

A single gill was a' that was thocht o' whan they
sat doon, but by-and-by anither gill was staked
on the result o' a half-mile race atween the pownies
o' the twa gentlemen. Bowman's " Witch o' Fife "
cam' in victorious at a canter, while Buggins' " Fire-
flee " cam' doon whan within fifty yairds o' the

123

winnin' post, coupin' her rider clean ower her lugs. Though sair befyled he was naething hurt. Buggins lost the wager an' helpit to drink the forfeit. Again he wagered, again lost, an' again had his share o' the gill. By the time they had toomed the third stoup, the swats were sae reamin' i' their noddles that it was juist "drink an' draw mair" wi' them the haill day lang, till they were neither able to pech nor lie yont. The laird forgot a' aboot his journey to Englan', an' Buggins a' aboot his errand to St. Andrews. After sleepin' aff pairt o' their forenune's debauch by an afternune's *siesta* under the table, they set oot for Burleyrackit to hae a fresh blaw-oot. They arrived juist as Andra an' me were enterteenin' the bit lassockies wi' oor fiddles, in the mainner describit i' the hinder-en' o' the precedin' chapter.

Whan I reached the ootside area, I laid my lug to a crackit pane i' the winnock to hear hoo Tibbie an Peggy wad acquit themsel's. I cud hear the Supervisor dreelin' through the kitchen, an' speerin' at the lasses as to the whauraboots o' the minstrel boys, as he styled Andra an me. I was wae for Andra, puir fallow, kennin' that he had hidden himsel' awa in a pantry aff the kitchen amang a 'lot o' foul claes.

"They are on the premises shomewhere," gruntit the Laird, "and out they musht come!"

"Out they must come, look'ee," echoed Buggins.

"You two sluts know where they are—you do! —no mishtake about that," said the Laird, turnin' wi' a scowl to Tibbie an' Peggy, wha were sittin' at

the cheek o' the fire, takin' a loop o' their stockin's,
an' lookin' as innocent as Eve afore the Fall, never
liftin' their een aff their wark.

"No mistake about that, look'ee," echoed Buggins;
"but I tell'ee what, yer honour, if we don't ketch
them young disciples of Orpheus, we can, at least,
kiss the nymphs—that we can."

"My certie!" said Tibbie, bangin' up till her
feet, an' assumin' the defensive on seein' Buggins
hobblin' towards her wi' his mou' cruckit in kissin'
fashion—"my certie! gin ye daur to lay a haun' on
me I'se cleave ye wi' the poker, though! Juist you
try't, an ye like! Ye nasty ill-lookin' rip, 'at ye are!"

"Oh, don't be unamiable now—pray don't!" said
Buggins coaxin'ly. "Be a good girl, will'ee?
'Pon my word you are a beauty without paint—
you are. Oh, that dear little mouth,—how it pouts,
to be sure! How I should like to taste its honied
sweetness! Oh, don't start back, look'ee! No
harm,—not in the least,—'pon my honour there
ain't. Well, if you take on so, I'll die—that I will.
Oh, my life, my love, my honey dew, my golden
pippin', my sugar plum! Allow me, if you please
now. One—just one—I'll ask do more, and I'll
have no less."

"Juist daur, an' I'll brain ye!" persistit Tibbie.

'Od I could thole nae langer, an', utterly regaird-
less o' my ain safety, I knockit my head through
the winnock frae the ootside, an' roared oot, "Ye
weary, weirldless, ne'er-do-weel vagabond, if ye lay
a finger on that young woman, but I'se ding the
wind oot o' ye!"

"Bravo! Bravo!" yelled Buggins, "the fox hasn't broke cover yet. I thought so. But I say, my good fellow, do tell me if you feel quite at home in that there delectable situation? Daresay not: you would much rayther be hugging this here young damsel than playing the caves-dropper out there, on this 'raw rheumatic night'—Eh? But, man alive! why don't you come in? Well now, be candid—don't you envy me? *I* am quite comfortable, look'ee—never felt more so in my life!"

A' the time he was pourin' oot this spate o' impiddence, he stood in the middle o' the floor, wi his airms crossed ower his breist, an' his muckle wame thrown oot afore him, like the stucco images o' Bonypartey that the Italian bodies used to carry aboot on their heads on market days. Ne'er a word could I get in, for his tongue gaed like the clapper o' a bell withoot devald. They've an awfu' gift o' speech thae Englishers! Hoosomever, his paiters cam' to an end belyve, an' forrit he staps to the winnock, lifts the screen, an' glowers through the broken lozen. Bein' determined to meet 'im half gaits, I juist clappit my black face within twa or three inches o' his red bedrucken-lookin' coontenance, an says I, "D'ye think ye wad ken me again, gin ye were to forgaither wi' me in a wud at the dead oor o' a muneless nicht?"

"Angels and ministers of grace defend us!" he exclaimed, jumpin' back whan the licht o' the cruizic fell upo' my blackened face. "The Foul Fiend himself, I do believe! The identical personage whom an ingenious exciseman of the name

of Burns, as I have been told, describes as having
danced away with a certain revenue officer on a
memorable occasion. But I tell'ee what, Mr. Satan,
excisemen though I be, you sha'n't dance away
with me so easily—that you'll discover in a twink-
ling, look'ee ! "

Juist as Mr. Buggins concludit his " address to
the deil," the Laird comes wi' a reishil to the kitchen
door wi' the view o' takin' me capteeve. Sax
gigantic staps landit me at the tap o' the stair
leadin' frae the sunken area to the upper warl'. I
thocht I had nae mair ado but juist escape to the
mountains, but behold the iron yett was lockit !
Here was I in a bonnie perdicament noo. The
area was aucht or ten feet deep, an' it was sur-
roondit by an iron railin', four or five feet heich,
wi' sharp pikes on the tap o't. Hoo was I to get
oot ? Anither twa minutes wad seal my doom, for
I heard the Laird orderin' Buggins to stan' sentry
at the kitchen door, while he slippit roon' by the
front door, an' secured the prey. I ran frae side
to side o' my den graipin' for a loophole o' escape,
but cud fin' nane.

Kennin' that my time was but short, I made a
desperate jump, an' landit on the tap o' the wa'.
Anither wallop, an' I wad be ower the railin' an'
aff to the hills. But, aha ! the tail o' the sark I had
on umost, as a guizin' costume, stuck fast on the
iron railin', an' I hang atween heaven an' earth
like a malefactor on the widdie. I warselled, an'
weegled, an' kickit, like a' that, but withoot effeck,
for the claith, bein' o' my mither's ain spinnin',

an' o' Wattie Wabster's weavin', was as teuch as leather, an' wadna rive.

"Hanged himself, by Jove!" exclaimed Mr. Bowman, as he hove in sicht, an' beheld me in a state o' suspense. Opening the yett he sprang doon the staps, turned the key i' the kitchen door, an' alairmed the women-fouk by roarin' oot like a madman, "Hanged himself, Buggins! Come! Come!"

Oot he banged his whittle, an' whankit aff my sark tail as clean as a leek, while Buggins keppit my corp in his airms, carried it upstairs to the dinin' room, flang it doon on a sofa like a bundle o' clouts, an' a' withoot utterin' a single syllable.

Tibbie an' Peggy were trottin' aboot hither an' thither, greetin', an' sabbin', an' rivin' their hair, in the belief that I had actually tane my ain life! Stupit craiters that they were, for I was pro-testin' a' the time as lood as I cud roar that I was-na ae hair the waur. But there was ower muckle noise for my words bein' heard.

Andra, too, he crap frae his hidiehole whan he heard the report o' my death, an' ran to the dinin' room wi' the view o' joinin' in the general moli-grant that was bein' made on my accoont.

"Hanged himself, by Jove!" repeatit the Laird, flypin' doon the fragment o' the sark tail that covered my face. "Just look here, Buggins, quite black in the face—black as soot! caused by suffo-cation. I'll have to report the case to the Fiscal, and what am I to say? And I a magistrate, too! Bad job, by Jove!"

"Bad job, by Jove!" echoed Buggins; "but there's life in him yet, yer honour. Don't you see him moving? On my word, if he isn't going to speak! Let us pour a glass of brandy down his throat to revive him."

"Yes, a glass of brandy, by all means—a glass of brandy!" roared the Laird.

"But look here, yer honour," said Buggins, directin' the Laird's attention to Andra, wha was glowerin' in at the room door, "I'm blest if that there chap hasn't been hanging himself too. He has got a precious black face, at any rate."

"Gentlemen," said I, springin' to my feet, an' edgin' in a word by way o' explanation as soon as I cud do sae for the noise an' confusion, "gin ye think I'm the man that wad lay violent han's on mysel' ye were never farrer mista'en i' yer life. Laith wad I be to do ill, either to mysel' or to ony ither bodie. True, we are here this nicht whaur we sidna hae been maybe, but ye maun ken that this is the guizin' time o' year, an' harmless diversion's no forbidden by ony law that I ken o', either human or divine. Me an' my freen' there juist cam' for a while's innocent gilravage, an' therefore, I houp, yer honours winna hinder us frae gaen aboot oor business."

"A very fair spoken fellow," observed the Laird; "honest fellows, both of you, I daresay; and as this is the season of mirth and jollity as you rightly observe, why you must taste of my bottle. Ha, Buggins, what d'you say?"

"All right, look'ee," said Buggins, wi' a merry

9

twinkle in's e'e. " Taste the bottle, to be sure—
taste two or three bottles before we part. Splendid
fellows ! Why, look'ee, it would be a cryin' sin to
send them away this cold night, without giving
them summat hot."

Andra an' me thankit them kindly, an' beggit
to be excused, but they wadna be nay-said.

I didna suspeck at the time, what I afterwards
faun' oot, that it was a deep laid plot atween the
twa o' them to get Andra an' me filled as fou' as
fiddlers, an' that they had got up a' the hullaballoo
aboot the hangin' to frichten Tibbie an' Peggy,
an' to meenister to their ain merriment. Back frae
the kitchen door aboot saxty yairds was the stable,
an' whan there puttin' in their pownies they had
heard oor fiddles bummin' an' had made up their
minds to hae a nicht's diversion oot o' 's.

They swore that we wad either hae to pree the
drink, or mairch aff to Cupar an' face the Shirra.
Choosin' the least o' twa ills Andra an' me ta'en
oor places at the table,—a great sheenin' mahogany
ane, half as big as oor floor-head [at Buttonhole.
The Laird opened a muckle press, an' brocht furth
nae fewer than aucht bottles wi' silver muntit
corks, an silver medals hingin' roon' their necks,
juist as gin they had been a regiment o' sodgers
daikered oot wi' honorary distinctions for fetchin'
the French.

The bottles gaed roon' an' roon' the table helter-
skelter, an', as nae denial wad be ta'en, it was juist
caup oot wi' 's at ilka revolution. Andra an' me
wi' oor black faces, piebald turbans, an' white

tunics, were a soorce o' great merriment to the
Laird, wha professed to see in us a close resem-
blance to the Pagan craitur's he had forgaithered
wi' in his Eastern travels. Me he styled the great
Mogul, an' Andra was Tippoo Sahib. Maybe we
were as like his umquhile faither-in-law, the Nabob
Ramagrumphy, but he huild awa frae that subjeck.

We had ta'en a prievin' o' the brandy, the gin,
the rum, an' the twa whiskies, whan the laird an'
Buggins left the room wi' the view o' contrivin'
what farrer mischief they wad do. Takin' ad-
vantage o' their absence I slips awa frae the table,
lifts the sash o' the winnock, an' jumps oot to the
lawn in front o' the hoose, Andra followin' close at
my heels.

By this time the drink was beginnin' to bizz in
oor noddles, an' I felt a strange inclination to
speak withoot havin' onything speceefic to say.
Whan we were rinnin' across the girss park in
front o' the hoose, I thocht Burleyrackit was whirl-
in' roon' an roon', while we oorsel's were standin'
stock-still. It was mair than I cud do to keep
my feet upsides wi' my head, for I felt as if my
upper storey was juist at the fleein', whan my
shanks were reestin' i' the bit, an' doublin' under
the wecht o' my body.

Andra was naething better than I was, but
raither waur. After we had made a forced mairch
o' naur three-quarters o' a mile against innumerable
obstacles, he ca'd a halt, an' insistit on gaen back
to Burleyrackit, to get a fareweel embrace frae his
beloved Peggy. I tried hard to show him the

danger o' takin' sic a rash stap, but, in spite o' a'
I cud do or say, he remained obstinately waddit
till's ain theorem. Wi' the view o' oxterin' him
hame to Snipemire, I kleekit my airm into his, but
we hadna gaen aboon sax yairds, whan pairtly
owin' to his camsteerieness, an' pairtly to my licht
head, we tint oor feet an' ower we whummelt into
a gaa-fur. I've a dim recollection o' tryin' to haul
Andra up by the shoothers, an' o' tryin' to console
'im in regaird to oor doon-come, by gie'in' him a
lilt o' the auld sang which says—

> " Till the hoose be rinnin' roon' aboot
>   It's time eneugh to flit;
> When we fell, we aye got up again,
>   An' sae will we yet."

Mair I dinna remember. Neist mornin' whan I
wauken'd I was lyin' aboon the claes in my ain
bed at Buttonhole, wi' a' my guizin' apparel on my
back, wi' a fearfu' drowthie throat, an' a tongue that
saured o' saep an' soor soudie.

CHAPTER XIII

THOUGH Andra an' me had drucken under compulsion, an' no for ony love o' the liquor, yet we had brocht a bonnie disgrace on oorsel's wi' oor daft-like manœuvres. That Munnonday nicht's ploy very naur proved the dead o' me, afore a' was dune, an' it was the same wi' Andra.

Whan I waukened an' faun' mysel' in the pickle describit in the last chapter, my feelin's an' reflections were o' the barrel-fever breed. My head was like to rive, an' my tongue was literally cleavin' to the roof o' my mou'. I canna say I saw ony blue deevils glarin' at me frae the bed skelf, but I certainly faun' the worm o' remorse gnawin' at my heart. The obleevion, whaurin a' oor ongaens, subsequent to oor capseezion i' the gaa-fur, were shroodit, added greatly to my distress o' mind. Hoo did I get hame? an' whan? were questions I strove to fin' answers till, but, alas, a' was blank!

I was wauken'd frae my broon studies belyve by the knock chappin' sax o'clock. By that I kent it was time ¡for me to be up an' takin' aff my guizin' graith, gin I didna wish to encoonter my faither in that strange outreike. Sae up I got, wash't my face, crap into my duds, an' slippit my wa's up to the needles, as quiet as poussie. By-an'-by I heard my faither's fit on the stair. I expeckit naething less than my lugs i' my loof for my last nicht's wark.

"Ou, Tam, ye're up els—are ye?" was the first salutation I got.

"Imph-m," said I, an' held the needle reekin'.

"Ye had been raither late o' comin' in yestereen, I'm thinkin'—what time was it?" was his next observe.

"Dinna ken," said I; "but judgin' frae the gatherin' coal ye maun hae been beddit a quarter o' an oor or sae. I juist barred the door an' gaed to my bed, withoot lookin' the knock."

"Ay, ay," said he, "that had been aboot half twal o'clock. That's raither late for the like o' you bein' oot, an' it winna do often that kind o' wark, but I houp ye were at nae ill pratts—Andra an' you?"

"Ou, na," said I, "there was nae ill dune, that I ken o'."

"Weel, weel, laddie, if there was nae ill dune there's the less skaith. But, mind, it winna do for yer mither an' me to gang to oor beds ilka nicht an' leave the bar oot o' the door. We micht get the hoose rubbit."

"But I sanna bid ye do that," I replied; "Handsel Munnonday only comes aince in a year."

Sae there wasna anither cheep said aboot it, an' I was gled the business had blawn ower sae easily.

Andra cam' owerby i' the gloamin'. My faither bein' i' the barn threshin' oot a pickle aits for fodder to the coo, we had full leeshince to compare notes as to oor recollections o' the previous nicht's adventures. Andra was as obleevious o' what had happened after the gaa-fur doon-come as I was mysel'. In anither respeck, hooever, he had been less fortunate than me, for his faither had sat up waitin' his hame-comin', an', of coorse, he had gotten a fearfu' roon' o' flytin'. It was actually atween twa an' three i' the mornin' whan he landit at Snipemire, an' it cudna hae been muckle oot or in o' that whan I reached Buttonhole. Sae daised an' doitrifeed had he been wi' the sup drink too, that he was utterly unable to lift the sneck, for whan his faither, hearin' him smechlin' ootside, cam' an' opened the door, Andra, wha had been leanin' his back forgainst it, played slap bang a' his lang length into the hallan.

Dauvit Sooter was a canny, sober, weel-livin' carl, an' nae wonder though he was sorrowfu' to see sic a sicht. The first thing he did was to haud up baith his han's, an' exclaim, " Maist la-ment-able! Andra Sooter drunk!" Andra got 's kail through the reek wi' a vengeance, an' weel deserved a' that he got.

" An' that's no the warst o't, man," said Andra, " for I was at the smiddy this afternune gettin' the pownie frostit, an' what d'ye think they were tellin' me?"

" A curn lees maybe. Naethin' aboot you an' me bein' drunk, I houp."

"Weel, weel, ye've juist guess't it, Tammy, for it was juist that. The smith has gotten hauds o' the haill story, an' he was jawin' me aboot it like a' that. I denied as weel as I cud, but the smith said it was nae use denyin', because he had seen us wi' his ain een, half gaits atween the Manse an' the Horse Shoe Inn, about eleven o'clock at nicht, an' that we were gaen cleekit into ilk ither's airms, an' sweyin' aboot frae side to side o' the road, as fou' 's we cud haud."

"Atween the Manse an' the Horse Shoe Inn, Andra? That was a far wey oot o' oor road. Man, I dinna believe a word o't!"

"An' the smith says that Mrs. Snifters tauld him we had been in her hoose frae nine till half-past ten o'clock, an' 'at we had drucken a half mutchkin o' rum atween us."

"A parcel o' lees!" said I.

"An' mair than a' that," Andra proceedit, "juist whan they were gaen their lengths aboot it, in comes Saunders Broganawl for a pair o' cuddie-heels an' tippence worth o' tackets, an' he said hoo he had been tauld by twenty different fouk, wha had the very best means o' kennin', that we had been at the Manse a little after eleven o'clock, an' had been sae abstrapalous in oor behaviour that Mr. Gowlanthump had been under the needcessity o' sendin' for Geordie Mortclaith to help him to pack us to the door."

"Gude sake, there maun be something in't!" said I solemnly, "for they cud hardly hae made up a' thae palavers oot o' hill an' heap—wad ye think?"

"Na, na," said Andra, shakin' his head dubiously, "there maun be aye some water whaur the stirkie droons."

"Troth, I dreed ye're richt there, Andra. But, dear me, I dinna—d'ye mind onything aboot thae pranks?"

"Weel-a-wat no, man, feint foondit do I mind aboot them, mair nor the child unborn, but I doot they're ower true, though."

"Haigh I'm beginnin' to think sae mysel'," said I.

"Ay, but there's something mair," continued Andra, "for juist as Broganawl was tellin' 's story, in cam' John M'Briar wi' his pleugh irons ower his shoother, an' I cud hae sworn, as sune as I got a glisk o'm, that he was primed to the tap o' the thrapple wi' some confoondit clashes."

"Oh sorra tak''m," said I, bringin' my knockles doon on the buird wi' sic a thud that the very skin cam' aff them. "Sorra tak''m, for he'll be sure to mak' a sang aboot it."

"'Deed that's no to do," remarkit Andra; "for the sang's made up already, an' the smith has a copy o't in's pouch."

"An' did Broganawl get a copy o't too?"

"'Deed he did that, an' thae bool-fittit, blinkin'-eed snabs o' his—hoo they *will* be rejoicin'!"

"'Od that's the warst o't a', man, for we'll be made lauchin' stocks o' through the haill pairish! An' what'll Tibbie an' Peggy say whan they hear tell o't? But what were the words o' the sang, Andra? Did ye see or hear them?"

" I baith saw an' heard ower muckle aboot them," said Andra, heavin' a deep sigh an' pu'in' a bit reekit paper frae his oxter pouch. " An' here is a copy, Tam, gin ye be curious to see what it says."

Sae he handit the paper to me, an' though it was naither weel spelt nor weel written, I managed, wi' Andra's help, to read as follows—

RUSTIC COURTSHIP.

A Ballad.

Ance on a time twa gallant swains
  Gaed furth upo' the spree;
An' they wad to yon castle go
  The lassies for to see.
The tane he was a tailor bred,
  As I hae heard it tauld;
The tither (to complete my rhyme),
  He was a ploughman bauld.

The tailor's name was Bodkin Tam,
  Frae Buttonhole he came;
The ploughman, he at Snipemire lived,
  An' Andra was his name.
Their cleedin' was as linen white,
  Their faces black as coal;
Twa sweeter nosegays never blumed
  Within a Buttonhole.

Oh when they reached the castle door,
  An' tirled at the pin,
Their ladye loves leuch lood for joy,
  An' raise an' let them in.
" An' hoo's my darlin' Tibbockie?"
  The tailor he did cry;
" An' hoo's my winsome tailor lad?"
  The maiden did reply.

"What cheer, what cheer, my Peggy dear?"
The ploughman he did say;
"Ou brawlie, thank ye, Snipie man!"
Replied the maiden gay.
Oh then oor gallant gentlemen
    Into the hall did go,
An' fiddled, while the lasses tript
    On light fantastic toe.

But oh! Alas! an' lack-a-day!
    For sic a set o' stupids!
A Bowman cam' an' shot a shaft,
    Was keener far than Cupid's.
The ploughman in a press did hide;
    Saufs! hoo his heart was quailin';
The tailor near-hand hanged himsel',
    When crawlin' ower a railin'.

The Bowman tane them ben, an' doon
    He banged the whuskey bottle;
An' there they sat, an' there they drank,
    Till baith o' them were dottle.
As blin' as bats they tane the gait,
    But tint themsel's ootricht;
An' landit at the Horse Shoe Inn,
    At nine o'clock at nicht.

Syne to Mess John's they twasome hied,
    Where they did rant an' roar,
An' kiss the servant queans, an held
    A maist tremendous splore;
Till Gowlanthump cam' doon, his face
    Wi' wrath as white as snaw,
An' threatened, if they didna flit,
    To tak' them to the law.

Neist ower the kirkyaird stile they lap,
    Wi' mony a frichtsome yell,
An' whuppit doon the tow, an' rang
    Auld Geordie Mortclaith's bell.

> They fled at last amid a storm
> O' divots, sticks, an' stanes;
> But where they gaed, an' hoo they fared,
> The Gudeness only kens!

Havin' read the document twice ower we sat silent for some time, takin' a mental survey o' the case, an' at last Andra clew his head, an' speered, "What d'ye think o' that, Tam?"

"No very muckle!" said I, "but it's a bad job, Andra min, an' as sure's death there'll be a shindie aboot it! Gin we'd only haen the wut to haud awa' frae the Manse!"

"That's the warst-lookin' bit o't a', Tam," returned Andra, sighin' like the wind through a keyhole on a drifty nicht.

"An' Mr. Gowlanthump!" said I, sighin' likewise, "I wonder he hasna been ower aboot it! But maybe he didna ken us, min. We'll juist believe sae, at ony rate, an' never lat on."

"Dinna ye try to cheat yersel' into that belief, Tam, for he baith kent us an' ca'd us by oor names, or else John M'Briar tells lees."

The soon' o' my faither's fit on the stair warniced us to cheenge the subjeck.

"Ou, Andra, laddie, ye're there, are ye?" said my faither, as he put his head inside the door. "Ony news wi' ye the nicht?"

"Feint a muckle I hear," was Andra's reply. "Ony wi' ye yersel'?"

"Weel things are geyan slack enoo," said my faither. "Ye had been up geyan late last nicht,

I'm thinkin'," an' glancin' slily at him he addit wi' great emphasis—"like some mae folk. It was half twal afore Tam cam' in."

"Ay, weel, he had been hame a wee suner than I was," said Andra, winkin' pawkily across the buird to me.

Andra judeeciously divertit the crack intil anither channel, by remarkin' that as he was sair in want o' an ilka day's coat, he cudna do better than juist get himsel' measured for ane there an' than. This business settled, Andra remarkit that it was wearin' near horse-supperin' time, an' he wad need to be stappin'.

"Ye'll be ower on Friday nicht?" cried I, as he was depairtin'.

"Ay, will I," said Andra ; an' awa' he gaed.

A' that nicht my words were few but my thochts were mony. My sad an' solemn looks didna escape my mither's observant e'e, an' she gi'ed it as her opeenion, judgin' frae vaurious symptoms, that I was in for anither attack o' the malady she had cured by the salts an' senna aboot a twalmonth previous.

Howbeit, as she was greatly forfouchten wi' preparations for my brither Jock's wa' gang neist mornin' to Glesca, to begin his apprenticeship to the haberdashery vocation, under Uncle John Muckhawkie, a claith merchant, in the famous Saatmarket o' that city, wha had sent a kindly invitation till's namesake to join the staff o' his immense establishment, she had nae leisure to set aboot the auld cure that nicht, but said she wad

wait till she sid see what a new day wad bring
furth.

Truly that nicht I micht hae said i' the words
o' the auld sang,

> " When I sleep I dream,
> When I wake I'm eerie."

In veesions o' the nicht I foucht a' my battles
ower again. Bowman an' Buggins appeared in the
form o' twa immense monsters, o' a genus no
to be fund describit in Goldsmith's " Earth an'
Animatit Natur," but wi' cloven hooves, saucer-
een, an' horns i' their heads. Noo I was danglin'
frae an iron railin', an' then was I waukent by
the tinkle-tankle o' Geordie Mortclaith's bell. I
had a dreedfu' nicht o't !

I' the mornin' early we were a' asteer. My
faither was to gang to Glesca to sign Jock's
indentur'. Whan pairtin, my mither laid her han'
on Jock's head, an' bestowed on him her blessin'.
My sister Chirstie clung till 'im an' grat hersel'
half blin', an' I—but mair I needna say. Dark an'
cauld though it was I convoyed him aboot twa
mile across the Whunny Muir, an' then wi' tearfu'
een I turned an' left him—turned back to pursue
my allottit path through life, an' left him to
follow his !

That was a dowie forenune at Buttonhole. My
mither gaed oot an' in scarce kennin' what she was
doin'. Her mind was wholly engrossed wi' thochts
o' her bit laddie, an' hoo he wad widdle through
the warl' amang the fremyt, wi' a' their guile an'

strategy to lead astray the unwary. I sat i' the
garret my liefu' lane, chawin' the cud o' repentance
for what I had dune, an' expectin' every moment
whan Mr. Gowlanthump wad be in to lodge a
complent against me, an' sair me wi' a summons
to appear afore the Kirk Session.

My gloomy expectations were fulfilled to a
leeterality. Aboot mid-day Mr. Gowlanthump's
chap cam' to the door. I cudna be mista'en—it
was his ain weel-kenned rat-tat-tat—only mair
energetic than ordinar', as befitted the errand he
was on. At the unwelcome soon' the seam fell
frae my han's an' my han's to my sides, as gin
I had been smitten by a sudden stroke o' the palsy.
Ower my breist there cam' a pricklin' feelin', juist
as gin I had swallowed a livin' hedge-hog, an' it
had been makin' a voyage o' discovery through a'
my inside.

Little Chirstie cam' up belyve an' said I was
wantit doon to speak to my mither. Awa I gaed
snoolin' wi' my chin restin' on my collar-bane, my
face as red as the fire, an' my haill bouk trim'lin'
frae tap to tae like an aspen leaf. A glisk o' the
meenister was eneugh to show that his mission had
mair to do wi' joodgment than wi' mercy.

"What's this ye've been doin', Tam?" began
my mither, half-greetin'. "Ou ay, there's guilt
pickter't on yer very coontenance!"

I scorned to lee. The truth I tauld, "uncarin'
consequences." I laid special emphasis on the fack
that I had been filled fou', an' that sair against my
will, by the Laird an' Buggins. The holy man

grained inwardly at the mention o' thae graceless
scamps, an' remarkit that they wad hae muckle to
accoont for at the Day o' Joodgment.

" I see," said his reverence, " that your fall is
owing to a stumbling-block laid in your path by
the chosen servants of the Great Enemy. You
have been caught like a bird in the snare of the
fowler. Be thankful that you have escaped with
your life. Beware of the Old Serpent for the future.
Go and sin no more ! "

Up I creepit to the garret wi' a feelin' o' as
muckle thankfu'ness i' my heart that I had got
absolution for my serious offence, as gin I had
fa'en heir to a great estate. My mither besocht
Mr. Gowlanthump no to say ocht aboot the busi-
ness to my faither, for that it wad only breed dis-
peace i' the hoose withoot makin' amends for a
faut, nor to let on to Dauvit Sooter aitherns, for
that Andra, as he had heard me relate, had naur
gotten his lugs i' his loof aboot it already, an' to
baith o' her requests the venerable divine kindly
consentit.

Andra cam' ower, as he had promised, on
Friday nicht, an' awa we gaed to get oor weekly
musical lesson frae Blin' Archie. Havin' left
oor fiddles at Burleyrackit whan we fled on the
Munonday nicht, we had to ca' in for them i' the
byegaen.

It was wi' a quakin' heart I descendit to the
kitchen door. Cautiously did I chap, an' briskly did
Tibbie respond. I expeckit naethin' less than that
she wad hae ta'en me in her airms, an' dawtit me

as ane risen frae the dead, but aha! I faund her
as cauld as ice an' as hard as yettlin'.

" Ou, ye'll be wantin' yer fiddles—are ye?" said
she, geyan dry an' short like. "Peggy, bring oot
their fiddles i' yer han' there."

"Ye're unco short the nicht," said I. "What's
wrang wi' ye?"

"Ou, I'm as lang's I was on Munonday nicht,"
she replied tairtly, "an' I never was better i' my
life. Ye'll be to land at the Manse the nicht as
usual. The minister's lasses are far to the fore o'
Peggy an' me, but ye're welcome to yer choice,
Tam, for me."

"Ou, aye, ye can gang to the Auld Haiks for
ought we care," addit Peggy, handin' oot the
fiddles, an' tossin' her head as heigh as ye like,
"an' that's juist tellin' ye, for we're nae sae hard up
for lads as to need to tak' onybody's leavin's."

"Weel-a-wat no!" addit Tibbie, "for we cud
get a dizzen o' joes gin we like, whaur ane'll sair
us."

"Ou aye," said Peggy, as she clashed to the door
wi' a ruddie that garred the haill hoose ring, an'
whuppit in the bar at the same time to keep us at
the staff's end.

Behold the fruit o' that mad frolic o' oors! It's
neither ae misfortune nor twa that comes o' that
drink, but a' the ills that ever fallowt ane.

Andra an' me daunder'd up the area staps as gin
oor noses had been bluidin'. We were baith angry
an' wae to think that the jauds sid hae the con-
science to cast us aff like a pair o' worthless

10

bauchles, for nae ither rizzen than that we had
been misfortunate eneugh to kiss the minister's
lasses, whan we cudna be said to be accoontable for
oor actions. If fouk wad only tak' a charitable
view o' their neebor's fauts an' failin's it wad lift
frae mony a bleedin' bosom an untauld wecht o'
woe an' meesery !

CHAPTER XIV

THE VALENTINES

I SUNE faun' oot that whan Tibbie sent me on a rovin' commission in pursuit o' anither sweetheart, she had said raither mair than she meant. I cud read that in her een at the Kirk on the followin' Sabbath. I noticed that she was aye gleyin' slily towards me, whan she thocht I wasna lookin' at her, an' aye heavin' the ither deep-drawn sorrowfu' sigh. Fouk aften do an' say things in a hurry that they repent o' at laiser, an' sae it had fared wi' Tibbie an' Peggy. They were, in very deed, juist like to bite aff their fingers that they had been sae rash as to lichtlie Andra an' me, for naething ava, except that we had, sair against oor will, letten the sup drink get the better o's for aince in oor lifetime. I daursay they expeckit us to present oorsel's afore them in sackclaith an' ashes, beggin' them for mercy's sake to vouchsafe us a look o' benignity an' compassion. But gin they were cherishin' ony thochts o' that kind they were very far mista'en. They had ta'en the first word o' flytin' wi' us, an' we were determin'd that they sid hae the honour o' makin' the first muve towards a reconceeliation.

Sae at the skaill o' the kirk Andra an' me passed them i' the Loan, an' even rubbit shoothers wi' them i' the by-gaen, but never did we alloo oor een to licht on them. Vexed though I was aboot the ootcast, I yet managed to preserve a wonderfu' calm coontenance under this affliction.

It had been a greater trial to Andra an' me to haud up oor heads i' the congregation in presence o' Mr. Gowlanthump, Geordie Mortclaith, the servant hizzies at the Manse, the smith, an' a' the lave o' them, wha were conversant wi' oor guizin' exploits, an' wha sat glowerin' at us the haill forenune as gin we had fa'en fra the gled's feet, than it had been for us to gie the cauld shoother to the twa dorty-pouches we had passed wi' sae little ceremony i' the Loan.

Naething by-ordinar' happened durin' the next week or twa. Andra an' me gaed to Archie's, an' got oor lessons on the Friday nichts as usual, but returned withoot makin' oor usual call at Burley-rackit. The twa dames we saw aince a week at the kirk, but we never let on that we saw them. Reports were rife that they had been seen crackin' at the kitchen style wi' Saunders Brogan-awl's journeymen, an' the coachman was said to be layin' a' oars i' the water to get roon' aboot Tibbie. Andra got unco fidgetty on seein' hoo maitters were like to gang, an' had it no been for me he wad hae gane snoolin' in aboot them again o' his ain accord. That was juist the very thing they wantit, but what simple snotters wad we hae been had we performed kotow afore their fitstools !

"No ae stap, Andra!" said I, whan he was for haulin' me in aboot wi' him, ae nicht as we were passin' Burleyrackit on oor way hame frae Blin' Archie's. "No ae stap will I gang near them! The sun an' the mune an' the eleven stars may be turned back as in the days o' Joshua, but I winna budge a fit oot o' the bit—no for the best woman that ever stappit in leather shoon. They'll speak to me first, or I'll tyne my senses. Saucy jauds 'at they are!"

This display o' firmness was a' frae the teeth forret, hooever, for deep doon in my bosom's benmost core there lay the cemage o' ane it was as impossible for me to forget as it wad hae been to flee frae my ain shadow. I've everly made the observe that whenever I've been weighed doon by grief, or heezed up by joy, parteek'larly whan the women fouk hae had a han' i' the pie, I've aye been subjeck to a fit o' the poetics. The breakin' aff o' amicable relations atween Buttonhole an' Burleyrackit was ane o' the saul-harrowin' epochs in my existence that demandit to be waddit to immortal verse!

Durin' the month that the estrangement lastit, I composed as muckle crambo-jingle as wad hae earned for me a decent poetical reputation, had the quality o' the verse been commensurate wi' its quantity. The followin' sample o't Tibbie abstrackit frae my oxter-pouch on ane o' my first veesits to Burleyrackit, after the ratifications o' the treaty o' peace had been duly excheenged atween us,—

THE LOVER'S LAMENT.

"A WOFUL BALLAD MADE TO HIS MISTRESS' EYEBROW."
Shakespeare.

My Tibbie's face, my Tibbie's form,
  My Tibbie's raven hair!
'Tween Forth an' Tay nae bonnie May
  Wi' Tibbie can compare.
But wow alas! I'm sair distrest,
  The jaud has ta'en the gee;
An' noo my Tibbie's slae-black een
  Will blink nae mair on me.

Wi' mony a blithsome winnin' way
  My heart she did trepan;
Inconstant, she has rendered me
  A melancholy man.
Awa ye scentit flowers o' spring,
  Nae pleasures can ye gie!
For oh, my Tibbie's slae-black een
  Will blink nae mair on me.

The blackbird in the buddin' thorn,
  Hoo lichtsomely he sings!
The laverock frae the grassy howm,
  Hoo joyfully he springs!
Would I could sing as blythe as they!
  But no! that canna be;
For oh, my Tibbie's slae-black een
  Will blink nae mair on me.

A' day I wander like a ghaist
  That canna be at rest;
A' nicht I toss on bed, like ane
  Wi' guilty fears opprest.
I'll cross the Ocean's faem, I will,
  Or lay me doon an' dee;
Unless my Tibbie's slae-black een
  Blink couthily on me.

I' the gloamin' o' the day after this piece o'
extravagance had been putten thegither I was
sittin' toastin' my taes at the kitchen fire, afore
lichtin' the cruizie for the nicht, whan in comes auld
Robbie Sma' grainin' under the wecht o' his wallet.
He plantit himsel' doon beside me on the muckle
creepie. Robbie was ane o' the privileged gaber-
lunzie men, aince sae rife in maist pairts o' the kintra.
He was a native o' Aberdeenshire, but havin' come
sooth in the early pairt o' the century wi' a drove
o' Heelan' nowte he had settl't doon i' the East
Neuk, whaur he set up in business, first as a cadger,
an' finally as a sturdy beggar. His coat was o'
mony colours, an' hang doon half-gaits till's heels.
Hidden awa in its skirts were twa immense pouches
that were generally crammed fou' o' aitmeal ban-
nocks, whangs o' skim-milk cheese, an' dauds o' fat
beef an' pork. On his feet were a pair o' marrow-
less bauchles, through which his black corny taes
peepit at sundry openin's, like a cleckin' o' mice
frae aneth the edge o' a divot. Add till's chin a
lang grizzly beard, that hung doon ower his breist-
bane, an' hadna been pruned by sheer or razor for
a series o' years, clap on's pow a blue bannet, as
big an roon' as a barn wecht, an' put intill's neive
a sturdy hazel rung, as lang as himsel', an' ye'll
behold an effigy o' auld Robbie Sma'.

"Ye're here again, Robbie," says I till 'im as he
cam' stumpin' ben the hallan. "Whaur cam' ye
frae?"

"Ou, ye'll guess whaur I've been last, ony wey,
whan ye see this," said Robbie, as he banged his

han' into anc o' his capacious pouches, an' whuppit
oot a little square broon paper parcel, neatly tied
up wi' a bit blue threed, an' sealed wi' a thumble.
This he stappit into my han', whisperin' at the
same time, wi' an air o' great confidence, that I
wad need to keep it oot o' sicht.

"Wha is't frae?" I speered, slidin' it under my
waistcoat.

"Ye ken wha!" whispered Robbie, winkin'
signeeficantly. "Burleyrackit, ye ken! I was there
this afternune. But losh, haud yer weisht, or yer
mither'll hear us!"

Havin' got Robbie on the crack wi' my mither,
wha had come in after some o' her bits o' tokes,
I lichtit the cruizie an' ran up to the garret. My
heart was loupin' like a troutlet newly oot o' its
native element. I felt that the oor, big wi' fate
to mysel' an' Tibbie Monypenny, had at last
struck! If Tibbie were still obstinate an' thrawart,
then farweel, an eternal farweel to a' thochts o'
a reconceelation on this side o' the grave, for 1
micht dee, but a hair's breed I wadna budge, no
even to save my life! But if, on the ither han',
she were complowsible an' willin' to listen to the
words o' wisdom an' affection, then hail! all hail,
the happy oor that restored her aince mair to my
airms, for I felt that I could baith forgie an' forget,
an' lo'e her a' the mair warmly that oor hearts had
been sindered for a wee whilie.

I sat contemplatin' the ootside o' the big parcel,
fleyed to open it lest it micht prove to be anither
Pandora's box, frauchtit wi' a' the ills that ever

fallowt ane, an' withoot even the glint o' houp at
the bottom. I examined the hand-wreat o' the
direction. I smelt the wax whaurwith the package
was sealed, an' faun' it to be naething mair nor
less than a bit o' the fiddle rozet I had tint at
Burleyrackit in the hurry-skurry o' the Handsel
Munonday business. I inspeckit the blue threed
that was twined roon' the parcel, an' bein' satisfeed
in my ain mind that Tibbie had wat her fingers on
her tongue afore castin' the knot on't, I actually
raised it to my lips, an'—kissed it! Then did I
lift my sheers an' clip asunder the threed o' fate,
an' there lay before my entranced gaze—what wad
ye suppose? Juist ane o' Tibbie's raven ringlets!
The very treasure I had been thrainin' aboot for
lang an' had never been able to procure! I was
transportit wi' joy! Od, it's almost worth yer
while to hae a bit tiff wi' yer sweetheart that ye
may enjoy the luxury o' the subsequent recon-
ceeliation.

But there was mair than the ringlet i' the paperie.
There was also a valentine, whauron was depictit,
in gaudy colours, a representation o' Tibbie an' me
standin' in an avenue o' trees, through which there
appeared in the distance the steeple o' a village
kirk, wi' a goose perched on the tap o't for a vane.
Ane o' my airms was twined roon' her neck—ane
o' her hands was lockit in ane o' mine—an' oor lips
were in close contact. On the brainch o' a tree
aboon us, an' within half an inch o' my hat, sat a
pair o' doos billin' an' cooin'. On an altar sitiwate
in ane o' the corners o' the pickter lay twa hearts

nailed thegither wi' an arrow. An' to croon a',
Cupid, wi' bow in han', an' quiver on curpin,
cowered ahent a tree stump, wi' ane o' his thooms
at the neb o's nose, an' lauchin' like a' that. At
the bottom o' this ingenious pictorial design were
the followin' lines in Tibbie's hand-wreatin',—

"As sure's a gun
    'Twas a' for fun
That I did lichtlie you;
    Forget, forgie
    Puir witless me,
For this will never do!

"Come back, come back,
    To Burleyrack,
On Friday nicht at nine;
    Let byganes be
    Byganes wi' me,
An' be my Valentine!"

TIBBIE.

Sae deeply was I buried i' the contemplation o'
the valentine that I didna notice my faither's fit
comin' up the stair. Or ever ye cud hae said sax,
he had the raven ringlet in's hand, an' was adjustin'
his spartickles to gie it a narrow inspection. The
valentine, hooever, I managed to keep oot o' his
clutches. That was a special mercy, for gin he
had gotten his four een upon 't, it wad hae latten
oot the poother, an' nae mistak'.

"Oho, Tam! ye're no gaen to set up in the hair
collectin' line, are ye?" he remarkit, keekin' pawkily
into my face. "That's very bonnie, Tammy, my
man,—a bonnie teat o' hair indeed—an' I admire
yer taste, but what sile did that crap grow on ava?"

This question I only answered wi' a grane, an' huild doon my head like an evil-doer. Sae sair was I affrontit at bein' fun' oot, that I thocht every moment whan I wad drap through the floor.

"Guid wife!" said he, cryin' doon the stair to my mither, "come here an' see this."

"Up cam' my mither wi' Chirstie at her heels, an' hoo the three o' them *did* gang on aboot the harlie o' hair! Afore a' was dune, I was little frae growin' real angry at them, for I didna like bein' made a lauchin' stock o'. An' Chirstie too, the little smatchet, had to lay in her word anent the ringlet, makin' a pretence that she kenn'd mair aboot whaur it cam' frae than was generally supposed!

I cud thole their jeerin' an' aff-takin' nae langer. I whiskit the ringlet oot o' Chirstie's han', an' to the door I gaed, till I sid come to mysel' awee.

At the end o' the hoose I forgaithered wi' Andra Sooter, wha had come post haste to inform me that he had gotten a valentine an' a lock o' hair frae Peggy scemilar to what Tibbie had sent to me. I had never afore seen Andra sae heich as he was that nicht. He was like to loup his lane wi' joy at the thocht o' meetin' aince mair wi' his beloved Peggy. I couldna blame him sair, for

"A fellow-feelin' mak's us wondrous kind."

On the Friday nicht Andra an' me landit at Burleyrackit raither afore the oor agreed on, an' met wi' a reception warmer than we had ever experienced afore, cordial as had been oor welcome

for ordinar'. Tibbie was greetin' an' lauchin' time
aboot, an' Peggy the same. Andra an' me were
in duty bound to show some sma' emotion like-
wise, to be neebor-like as it were, an' truly the
display o' feelin's a' roon' was maist movin' to
behold !

Explanations, that were votit perfectly satis-
factory on baith sides, were excheenged in regaird
. to oor unlucky interview wi' the meenister's servant
queans, as also in regaird to Saunders Broganawl's
men an' the coachman chiel', an' sae we left
Burleyrackit that nicht happier far than ony king
that ever wore a croon.

CHAPTER XV

A BOOT the time I'm speakin' o', Mr. Bowman had in his service a gamekeeper fallow, an Englishman o' the name o' Sproggles, wha was never sweer to play tricks on fouk whan he thocht he cud do sae withoot havin' to pey the penalty due to his impiddence. Ned Sproggles, though he cud hardly tell a B fra a bull's fit, an' was guid for naething but exterminatin' vermin, professed to haud us norlan' bodies in great contempt, as bein' void o' the nateral smeddum belangin' to the fouk born an' brocht up to the sooth o' Cheeviots. But if we dinna chatter awa like a wheen jay-pyats as they do, we yet hae a curn qualifeecations o' oor ain that mair than mak' up for oor defeeciencies in ither respecks.

Sproggles had ta'en up a special ill-will at my faither an me, because we had to threaten him wi' the Shirra afore he wad pey for a suit o' claes we had gi'en him on credit. The debt had been cawkit doon against his name on the inside o' the press lid, whaur it had stood for a twalmonth an' mair. Ye canna do a waur turn to some fouk than seek yer ain frae them, an' Sproggles was ane o' that kind. He paid the siller wi hangit ill-will, an' frae that moment he swore to hae day aboot wi's if he cud. He keepit aye a fair face till's whan we chanced to forgaither, but ahent oor backs he was aye busy meditatin' mischief.

Ae day, my faither an' me were ower-bye on the Whunny Muir castin' divots for repairin' the roof o' the swine's cruive, whan Sproggles mak's his appearance, wi' his gun in's oxter an' a cleckin' o' dogs at's heels. He began a lang claiver aboot his dogs an' his game, an' tauld us hoo he had shot a brock some days previous, an' had sent it aff to St. Andrews as a donation to the College Museum.

" But, I say, Mr. Bodkin," he remarkit as he was turnin' on his heel to gang awa, " them poacher fellows are playing the deuce with the game about here, so if you see any suspicious-looking fellows hanging about that are likely to have a relish for hare soup, I'll take it kind if you watch their movements and let me know."

" Weel-a-wat," replied my faither, in a joc'lar sort o' wey, " I'se do nae sic thing, for gin I had my will o' yer beasties, I wad mak' short wark wi' them. Yer hares invade my kail-yaird under clud o' nicht, an' eat up my curlie plants as fast as they grow. If I cud but lay my hands upo' them I wad knock their wind oot. Ye had better look oot for anither protector o' yer vermin, gin ye dinna mean to send a tod to watch yer sheep-fauld."

"You don't mean to turn poacher, d'ye?" said Sproggles.

"Weel," returned my faither, makin' a lauch o' the thing, "I sanna gang far oot o' my gait to seek after yer cutties, but I wadna advise them to come ower near me, an' that's no sayin' what I wad do or what I wadna do."

Awa gaed Sproggles mutterin' something till himsel', though what it was we cudna mak' oot, but it was naething very guid.

Ae mornin' early, aboot a week after this interview, Sproggles, alang wi' anither ill-lookin' fallow, cam' to Buttonhole, an' chappit at the door. My faither was juist newly oot o's bed an' was sittin' afore the fire drawin' on's stockin's. Hearin' the knock he gaed to the door to speer what was wantit.

"Dear me!" exclaimed my faither, "ye're early asteer this mornin'."

"Why, you know, Mr. Bodkin," said Sproggles, "there is an old saying,—

> 'Early to bed, and early to rise,
> Makes a man healthy, wealthy, and wise.'"

"Ay, an' there's anither ane," my faither replied, "that says,—

> 'Early birds catch the worms.'"

"Yes," returned Sproggles, bitin' his lip an' pryin' impertinently into my faither's face, "and late ones have sometimes been known to catch hares and hide them in the cow-byre."

" Mr. Sproggles, ye're speakin' in parables noo, surely," said my faither.

" Would you show me into your cow-byre, if you please, Mr. Bodkin ? " said Sproggles quizzically.

" I carena though the king himsel' saw the inside o' my byre," returned my faither ; " an' gin ye can find ought in't belangin' to ye, ye'se be welcome to tak' it."

" We'll see about that," said Sproggles, glowerin' to his companion wi' a triumphant chuckle.

Havin' put his feet intil's bauchles, my faither led the wey to the coo-byre, followed by Sproggles an' the ither billie.

" I say, Morgan, is this the door you saw the two fellows enter with them hares you were speaking about ? " speered Sproggles, addressin' the ill-faured rascal wha was standin' at his elbock wi' doon-cast e'e, the very pickter o' an ill-doer.

" The 'dentical door," said Morgan ; " I'll swear to it."

Morgan stappit up into the toom sta', an' there, sure eneugh, he faun' four dainty cutties, wi' the brass wire girns still roon' their necks.

As Morgan was bringin' them furth, Bruckie (the coo), wha had been flypin' back her lugs in her neck, an' glowerin' unco raised like at the sicht o' the twa strange veesitants, liftit ane o' her hin' feet an' lent Morgan a clink on the shin banes wi't. He played klyte oot a' his length amang the shairin'.

" Ye see I'm right, Mr. Bodkin," said Sproggles, after he had helpit Morgan till's feet. " Oh, I'm up to all them dodges, so you needn't try to cheat me."

" Weel," said my faither, quite dumbfoondert, as it were, at the turn things had ta'en, but conscious, nevertheless, o' his innocency, " I canna deny that ye've gotten the cutties, but I defy ye to say they were laid there either by me or mine."

By this time my mither an' me had gane oot to the byre to see what was what, an' whan I hove in sicht, Sproggles gi'es Morgan a jundie wi' his elbock, an' said, " Isn't this young man one of them two fellows you saw with the hares, Morgan ? "

" Yes," replied Morgan. " He was one of the two as I see'd."

" Good ! " chuckled Sproggles. " And wasn't this here t'other gentleman," pointin' wi' his thoom to my faither, " the other of the two you saw with them hares ? "

" I'll swear he was."

" You are quite sure them are the parties you saw leap out of the wood with the four hares ? "

" Yes, I'll swear they was."

" And you followed them to Buttonhole, and saw them enter this here cow's house with the hares ? "

" Yes, I'll swear I did."

" And you afterwards saw them enter Mr. Bodkin's dwelling house and shut the door ? "

" Yes, I'll swear I see'd them," said Morgan.

" Well, that'll do ! " said Sproggles, snappin' his thooms. " Morgan, take you two of them hares over your shoulder, and I'll take the other two ; "

11

an' turnin' to my faither, he said, "you'll hear more about this business by-and-by."

" If hard swearin'll sair yer turn," said my faither, " I dootna but my guilt'll be fully established. I winna be the first innocent person that has suffered a wechtier punishment than ony *ye* can impose, an' I winna be the hin'most, gin sae be the warl' lasts lang encugh. But, oh, ye hae muckle to answer for, you, Sproggles, an' that wauf-lookin' widdiefu' ye've suborned to do yer dirty wark—ye hae muckle sin to accoont for! But I'm no withoot houps that the Almichty will, even in this warld, bring licht oot o' darkness, an' deliver them that are ready to perish ! "

I had never afore heard my faither utter his sentiments wi' greater unction. He spak' frae the heart, an' the heart is the best teacher o' elocution. Sproggles an' Morgan slunk awa abashed afore the prophet-like fervour o' his words.

That day there was little wark wrocht at Button-hole either upstairs or doon. My faither wandert oot an' in like a distrackit craitur'. My mither trottit aboot the hoose doin' little but dichtin' her een. For mysel', I felt sae throu'ther like that feint a thing o' wark kind cud I settle to do.

In the afternoon my faither flang on's coat, an' awa he gaed to the Manse, to tak' coonsel wi' Mr. Gowlanthump as to what sid be dune. The oot-come o' the conference was that his Reverence sent aff a letter to his man o' business in St. Andrews, a wreater o' the name o' Penman—famous in his day for clearin' up kittle cases—invcetin' him to come to Buttonhole an' concert measures for defendin' oor cause afore the Justice o' Peace Coort.

Next day Mr. Penman cam' drivin' oot in's coach, wi' ane o' his clerks to scribe till him, an' landit at the Horse Shoe Inn. He mentioned to Mrs. Snifters the objeck o's visit, an' lucky it was that he did sae, for frae her he got a piece o' information that made the case as plain as a pikestaff in oor favour. Havin' precognosced Mrs. Snifters an' her servant lassie, an' made arrangements for their attendance at the coort, as witnesses for the defence, Mr. Penman cam' alang to Buttonhole an' tauld us we micht keep oor minds easy, as he was sure he wad be able not only to bring us aff wi' fleein' colours, but even to cairry fire an' swird into the enemy's camp. This news was like caller water to oor thirsty souls, an' sae we awaitit the upshot o' the maitter wi' perfect composure an confidence.

Early in the followin' week a couple o' Shirra Officers, wi' juist twa haill airms atween them veesitit Buttonhole an' summonsed my faither an' me to appear afore the Justice Coort at St. Andrews, on a day an' date specifeed, to answer for the crime laid to oor chairge. Mr. Penman was carefu' to hae Mrs. Snifter an' her servant lassie cited as witnesses on oor behalf.

Whan the day o' joodgment dawned, my faither an' me an' oor twa witnesses set aff to St. Andrews in Dauvit Sooter's cairt. It was wi' fear an' tremblin' that, on bein' ushered into the Coort Room, we saw Mr. Bowman cockin' on the bench as ane o' oor judges. A bonny story indeed for him to

sit there an' act the double pairt o' prosecutor an
judge! But it didna maitter a flee in oor case, for
the evidence in oor favour was ower strong an'
conclusive to be nay-said.

My faither an' me on bein' placed at the bar
pleadit "not guilty." Proof bein' ca'd for, Morgan
stappit forrit an' tane the aith.

His story was, that he had been employed by
Edward Sproggles, gamekeeper at Burleyrackit, to
watch the preserves, that he had been on duty on
the nicht whereon the four hares were ta'en in a
certain plantin' on the estate aforesaid, that he had
seen my faither an' me lift the hares, cairry them
to Buttonhole an' put them into the coo-byre, that
he gaed next mornin' wi' Sproggles to Buttonhole,
whaur they faun' the hares lyin' in a toom sta'.

Mr. Penman tairged him tichtly in the cross-
examination, an' garred him shak' in's shoon afore
a' was dune.

Sproggles was the next witness, an' he backit up
Morgan's evidence in its main features. Moreover,
he tauld hoo my faither had threatened, some time
previous to the theft, to knock the wind oot o'
every hare that daured to set a fit on his property,
an' that he (Sproggles) had lang suspeckit the
Bodkins, faither an' son, o' bein' concerned in
violatin' the game-laws.

This was the haill case for the prosecution, an' I
cud see that Mr. Justice Bowman an' his twa
keepers were lookin' as gin they were cock-sure o'
sendin' my faither an' me sax months to jail.

"Call Mrs. Snifters," cried Mr. Penman.

Mrs. Snifters havin' muntit into the witness-box, which she did wi' a great fecht, owin' to the unwieldy size o' her corporation, Mr. Penman proceedit to question her as to what she kent aboot the maitter."

" You know the parties at the bar," began Mr. Penman.

" As weel as I ken mysel'," replied Mrs. Snifters, " an' I never kent them to be ither than a decent, honest, Gude-fearin' family."

" You also know these two persons ? " said Mr. Penman, pointin' to Sproggles an' Morgan.

" Aye do I—weel do I ken them," was Mrs. Snifters' reply.

" Tell us, my good woman, what you know about them in connection with this case," proceedit Mr. Penman.

" Weel, they've been guid customers o' mine, an' I wadna like to wrang them, but I'se tell the truth, as I'm bun' to do, be the consequences what they may. They were in my hoose drinkin' wi' John Jehu, Mr. Bowman's coachman, late on the nicht afore this poachin' story brak oot, an' Jenny, the servant lassie, an' me, bein' in a closet aff the room whaur they were sittin', we overheard a' they said, though they neither saw nor heard us."

" Aye, Mrs. Snifters, what was the purport of that conversation ?—tell me that," said Mr. Penman.

" Weel, they were usin' a guid hantle o' ill-words, that I wadna like to be repeatin' ; but we heard them makin' their observes aboot Tammas Bodkin's

fouk. Sprogglcs there, said hoo he wad like to get
a mends o' Mr. Bodkin for threatenin' to bring him
afore the Shirra aboot the peyment o' some duds
he had got, an' the coachman, he said hoo he wad
like to get a girn in young Tam's neck, for puttin'
him oot wi' Tibbie Monypenny."

"And who is this Tibbie Monypenny?" inquired
Mr. Penman, gie'in' me a sly wink, which garred
my cheeks turn het.

"Ou, she's juist the laundry lassie at Burley-
rackit," said Mrs. Snifters, lauchin'; "an' Tam
Bodkin there, the fouk says that he's Tibbie's
sweetheart, an' that Jehu the coachman wad gi'e
ony money to get Tam set aboot's business, an'
the coortship atween Tibbie an' him broken aff."

I was far frae expeckin' a' thae revelations to be
made in a coort o' justice, afore sae mony fouk, an'
ye may be sure I tane a braw red face to mysel.'
The sweetheart business was news to my faither,
though he had been beginnin' to suspeck something
o' the kind was gaen on, especially sin' he saw the
glossy coal-black ringlet in my possession.

"Well, Mrs. Snifters, and what more did you
hear?" was Mr. Penman's next question.

"Ou, juist that they wad put their vengeance
oot on the Bodkins, by garrin' folk trow that they
had been takin' the Laird's hares. Sproggles was
to provide four maukins wi' girns roon' their craigs,
an' Morgan was to cairry them to Buttonhole under
clud o' nicht, an' lay them doon i' the coo-byre.
It was settled that they were to gang back to
Buttonhole early neist mornin', an' chairge the

twa Mr. Bodkins wi' the unleisome possession o' the game, an' that Morgan was to swear through thick an' thin that he saw them tak' the cutties, an' a' the rest o't."

This evidence was corroborratit in its minutest parteek'lars by Jenny the servant lassie at the Horse Shoe. Mr. Gowlanthump, wha had come to watch the case on the pairt o' the Kirk Session, whaurof my faither was a member, testifeed to the Christian worth an' moral rectitude o' the panels at the bar. Sproggles' man o' business foucht hard an' sair, by cross-questionin', to damnifee the testimony that had been gi'en in oor favour, but it proved a case o' "Love's labour Lost," for Mrs. Snifters an' her servant lassie stak to their averments like burrs.

The evidence bein' closed, flaimin' speeches were delivered by the respecteeve agents, wha rypit up the facts o' the case to the very bottom an' laid them oot in the order they thocht maist advantageous to the interests o' their clients.

The Justices, havin' laid their heads thegither for a wee, the President, Mr. Bowman, intimatit the deceesion o' the Coort, to the effeck that the panels were innocent o' the crime they had been chairged wi', an' that they left the bar withoot a single stain adherin' to their characters.

As for Sproggles an' Morgan, wha had been standin' shakin' i' their shoon while the Coort was deliberatin', a warrant was grantit at the request o' Mr. Penman for their immediate seizure, on a chairge o' perjury an' conspirin' against His

Majesty's liege subjects. They were nabbit there an' than, an' mairched aff to limbo atween twa officers.

Thus did we, in the coorse o' Providence, escape like birds frae the net o' the fooler.

Mr. Bowman, by his upricht conduck on this occasion, raised himsel' a hunder per cent. in my estimation. Though a coorse Christian in some respecks, yet he wasna withoot some redeemin' qualities.

Sproggles an' Morgan were tried afore the Lords at the ensuin' Perth Circuit Coort. Fund guilty by the unanimous verdict o' the Jury, they were baith sentenced to auchteen months on the tread-mill.

CHAPTER XVI

THE BEGINNIN' O' SORROWS

SIMON PATCH was a thochtless, guid-natur'd loon, that my faither had for an apprentice whan I was a bairn. Havin' endit his apprentice-ship, an' gotten a' the insicht my faither cud gi'e 'im, Simon set oot on's travels into foreign pairts, wi' the praiseworthy intention o' perfectin' himsel' in the sublimer mysteries o' his profession. He visited Edinbro', Glasgow, Perth, an' Aberdeen, sojournin' maybe for twal or auchteen months in each place, an' keepin' an e'e on whatever seemed unco, until he had pickit up a warl' o' information that cudna be had itherwise than by searchin' for't, as ye wad seek for a grain o' wheat in a pockfu' o' caff. In process o' time he managed to scraip thegither a wheen bawbees, an' syne he bethocht him o' a wife, an' a business o's ain.

In the spring o' the year on which I enter't on my apprenticeship he marriet a buxom dame wi' a hunder pounds o' a tocher, an set up business on's ain accoont in the toon o' Dundee. Simon prospered bravely. The fame o's needle-craft brocht him in mair wark than he cud weel wag wi'.

He had to get first ae apprentice an' syne anither, an' lastly a journeyman an' a foreman. To recruit the health o' mind an' body, that were apt to brak doon amid the cares an' toils o' business, Simon wad come ower to the East Neuk in the simmer time, whan wark was slackest, an' live for a week or twa wi' his wife's fouk, an' he never was there withoot spairin' a day to veesit his auld freen's at Buttonhole. Simon had aye somethin' new to tell in regaird to the fashions, whaurof we, livin' in oor ain canny wey, in a kintra place, far frae the head-quarters o' taste an' refinement, wad hae remained in utter ignorance, but for his valuable hints an' instructions.

Ane o' Simon's veesits, hoocver, was the means o' leadin' me into a bonny hobble. Had my ex-perience o' the mischiefs arisin' frae the drap drink on the occasion o' my guizin' ploys at Burleyrackit an' the Manse been consultit this chapter wad never hae needit to be written, seein' that the events herein recordit wad never hae ta'en place.

It happened ae mornin' a wee afore the beginnin' o' hairst that Simon stappit in juist as we were sittin' doon to breakfast.

"Simon Patch, nae less!" cried my faither, bangin' up in the midst o' the 'grace afore meat,' an' drawin' on his blue an' white strippit Kilmar-nock nichtcap. "Hoo's a' wi' ye, man? What's brocht ye sae early oor gait this het mornin'? Like to rhynde the very creesh aff my banes! That bit garret placie o' oors—as ye may weel mind, Simon—is as het i' the simmer time as the

oven whaurin Nebuchadnezzar thocht to roast
Shadrach, Meshach, an' Abed-nego. Tam an' me
were thinkin' we wad need to cast oor sarks till't
gin the heicht o' the day. Dear me, Simon, hoo
the sweat's pourin' ower yer nose ! "

" Ye see," said Simon, dichtin' the weet frae his
neb wi' a grand red an' white silk napkin, " I tane
the road betimes that I micht hae the cool o'
the day to walk in, itherwise I mieht hae been
smoored wi' the heat. But I had anither reason
for bein' early to the gait this mornin', for I maun
be aff again by mid-afternune, as I'm gaun roon'
by St. Andrews to see a man wha has been awin'
me the price o' a suit o' claes for better nor a
twalmonth, an' I wad like to see gin the siller can
be gotten oot o' 'm."

" Guid wife, hae ye onything i' yer bottle ? " in-
quired my faither. " Gi'e Simon a toothfu' amang
a sup water to cool him. Yea, Simon, an' ye're
gaun awa again by mid-afternune—are ye ? Cud
ye no stey yer fouroors ? "

" Na ; I daurna do that," returned Simon, tossin'
aff the dregs o' his whuskey an' water, "for ye ken
that wad throw me late in gettin' to St. Andrews,
an' the man I'm wantin' to see, bein' a dancin'
maister, micht be awa to his schule afore I cud get
hauds o' 'm."

" A dancin' maister, d'ye say ? " said my faither.
" Od thae·gentry maun be a' tarred wi' ae stick,
for there was a chield ca'd M'Kickie——"

" The very fallow I want ! " said Simon.

" Oho ! he's been pilkin' your pouches too—has

he?" said my faither, wi' a lood guffaw, "I thocht that rogue wad hae been dead or banished by this time, but it'll be lang or the deil dee at a dyke-side. It's a year or twa sin' he was here aboot, an' he left a stinkin' odour ahent him. The vagabond ran up a bonny bill wi' Mrs. Snifters, for bed, buird,· an' drink, an' syne awa he skirtit withoot speerin' her price, forbye cheatin' his scholars—Tam amang the rest—oot o' the half o' their fees, which he had gotten forehandit."

"Gin that be the naitur' o' the man," said Simon, "my chances o' peyment are but sma', but gin I canna mak' him dowse doon the siller, I'se gar him tak' a red face aboot it, at onyrate."

"Muckle he'll care for yer flytin'," observed my faither.

In the coorse o' the cracks that followed, my faither tane occasion to tell Simon aboot the raven ringlet he had seen in my possession at the valentine time, an' hintit at the probabeelity o' his tynin' my services afore lang, as I wad be needin' an establishment o' my ain. Simon leuch heartily, an' remarkit that it was best for fouk to mairry whan they were young sae that they michtna need to rock the cradle wi' their spartickles on.

"But wha is that sweetheart o' Tam's?" inquired Simon. "Do I ken her, or no?"

"'Deed ye wad be wiser than I am gin ye kent that!" replied my faither, "for Tam has never tauld me, in sae mony words, wha she is."

"But I ken wha she is, though," said my sister Chirstie, wi' an airch twinkle in her e'e. "She's juist

Tibbie Monypenny—ane o' Laird Bowman's servant lasses owerbye at Burleyrackit. That's wha Tam's lass is."

" Aweel," said my faither, " she is a decent guid-lookin' quean, an' come o' a respectable family ; an' gin baith o' them are pleased, I'se no raise ony obstacles to the marriage, come aff whan it may."

After denner Simon pu'd oot's watch, an' observed that it was time for him to be stappin', as he had a lang road afore 'im, an' wad likely be hindert for an oor or twa in St. Andrews. My mither opened the cupboard lid, brocht furth the lang-whaup-neckit bottle, an' gied him a stirrup-dram afore leavin'.

Up to this point Simon's veesit had been, to ane an' a' o's, a source o' unmixed pleasure. But here, alas ! the " inch o' joy " endit, an' the " ell o' annoy " begoud. We a' convoyed him roon' to the end o' the hoose, an' there he tane fareweel o' the ithers, but me he inveetit to gang wi' him through the fields a bit—for what reason he didna say, nor did I speer.

On arrivin' at the Horse Shoe Inn, Simon gaed in to speer for Mrs. Snifters. He was curious to hear what she wad say aboot Mr. M'Kickie, sae in we gaed an' chappit for a gill. O' M'Kickie's character Simon heard little calculatit to encoor-age the houp that he wad be able to bring him to a satisfactory settlement o's bill.

" But," remarkit Mrs. Snifters, " an ye get yer siller, Mr. Patch, ye'll be sure an' gi'e me the hint,

an' I'se try if it isna possible to screw my bawbees
out o' 'm too, for they've been lang eneugh awin'
noo. Fouk wha *can* pey, an' *winna* pey—I've
juist nae patience wi' them ava! But ye're no to
gae, Mr. Patch, withoot preein' my bottle."

Awa waddled Mrs. Snifters to a wa' press, an'
brocht furth her ain private bottle, whaurin she
keepit a sup o' the very best an' strongest brandy
that cud be had, for the enterteenment o' sic
special freen's an' favourites as micht chance to
drap in. Whan Mr. Gowlanthump veesitit the
Horse Shoe in a pastoral capacity, he aye got a
cawker oot o' that bottle afore leavin'. Indeed, the
rumour gaed that, in the latter pairt o' his meenistry,
he was far mair attentive to the speeritual concerns
o' Mrs. Snifters than he was to the eternal weelfare
o' half the parish besides. Onyhoo, it wad hae
contreebitit greatly to my comfort gin Mr. Gow-
lanthump had haen my share o' the brandy in's
wame, for what wi' the toothfu' my mither had
gi'en us, the gill Simon an' me had ordered an'
paid for on oor ain joint accoont, an' Mrs. Snifters'
" private an' confidential" dram, I was rendered a
bonny lad belyve!

As for Simon, he wasna muckle better than I
was, for we werna half a mile awa frae the Horse
Shoe afore he began to stoiter in's walk, an' to
tyne control ower his tongue. By-an'-by we fell
in wi' an' auld wife shearin' girss on the road side,
an' Simon wad gie her a saxpence to buy snuff wi',
but insistit on receivin' compensation in the shape
o' half o' dizzen o' kisses, which he valued at a

penny apiece. Had she been young an' bonny, as
he remarkit, he wadna hae grudged a saxpence,
or even a shillin', for a single smourich ; but, as she
wantit her fore-teeth, had a snuffy drap at the neb
o' her nose, an' displayed an unco stiff beard roon'
her mou,' gin she got a penny for ilka smack, he
mainteen'd, she had nae cause to complain. The
wifie leuch like mad at Simon's bargain-makin',
but, expressin' hersel' weel content wi' his terms,
an' protestin' her inabeelity to mak' a saxpence
easier, she huild up her teethless gab for him to
kiss. I wonder't if he wad really hae the stammack
to put his lips to hers, but he had mair wut left
him than to carry the joke that length.

" Na, na," said Simon, slippin' the saxpence intil
her loof, "ye'll juist be awin' me the kisses till we
next forgaither."

"E'en's ye like !" quoth the wifie ; "but ye
needna be sae saucy wi' a body. I've seen the day
whan better-lookin' fallows than ever ye were, or
ever will be, wad hae gi'en the very lugs oot o'
their heads for a blithe blink o' my e'e—but whan
fouk grow auld they come to be little thocht o'.
But mony thanks t'ye for the next saxpence, for
I'm sure o' this ane."

Strivin' wi' a' oor micht an' main to preserve a
straucht-forrat coorse, Simon an' me knoitit oor
wa's on the road to St. Andrews. It was a' very
weel for him, for ilka stap we tane brocht him
nearer to his destination ; but as for me, every stap
carried me farrer frae mine. Had I been wise, I
wad hae bidden him guid-bye, an' held awa' hame

to Buttonhole, whan we left the Horse Shoe. But
the sup drink was fizzin' i' my noddle, an' whan fouk
are half-fou' what will they no do? The short an'
lang o't was, that we had reached the ootskirts o'
the city afore the absurdity o' the thing struck me,
an' by that time it was hardly worth while to turn
back withoot seein' the upshot o' Simon's interview
wi' M'Kickie.

Simon had learned that M'Kickie was sojournin'
at a tavern in the neeborhood o' the harbour, an'
thither we direckit oor staps. Passin' through the
East Port, we noticed a handbill on the wa', an-
nouncin' that the " Temple of Terpsichore" was in
full swing at the Anchor Tavern, an' it wound up
by statin' that fees had to be peyed in advance.

" Ay," observed Simon, after we had spelled
through the placard, " he's a blowstin' idiot, I can
perceive, but we'll gae to the ' Anchor,' an' see
what he has to say aboot the siller he has been
awin' me for mair than twa years noo."

Awa we gaed to the Anchor, an' in we mairched
withoot ony ceremony. Whan passin' alang the
lobby I got a glisk o' M'Kickie standin' i' the
bar-room makin' merry wi' ane o' the servant
queans. I saw his coontenance fa' whan his een
lichtit on Simon an' me.

Simon rang the bell an' ca'd in a gill, which was
brocht by M'Kickie's bar-room acquantance—a
fat, roon'-faced, bouncin' dame.

" Is there ane M'Kickie lodgin' here ? " inquired
Simon, as the kimmer placed the whuskey on the
table.

" Mr. M'Kickie ? " said she. " Ay, but we ca' him the Professor."

" Weel," said Simon, " is the Professor on the premises ? "

" Na, he's no in enoo."

" Didna I see him standin' haiverin' wi' ye i' the bar-room as we cam' past ? " I interposed.

" Ay, maybe ye did," she said, haudin' doon her head an' lookin' blate like ; " but he's juist gane oot, an' he winna be back for half an oor."

" Ye'll send him in whan he comes than," said Simon, " for I *maun* see him."

" Imph-m," quoth the lass, an' awa she gaed.

As for Simon an' me, we sat patiently discussin' oor gill, thinkin' every moment whan the Professor wad be in ; but feint a Professor made's appearance. We ca'd in anither gill, an' still there was nae word o' 'm. An oor had passed awa, an' houp was gradually yieldin' to despair. What were we to do ? Sit there a' nicht ? Simon rang again an' in cam' the lassie.

" Nae word o' that Professor man yet ? " inquired Simon.

" 'Deed no," said the lassie ; " he's no come yet, an' I canna think what can be keepin' him aitherns."

" Bring in anither gill," said Simon. The gill was brocht. By this time I felt my head rinnin' roon' aboot, an' I had a strong inclination to fa' asleep. I cud neither see nor hear very distinctly. Simon too was waxin' remarkably loquacious. He wad hae me to sing a sang to keep us oot o'

12

langer. I strak up the "Bonnie Lass o' Burley-rackit," Simon beatin' time on the table wi' the bottom o' the gill stoup, but whether I feenished the lilt or no is mair than I can tell. I becam' quite dottle, an' tint a' recollection o' what follow't.

CHAPTER XVII

GREAT TREEBULATIONS

NEXT mornin', I was gaun to say, but it micht hae been next week for aucht I cud tell,—darkness, thick an' impenetrable, bein' everywhaur aroon' me—I waukened frae slumbers that had been onything but refreshin' to the body or tranquilleezin' to the speerit, an' faun' mysel' in a fleesome plicht. Darkness was my dwallin' place. That I micht fin' oot whether I was a disembodied speerit, or still a dwaller in a taubernacle o' clay, I felt mysel' a' ower frae the croon o' the head to the sole o' the fit. The conclusion I cam' till after nippin' my lugs, an' blawin' my nose, was that I was even yet made up o' flesh, an' bluid, an' banes, an' girsle——in ither words, a tangible, sentient, leevin', an' reasonable mortal. The thocht that I was still to the fore was an immense comfort to my mind.

But whaur on the face o' the earth was I? No in my ain cosy bed a̱ Buttonhole, at ony rate. No at Burleyrackit wi' Tibbie Monypenny aitherns. Na: her presence wad hae shed a flood o' licht through the surroondin' gloom, an' cheered an' susteen'd my faintin' soul. Then, whaur was I?

A fearfu' thocht flashed athort my mind an'
filled me wi' horror oonutterable. I imagined that,
in some unguairdit moment, I had rambled awa in
a state o' somnolency to Cardinal Beaton's Castle,
an' fa'en into the Mairtyrs' Dungeon. This uge-
some idea was impressed on my mind wi' a' the
greater force that I cud hear the sough o' the
waves, chafin', an' murmurin', an' burstin' against
my livin' tomb. I sprang to my feet an' graipit
aroon' me for the wa's o' my subterraunean abode,
whan, lo, my head cam' crack against the roof, wi'
a dunt that sent me fairly back again on my beam-
ends. There I lay stunned an', as touchin' a'
thing earthly, mair dead than alive.

On regainin' consciousness I faun' oot that my
prison-hoose was rockin' an' jowin' back an' fore
like a craw's nest on a windy day. I cud hear the
billows roarin' aroon' me, an' lashin' an' dashin' wi'
angry howl against my dungeon's wa's, garrin'
them creak an' quiver like an auld gizzen't hurl-
barrow under the wecht o' a bow o' petawtis.
Aboon my head I cud hear an incessant fitterin'
an' rinnin' hither an' thither, an' a flingin' an'
kickin' aboot o' wechty articles, that—on the
hypothesis o' my bein' an inhabitant o' a dismal
desertit dungeon—seemed to me to be perfectly
inexplicable. Aboon the inarticulate hubbub, I
was able, at length, to mak' oot the soon' o'
human voices.

"Heave away there, Jack—will 'e? Half a turn
more, Bill—half a turn more! Yare boys! Ods
my life! what does the lazy lubber mean, eh?

Let go the painter, Tom, will 'e? Bear a hand, Jack, if you don't mean to send every sowl of us to the bottom! Yo-ho! there she goes! there she goes! Half a turn a-head, Bill. All right, boys! All right!"

I began to jealouse, frae this sort o' lingo, that I was in the hold o' a ship raither than i' the bottom o' a dungeon. But hoo I cam' to be in sic an unlikely place, an' especially hoo I was to get oot again, cam' to be the next consideration. The short an' the lang o't was that in a state o' drucken daiverment I had stappit oot o' the Anchor Tavern an' tint my gait—that I had gane on board the Lon'on Schooner I had seen lyin' at the quay the previous nicht—that I had missed my fittin' i' the dark, an' fa'en into the hold amang the ballast—that I had been fastened doon under the hatches—an' that I was actually at that moment on a voyage to foreign pairts! It was as dreadfu' a sitiwation as ever mortal man was in—the mair sae as I felt mysel' unmistakably growin' sea-sick! The big blobs o' sweat were beginnin' to hap, hap, doon my face. My breathin' was gettin' short, quick, an' chokin', juist as gin there had been a death-dwam comin' ower my heart.

At that unhappy moment I wad hae gi'en a' I was worth in this warl' for a moothfu' o' caller water oot o' the bonnie burnie o' Mossy Howe, that bickert past Buttonhole, an' a single square fit o' the weetest grun' in the Pairish o' Drumlie to stand upon. I tholed an' tholed until I could thole nae langer. I banged up to my hands an' my knees,

an' graipit aboot amang the ballast for a stane,
whaurwith I began to lay aboot me richt an' left
on the timmers o' the ship, an' made a noise that
micht hae garred a deaf man hear.

Greatly was I relieved whan I heard the sea-farin'
men on deck fling doon their tools, an' consult the-
gither in half-frichtened like tones. At last they
streikit to wark at the hatch-hole, wi the view o'
removin' the lid o't, an' then did I realise the com-
fortin' fact that the oor o' my deliverance was at
han'. The hatch bein' liftit, an' day-licht letten
in, the swearin' mannie, wha turned oot to be
the captain, glowered doon, an' e'ed me for a
second or twa in solemn silence. After turnin' his
quid frae the tae cheek to the tither, an' treatin' me
to a squirt o' tobacco jice, he at last opened his
mou' an' desired—wi' an aith—to be informed
whether I was man or devil, an', in ony case, what
was my business there? I was preparin' to gi'e
'im the saft answer that turns awa wraith, but at
that important crisis utterance failed me, owin' to
the state o' my stammack.

" Ay, ay," exclaimed the captain, gi'ein' his quid
anither turn, " he ain't a ghost nohow. Ghosts
don't take sea-sickness. No; them sort of airy
beings can stand a mouthful of salt-water beauti-
fully—they can ! "

My fit o' seekness havin' subsidit a wee thocht, I
was able to sit up an' explain the probable circum-
stances under which I had betane mysel' to a
sea-fairin' life. The captain an' seamen were greatly
tickled wi' the accoont o' my misfortunes, an'

generously promised me a free passage to Lon'on, an' a share o' their vittles as lang as they lastit, though they micht hae seen weel eneugh that I wasna in a state o' mind or body likely to need muckle either o' their meat or their drink.

"But whaur am I? an' whaur am I gaun?" I ventured to speer in tremulous tones.

"On board the schooner, *St. Regulus*, of St. Andrews; Captain John Hallyard, Master; bound to London in ballast," replied the captain, wi' provokin' coolness, an' haulin' up his slacks at the same time. "Ye see, we parted from the quay at St. Andrews an hour ago. We've juist left the Bay behind us. We're now ploughing the waves of the German Ocean. The Fifeshire coast is visible towards the sou'-west—two miles distant. If we have fair winds we may reach London next week at this time; if not, it may be a month before we sight the coast of Kent—perhaps more. I've been a good six weeks on the passage—but that was in the winter, when rough weather is more common than it generally is at this season."

"Oh, captain, I'm very, very bad!" said I, fechtin' against a fresh attack o' nausea. "Cud ye no turn back wi' me to St. Andrews? Or what wad ye think o' ca'in' in at Kingsbarns i' the bye-gaun? It wadna hinder ye mony minutes. Oh, I'm very bad! Ugh!"

"Impossible, my dear fellow!" replied the captain, squirtin' oot anither moothfu' o' tobacco jice, an' stumpin' back an' fore on the deck, wi' his thooms stuck in his gallowses. "Can't be done, I assure you. Might lose the ship—perhaps our lives—and what could I say for myself were I to exceed my duty so far as that comes to? No, no, sir! Go to London, or go to the bottom—choose which you like best."

"Oh! I'se gang to Lon'on," said I, "sin' better canna be—I'se gang to Lon'on. But what 'ill the fouk at hame be thinkin'? What state will my puir pawrents be in by this time? It's an awfu' business, captain—an awfu' business! An' what will Tib——somebody dearer than a' my kith an' kin—mair prized than a' the warl' besides—what will she be thinkin'? What ither *can* they think, than that death, or something waur, has befa'en me? Oh, captain! I'm very bad! Ugh!"

"Couldn't do no sich thing," said the captain, wi' an emphasis which showed that it wad be wastin' words to press the maitter farrer; "so you just content yourself—d'ye see?—and thank your lucky stars you've got Jack Hallyard to deal with; for I've known cap'ns—plenty of 'em—who wouldn't have thought no more of pitching you overboard than I would of casting away this quid of tobacco!"

"Weel, weel, captain," said I, "it's needless to sit in Room an' fecht wi' the Pope. I've aften thocht I wad like to see Lon'on, an' sae, it seems, I'm to get my wuss fulfilled, in a wey I never dreamt o' an' muckle suner than I expeckit."

The captain, wha had mony likeable points aboot him, though but a rough-rullion in the main, sent ane o' the men doon to the cabin for a gless o' brandy, which he constrained me to clap into my cheek. It was his universal speceefic, whether for a sick head or a sair wame ; but, to tell the truth, it brocht me nae consolation whatsomever.

If the rebellious prophet, whan fleein' to Tarshish, was only half as sea-sick as I was on that unlucky voyage to Lon'on, nae wonder though he hid himsel' in the sides o' the ship, for when fouk are very ill they wad try onything for easedom. Aften hae I thocht sinsyne, hoo great a blessin' it was for mysel', for Tibbie, an' for the warl' at lairge, that I was spaired to come safely through a' the perils an' treebulations o' that awfu' voyage !

The first twa days we had a fair breeze an' a smooth sea, an', bein' in ballast, oor shippie skimmed awa ower the face o' the deep wi' steady keel an' noiseless sails, juist like a swallow athort the bosom o' a flee-haunted stank on a calm simmer's gloamin'. It wasna frae personal observation, hooever, that I arrived at a knowledge o' thae facts, for, frae the time we tane fareweel o' the bay o' St. Andrews till we entered the mooth o' the Thames, I was seldom able to open an e'e, or put oot a fit. I juist lay, amaist nicht an' day, "grainin' like a sow wi' a sair head," as the captain elegantly observed.

It wad sair nae guid end to recoont a' the uncos that happened durin' the ten days we were storm-staid at Holy Island, an' durin' the succeedin' five days we were beatin' up for the mooth o' the Thames. By the time we got within e'eshot o' Lon'on, my sea-sickness had sae fae abatit as to alloo me leeshince to glower aboot me, an' tak' a survey o' the surroundin' landscape, an' the ither coontless mervels ane forgaithers wi' on sailin' up to Lon'on Brig.

Had it no been for the hame-sickness (which was raither increased than lessened by the abatement o' the ither sickness I've alludit till) I cud hae lookit upo' the unco sichts that met my gaze on ilka hand, wi' an e'e o' satisfaction an' delicht. But, wae's me ! what cud impairt a ray o' joy to my heart, whan I had to thole the bitter reflection that my faither, an' mither, an' Tibbie, an' a' my ither East Neuk freen's, wad be greetin' an' mournin' for me, as for ane wha had met wi' a mysterious, possibly wi' a violent an' bluidy death ! Wi' sic thochts, bitter an' remorsefu', did I tak' fareweel o' Captain Hallyard an' his crew, an' fling mysel', freen'less an' a' but penniless —for the only coin I had i' my pouch was a saxpenny piece—into the whirlin' vortex o' the modern Babylon !

CHAPTER XVIII

LIFE IN LONDON

FRAE the deck o' the *St. Regulus* to the quay at Lun'on Brig was but a stap, yet to me it was a stap fraucht wi' momentous consequences. As lang's I had a Fife ship aneth my feet, an' Fife fouk to crack till, I cudna look upon mysel' as an alien in a strange land, but by that stap I separatit mysel', as it were, frae the land o' my birth, an' becam' a fugiteeve an' a vagabond upo' the face o' the earth. To haingle aboot through the streets o' a big city like Lon'on, far frae the peacefu' haven whaur yer heart lies at anchor, wi' next to feint foondit i' yer pouch, an' no a kent face amang a' the thoosan's ye forgaither wi', nor ane to sympatheeze wi' ye in yer afflictions—that is the bluest look-oot that can befa' ony sinfu' mortal man !

Strange wad it hae been, hooever, if, in a city sae renowned for the number an' diversity o' its inhabitants, had there no been a single livin' soul to whom my name, as ane o' the illustrious Bodkins o' Buttonhole, was fameeliar.

Lon'on, I was weel aware, contained ae East Neuk man, wha wad hae been blithe to see me for my mither's sake, if no for my ain. Sandy Muck-hawkie, my mither's uncle by the faither's side, was in that city, servin' in the capacity o' butler to a rich Wast India planter. But it's ae thing to ken ye hae a freen' in Lon'on, an' anither maitter to fin' his whauraboots amang sic a multitude.

Doon till aboot the middle o' my apprenticeship, Sandy used to wreat noo an' than to my mither, an' I mind fine o' 'm sendin' doon to my faither, by the Leith Packet, a complete suit o' cast aff garments that had aince been worn by the Prince Regent. This enabled my faither an' me to intro-duce the " Prince Regent cut " into the East Neuk. Sandy havin' entered into the marriet state, hooever, very sune left aff wreatin' to his Buttonhole freen's.

My first business, after biddin' fareweel to Captain Hallyard, an' thankin him for his hospitality, was to consider wi' mysel' as to the next stap it wad be advisable for me to tak'. As the auld sang says,

" My cleedin' was but thin, an' my fortune was but sma',"

for, savin' a pair o' haun's that were tolerably clever at the needle, an' a heart made up o' that dour bendleather material for which Scotch hearts hae been famed time oot o' mind, I had but a single saxpence i' my pouch to begin life wi'. That was a sma' eneugh capital, truly, to mak' a start wi' in a dry an' parched wilderness like Lon'on. Captain Hallyard had " rigged me oot in full sail," as he termed it, wi' ane o' his auld blue jackets, which answered me fairly weel, except that

it was aboot aucht inches ower wide roon' the
sma' o' the waist. On my head I wore the blue
bannet, on my feet the brogues, o' my native lan'.
The bannet had alternate squares o' red an' white
roon' the rim, wi' a bonnie bit cherry on the tap.
The brogues were fortifee'd wi' tackets, taepieces,
an' cuddie-heels.

Behold me, then, in this uncouth attire, pacin'
the croodit streets o' Babylon the Great, wi' my
han's in my breek-pouches, an' graspin' my solitary
saxpence in my loof that it michtna be abstrackit
by some o' the tarry-finger't gentry, against whase
rogueries I had been forewarned by Captain
Hallyard. The wey I was teased an' persecutit
aboot my corduroy breeks, my blue jacket, my
tackety shoon, an', aboove a', aboot my blue
bannet, by the young Ishmaels o' the streets, was
eneugh to hae exhaustit the patience o' Job. I
thocht o' the beld-headit prophet whase tormentors
were torn to death by "twa ragin' bears," an' o' the
sons o' Belial wha were Lot's neebors in Sodom,
hoo they were struck blin' whan they socht to lay
unhallowed han's on the heavenly messengers.
My bits o' duds! 'Od, hooever hamely they micht
hae been, they were haill at ony rate—an' that was
mair than cud be said o' the feck o' the breeks
worn by the ill-set ragamuffins, wha seemed to
mak' it a pairt o' their duty to jeer an' mock at my
ootreik. If we cud niffer een wi' oor neebors
noo an' than we wad see mony a strange sicht.

I wander't aboot the streets for oors, glowerin' at
the ferlies that met my een in every direction.

I faun' oot belyve that some clever rascal had pickit my pouch, an' made aff wi' my solitary saxpence. Here was I in a maist sorrowfu' perdiccament! A puir tailor, five hunder miles frae hame, wi' a toom wame an' a toom pouch! Twa coorses only were open to me. Either I wad hae to beg my wey back to the East Neuk, or seek aboot for wark. I resolved to resort to the latter alternateeve.

As it was wearin' late, an' I was growin' unco yap, I resolved, though sair against my will, to return to the *St. Regulus*, an' mak' my moligrant to the captain. He received me kindly, which was mair than I had ony richt to expect ; but, ye see, Scotch fouk, though they may fecht an' flyte wi' ane anither at hame, are unco clannish abroad. I tauld him hoo neatly I had gotten my pouches pilkit. He juist lauched at my simpleecity, an' cautioned me to haud a sickerer grup neist time.

On my seekin' the len' o' twa or three shillin's to put me ower my strait, he readily consentit to gie me a croon ; but behold, whan he put his han' intil's pouch, he faun', to his infeenite dismay—though to my great amusement—that his purse had fallow't my saxpence ! He had been in Fleet Street transackin' some business, an' there, dootless, he had left his siller in the custody o' some ane or ither o' the rievin' rascals wha prey upo' the unwaury. Of coorse, the captain was greatly mortifeed—no sae muckle at tynin' the nine or ten shillin's as at the needcessity it laid him under o' confessin' that I wasna the only simpleton in

Lon'on that nicht. He had mair siller in's kist locker, hooever, an' I got my twa half-croons withoot a glumsh.

Awa I gaed aince mair in search o' work. But my search was a dead failure. Nicht cam' doon belyve, an' I faun' shelter in a common lodgin'-hoose.

Afore steekin' an e'e, I wrote an endearin' letter to my faither, an' anither still mair endearin' to Tibbie. I confessed my sins in langwitch that micht hae touched the heart o' Mr. Gowlanthump himsel'. I gi'ed them a scrift o' a' the accidents that had befa'en me by sea an' land, I tauld them to dry up ony tears they micht hae been sheddin' on my accoont, for that I was weel an' hearty, an' had uncommon bricht views o' gettin' a job in ane o' the maist famous ootfittin' establishments, an' that I wad be hame to see them in a' hurries.

Alas! had my views o' gettin' a job been as clear as I held them oot to be, my sleep that nicht wad hae been soonder than it was; but to hae written hame to that effeck wad hae been the heicht o' cruelty. Tellin' them the nakit truth micht hae putten my mither an' Tibbie oot o' their wuts, an' sairly grieved my faither, withoot makin' me ae preen the better. If folk haena ony guid news to send frae a far kintra, they needna gang oot o' their gait to send ill anes.

CHAPTER XIX

THE followin' mornin' I was up an' afit by the skraigh o' day. Afore I had gane very far I faun' oot that the knichts o' the thumble were muckle the same in Lon'on as in the East Neuk— unco ambeetious to be up in the warl'. This laudable aspiration they socht to gratifee by mountin' to the tapmost flats o' the heichest hooses they could licht on. There they breathed a halesome atmosphere, an' lookit doon, wi' an e'e o' supreme contempt, upo' the floods o' wickedness that sweelled roon' the foondation, but durstna munt upwith to the riggin'. I tane notes o' my observations on this parteek'lar point, an' cam' to the conclusion that for ae tailor wha was content to bide on the grun' floor, three made their wey up to the second flat, five to the third, nine to the fourth, an' nineteen to the fifth.

I had read, I suppose, a hunder tailors' signs afore it cam' into my noddle that the mere glowerin' up at a piece o' pentit fir-deal wad never gi'e me the information I was seekin', namely, whether Tailor So-an'-So was in want o' a journeyman, an' mair especially whether he wad be inclined to employ *me*. I was standin' glowerin' up at a sign-board, hung oot frae ane o' the winnocks o' the heichest flat o' a hoose in St. Mary Axe, announcin' that ane "Gabriel Moses, Tailor," lived within, whan I was accostit by a weel-dressed, respectable-lookin' man, wi' a by-ordinar' bunch o' seals danglin' frae his fab, some o' them nearly as big as my faither's guse.

"A fine morning," he remarkit, takin' a sort o' measurement o' me, frae head to heel, wi' his left e'e steckit, an' his head slichtly inclined to the tae side. "You're from the north of the Tweed, I can see—fresh from the 'land of brown heath and shaggy wood,' eh?"

"Weel, I've nae cause to think shame o' the land o' my nateevity," I replied, lookin' as prood as Norval on the Grampian Hills. "I *am* a Scotchman, an' that I'm in Lon'on this day is as sair against my wull as it was against the wull o' John Gilpin to gang to Edmonton, whan his wife was takin' her denner at Ware."

"Pretty smart, indeed, for a clodhopper, for you *are* a ploughman, I presume?" he replied, castin' a signeeficant glance, first at my blue bannet and syne at my tackety shoon.

"Na; ye're wrang again, sir, for I was brocht up to the honourable occupation o' a tailor; an' I wad be muckle obleeged t'ye gin ye cud put me in the wey o' gettin' a job."

After a curn mair cracks had passed atween us, my freen' advised me to apply for a sitiwation i'

13

Threedneedle Street, that bein', as he assured me, the headquarters o' the tailorin' trade in the city. He convoyed me to the place, an' pointit oot a big an' unco braw-lookin' biggin', whaur he recommendit me to try my luck. I was to speer for the governor, an' tell him what I wantit. "Tell him," he said, "that you are a tailor like himself, and that you would thank him to give you a job. Good-bye, sir ; and don't forget to give the governor my compliments." So sayin', he was aff like the shot o' a gun afore I had pooer to speer his name.

Awa I gaed, an' chappit at the door the billie had pointit oot to me as bein' the ane that led to the appairtments o' the governor. A fat, fogel wicht, wi' a weel-faured, rosy-lookin' face, opened the door, shoved oot's head, an' speer'd my business. He was dressed up somewhat like a flunkey, as I thocht, had a cockit hat on's head, an' wore a look o' vast importance on the puffy face o'm.

"Your name and business?" he speered, in a mainner mair pointit than polite.

"My name is Thomas Bodkin, younger, of Buttonhole, in the coonty o' Fife, an' I want to hae a word or twa wi' the governor."

"Step this way, sir," he said, politely touchin' his hat, "an' I'll see if the governor is disengaged just now."

Up stairs we gaed, an' into a room as spacious an' splendacious as the dinin'-room at Burley-rackit.

In twa or three minutes in cam' a little, fat,

black-a-viced, beld-headit carle, wi' an immense
rotundity o' kyte, an' wearin' a pair o' gowd spar-
ticles on's nose. I banged to my feet, pu'ed aff my
bannet wi' my left hand, grippit my forelock wi'
my richt, an' made a profound salaam to the auld
gentleman.

"Are ye the governor?" I askit in as polite a
wey as I cud manage.

"I *am*, sir," said he, glowerin' me a' ower frae
head to fit ; "and your name is Mr. Bob King, my
servant informs me."

"Na—na ; no Bob King, sir," said I, "ye maun
hae been wrangously informed. Bodkin is my
name, sir, an' the name o' my faither afore me—
Thomas Bodkin, an't please yer honour."

"Yes, sir—oh yes, sir !" said he, gie'in' his spar-
tickles a hotchle up on's nose, an' keekin' intently
into the breed o' my face. "That *is* the name,
now when you mention it—Mr. Thomas Bodking."

"Younger of Buttonhole," I addit.

"Yes, sir ; I understand you perfectly," he re-
sumed, " of Muttonhole—younger of Muttonhole."

"Of Buttonhole," said I—" not Muttonhole, an't
please yer honour."

"Oh yes, sir! quite right," said he. "Butting-
whole—that's it—a place down in Scotland, some-
where, I believe ? "

"In Fifeshire, sir," said I ; "near the East Neuk
o' Fife."

"The *Earl* of Fife, you mean, I fancy,—there is
no *Duke* of Fife in the Peerage, that I know of," he
remarkit, lookin' unco prood, as I thocht, that his

intimacy wi' the Peerage was sae accurate, an' sure eneugh there was nae Duke o' Fife in thae days.

" I' the wrang box again," I said, " beggin' yer pardon for sayin' sae, but *Neuk* was the word I used, sir—N-e-u-k Neuk."

" A most extraordinary word," he said, tryin' to pronounce it as I had dune, an', of coorse, makin' an awfu' botch o't ; " but, pray, what does it mean ? "

" Corner, sir. The East Neuk o' Fife, in oor lingo, means the east Corner o' Fife in yours."

" Pre-cise-ly so ; and pray how many corners or N-e-u-k-s has Fife got ? "

" 'Od, ye've fairly dished me noo," I replied, " for feint ane o' me kens, or, to gie ye the plain English o't, I do not know."

" Just so," returned he, " you don't know. Well, it doesn't matter much I daresay ; and now for business. What can I do for you, Mr. Bob King ? "

" Weel, sir," said I, gie'in' him anither profound salaam, " I'm a stranger in Lon'on, an' needin' a job—that's the plain English o't. A gentleman I forgaithered wi' on the street, an' wha commanded me to deliver his kind compliments t'ye, advised me to ca' at your establishment, an' speer gin ye had a toom seat on yer buird that wad answer the like o' me. I've saired a reeglar apprenticeship to the business. I dootna but yer Lon'on-bred chaps wad be able to tak' the shine oot o' me at jobs that are designed mair for ornament than use. But gie me a stoot, substantial, wearable article to mak' up, an' I'se undertak' to shape or sew roon' aboot ony Lon'oner ye like to name ony day."

" And pray, sir, what was the name of the gentleman who was so kind as to send me his compliments ? Did you know him ? "

" Weel, it was unco stupid-like o' me no to speer his name. But he seemed to be a decent, honest, obleegin', respectable-lookin' gentleman. He was neatly an' fashionably dressed, an' had an enormous bunch o' gowd keys an' seals danglin' half-gaits doon his thigh. Maybe ye ken him, an' maybe no, but he seemed to ken you unco weel."

" But why think of asking a seat at our Board, Mr. Bob King ? " said the governor. " When vacancies occur at our Board, the other directors see to the filling of 'em up—that's none of my business, sir."

" The ither directors ! " said I, openin' my een to their utmost width ; " what directors d'ye mean ? "

" Why, the Bank directors, to be sure."

" What Bank directors ? "

" Why, the directors of the Bank of England, to be sure ! " an' he raxed himsel' up on's tip-taes, an' gi'ed his spartickles anither heeze up on the brig o's upturned nose.

" The Bank o' Englan' ! " said I ; " d'ye mean to say that this is the Bank o' Englan' ? "

" All there is for it, sir."

" Then a' I sall say is, that yer freen', the gentleman wi' the seals at's fab, maun be a tremendous leear ! " said I, " for he tauld me this was ane o' the first tailorin' establishments in Lon'on."

" And pray what profession do you follow after ? "
enquired the governor.

" Sir, I'm a tailor oot o' wark."

" A tailor ! just so ! I see it ! " cried he, workin'
himsel' up into an unco pavee o' a passion. " Con-
found the unknown gentleman and his compliments!
He has sought to insult me, on account of my
name ; but though I'm Mr. Taylor, I'm not a Master
Tailor—I'm—I'm -I'm the governor of the Bank
of England, not a tailor. Go away instantly, sir,
and if you can fall in with that impertinent
scoundrel who sent you here, give him in charge
of an officer, and I'll give you twenty pounds for
your trouble. Con-*found* the fellow ! "

" 'Od, ye may be very sure I'se do my best to
seize him by the lug an' the horn," said I, " for it
gangs sair against my grain to be made a lauchin'
stock o' by ony man, lat him be gentle or semple."

Beggin' the governor's pardon, I bade him guid
bye, an' stappit my wa's doon stairs sairly doon i'
the faiple. On reachin' the street I put my hand
into my breek pouch to feel for the balance o' the
twa half-croons I had borrowed frae Captain
Hallyard. Imagine my horrification to fin' nae-
thing therein o' coin kind, save five solitary baw-
bees—a' that remained to me oot o' five sterling
shillin's ! An' wha had I to thank for that, but the
blackgaird wi' the bunch o' seals ?

My next move was to look aboot in dead earnest
for a maister. That forenoon I ca'd on a score o'
tailors, Jew an Gentile, muckle an' little. I laid
doon my case to them wi' a' the eloquence o'

desperation, but I utterly failed to move their bowels o' compassion. Ane an' a' o' them were alike unmercifu'. They listened to my moligrant, cuist a contemptuous e'e at my forlorn-lookin' apparel, an' tauld me that my services werna required. I was on the point o' despair. I had begun to meditate wi' mysel' whether it michtna be necessary to 'list to the sogers or gang on buird a man-o'-war. But it's never darker than juist afore day. Providence cam' opportunely to my deliverance.

I had wandered wastward as far as Charing Cross, whan my een lichtit on the sign o' a French tailor named Monsieur Drapeau, the extent an' grandeur o' whase premises bespak' him to be a man o' some eminence in his profession. The Lion an' the Unicorn, gilt wi' gowd, were ower the door-head. Underneath thae quadrupeds were twa gilt banners wi' inscriptions on them, intimatin' that M. Drapeau, was tailor an' clothier to His Majesty.

I staivered awa in, an' tauld my story. Monsieur Drapeau, hooever, was thrang measurin' a stoot elderly gentleman for a dress coat, an' had little time to put aff wi' a gangarel like me.

" Vere you come from, *mon ami*? " said he, in his strange piebald lingo.

" Frae Scotland, sir," I replied, makin' due obeisance to the little great man ; " I belang to the East Neuk o' Fife, sir."

" Ah, *tres bien* ! " returned Monsieur, noddin' his head politely. " Vat is your name ? "

"Thomas Bodkin," I replied, "my name is Thomas Bodkin, younger, of Button—— "

"Not possible!" exclaimed the elderly gentleman, wha was gettin' his inches ta'en, turnin' sharply roon' on's heel, an' glowerin' me straucht i' the face, "your name Thomas Bodkin?"

"Yes, sir," said I.

"From the East Neuk of Fife?"

"That's my calf-grun', sir."

"And Buttonhole is your birth-place, isn't it?"

"The same, sir."

"And your mother's maiden name?"

"Effie Muckhawkie!"

"She's my niece!" cried he, rushin' forrit an' shakin' me fervently by the han'. "How did you leave your father and mother?"

"Brawlie."

"And when were you at Treetaps?"

"Twa or three weeks syne. But are ye really Uncle Sandy—Sandy Muckhawkie I've heard my mither speak sae aften aboot?"

"The very man!" he cried, gi'ein' me anither hearty shak' o' his haun'. "It is very odd—isn't it?—that among the thousands and thousands who hustle and elbow each other in this immense city you and I should have been thrown into personal contact—and that by the merest accident too!"

"It's mair than odd," said I, "it's little short o' a meeracle."

"Monsieur Drapeau," said Sandy, addressin' himsel' to the little Frenchman, wha', durin' this strange scene, had been standin' wi' the measurin'

tape in's hand in a state o' bewilderment,
" Monsieur Drapeau, I'll call back to-morrow about
that coat, if you please."

" Ah, *tres bien! tres bien!* Monsieur," said the
polite little man, noddin' his head an' layin' aside
his tape ; " but your friend,—*pardonnez moi*—could
I not have the distinguished honour of placing him
in *mon atelier* ? "

" Well, I don't know—have you an opening for
him ? " inquired Sandy.

" *Oui, Monsieur*, I could find him vone place,"
said the little man.

" Thank you," said Sandy, " thank you, Monsieur ;
we'll call back to-morrow and have a talk about
it."

The upshot o' the business was that Uncle
Sandy tane me alang wi' him to his ain hoose, in
a second flat in a lane leadin' aff the Strand,
introduced me to Mrs. Muckhawkie, wha was truly
a nice mitherly-heartit sort o' body, heard the
history o' my Lon'on projeck, an' sympatheezed wi'
me in a' my monifauld afflictions an' misfortunes,
inveetit me to mak' his hoose my hame durin' my
sojourn in the city convoyed me back neist day
to the *atelier* o' M. Drapeau, whaur I obtained an
engagement at a wage o' twenty shillin's a week
to begin wi', an', in short, treatit me in every
respeck as gin I had been ane o' 's ain bairns.

CHAPTER XX

AFTER arrangin' maitters wi' M. Drapeau, my first business was to retire to my bit bed-roomie. It was a wee bit place, no aboon aucht feet square, wi' a winnock frae which I had a charmin' prospeck o' a' the chimney-pats i' the neeborhood. There I sat me doon an' inditit twa epistles—ane to Buttonhole, an' anither to Burleyrackit. Uncle Sandy bein' butler to a gentleman wha had been a Wast India planter, but was noo a Parliamenter —ane o' the members for the Rotten Borough o' Bribelington—was kind eneugh to get his maister to frank my letters for me, an' sae they had the honour o' travellin' frae Lon'on to the East Neuk "free, gratis, for naething." In thae epistles I statit that I intendit to mak' a pretty lang stay in Lon'on wi' the view o' renderin' mysel' a profeecient cutter, under the auspices o' M. Drapeau—a man o' warl'-wide reputation in this kittle brainch o' the tailorin' business.

I had been less than a week under M. Drapeau's jurisdiction, whan, ae nicht after lowsin' time, I had the luck to tak' up a copy o' a Lon'on weekly paper that Uncle Sandy's maister was in the habit

o' gi'cin' him a readin' o' after he himsel' was saired
o't, an' therein I read the followin' startlin' intelli-
gence copied frae some Scotch paper :—

"MYSTERIOUS DISAPPEARANCE OF A YOUNG
GENTLEMAN.—One day, a week or two ago, a fine
young man, named Thomas Bodkin, eldest son of
Mr. Thomas Bodkin, Tailor and Clothier, residing
at a place called Buttonhole, disappeared under the
following mysterious circumstances :—On the day
in question, Mr. Bodkin had been visited by Mr.
Simon Patch—a gentleman belonging to Dundee
—who, on leaving Buttonhole about mid-afternoon,
invited Mr. Bodkin, junior, to accompany him a
short distance on the road to St. Andrews, where it
is understood Mr. Patch had some money to receive
from a teacher of dancing, named M'Kickie.   It
has been ascertained that they called at a small
Inn not far from Buttonhole, where they had some
refreshment, after which they were seen walking
towards St. Andrews by an old woman, who states
that they appeared to be slightly the worse for
liquor.   On arriving at St. Andrews, they went to
the Anchor Tavern where M'Kickie was lodged,
and there they had more drink.   Here all further
trace of Mr. Bodkin was lost sight of.   Patch,
his companion, admits that they had drunk
a little too freely, and that he himself does not
recollect when he left the Auchor Tavern, nor
whether young Bodkin left the Inn in his company
or not.   Mr. Patch has been strictly examined on
the subject by the Procurator-Fiscal, but we under-

stand that, beyond the facts just stated, nothing
has been elicited to throw the feeblest ray of light
on this mystery. It is due, however, to Mr. Patch
—who is an intelligent and highly respectable
individual—to mention that not the slightest sus-
picion of foul-play attaches to him. It is generally
surmised, on what seem pretty strong grounds,
that the man M'Kickie may have employed means
to make away with the young man ; and this
impression is strengthened by the fact that M'Kickie
has neither been seen nor heard of about St.
Andrews since the night in question. The Inn-
keeper and his servant affirm that as soon as
M'Kickie observed Messrs. Patch and Bodkin enter
the house, he went out, promising to be back in
half an hour, that he did not return till it was near
eleven o'clock, by which time Bodkin and Patch
had left the Inn, and that next morning his room
was found empty, he having absconded during the
night, taking all his effects along with him, together
with a silver-mounted snuff mull belonging to the
landlord. A reward has been offered for his appre-
hension, but hitherto he has managed to elude the
officers of the law. As may be supposed, the friends
of the unfortunate young gentleman, who has thus
mysteriously disappeared, are in a most distressed
state of mind about him. It is rumoured also that
he was affianced to a young lady—

"The cynosure of neighbouring eyes,"

whose beauty and amiability are highly spoken of
in the locality, and whom this most painful occur-

rence has well-nigh bereft of reason. On the hypothesis that the young gentleman has been foully and barbarously murdered—of which there seems to be little doubt—a search has been instituted for his body, but as yet without result. The event has cast a deep gloom over the whole east of Fife, where the Bodkin family are widely known and universally respected."

A bonny story was this for ony body to hae the preevilege o' readin' anent his ain murder! That my personal freen's—Tibbie in particular—wad be muckle ta'en up aboot my mysterious disappearance, was nae mair than what was nateral or than I fully expeckit; but that the Procu'tor-Fiscal, the officers o' justice, the East Neuk fouk, an' especially the Lon'oners, sid hae been precognoscin' witnesses, huntin' at the heels o' malefactors, speakin', wreatin', printin', readin', an' lamentin' aboot a puir insigneeficant mortal like me, was something that it had never entered into my head even to dream o' in my sleep, muckle less to speakilate on in my wauken moments.

Wae was I to think that, by my witless conduck, I had brocht sic a load o' trouble, an' sorrow, an' sighin', an' cryin' upon my pawrents, an' aboove an' beyond a' upon Tibbie Monypenny! Nicht an' day she was never oot o' my thochts for mony minutes on end. I pouched the newspaper on the sly, an' afore Uncle Sandy cud lay his hands on't again, the paragraph anent my mysterious disappearance had disappeared in a mainner equally mysterious.

Mair than a week had passed awa', slowly an' sadly, sin' I had written my second despatches to Buttonhole an' Burleyrackit, announcin' that Providence, in the persons o' Uncle Sandy an' M. Drapeau had come to my relief, an' still there was nae reply. I was beginnin' to be unco thochtifeed as to what cud be the cause o' the delay, whan ae mornin' after breakfast, as I was sittin' deeper i' the broon studies than ordinar', in comes the postman an' speers if there was a man "as was named Mister Thomas Bodking a-lodging hin this 'ere 'ouse." Of coorse, I very sune enlichtent him on that point, an' sae, withoot mair ado, doon he doused a couple o' letters in my loof, ane o' them addressed in my faither's, an' the ither in Tibbie's handwreatin'.

As I had but five minutes to spare, I flang mysel' into my wee bit bed-roomie—snibbit the door, rave open Tibbie's letter first, for at that moment my thochts were mair at Burleyrackit than at Buttonhole. Needless to say Tibbie's epistle was rinnin' ower wi' sympathy an' affection. She was overjoyed to think that I was still i' the lan' o' the livin', an' no a corp at the bottom o' the sea. She had grutten hersel' blin' an' hairse aboot me. Amang ither tender sentiments suitable to the occasion, she wrote what garred my ain heart grow grit. "Oh, dear Tam," she said, "if you only kent how sincerely an' truly I love you! But you cannot know that unless I were to tell you, and I could not tell you unless I had you by yourself alone at the back yett, as we were wont to meet when I was happier than I am now, and you too, I'm thinking. Dear Tam, you must not be angry with me when I tell you that you did what was very far wrong and sinful, when you went to St. Andrews and got yourself made mortal drunk, which they say Mr. Patch and you was, and you must promise that you will never do no such thing no more, and I will be happy. And another thing, you must take care of yourself in London, for the coachman was telling Peggy and me that the London women are very pretty, but very, very wicked, and make bad wives for poor men, because they are very extravagant with their clothes and their diets. I was very sorry for your poor father and mother. I have been over three times seeing them, since you were lost. Your mother was near by herself about you, and was not able to be out of her bed for better than a week. Andra Sooter has also been greatly taken up about you, and has been over near every night, which it is very kind of him. I am sorry to hear that you are going to stay in London for some time, but I hope it will not be for long. I am wearying awful for a sight of you. I need not care whether I go to the kirk or not, for I never hear a word that the minister says for thinking about you. I am leaving my place at the Term and going home to help my mother, who is not very stout, and needs me to help her with the kye. Dear Tam, fare-ye-weel, I send you ten thousand kisses. Write soon again. Your faithful lover till death!"

I hadna time at that moment to read through
my faither's epistle, but frae a cursory glance at
the concludin' paragraph, I cud see that my con-
duck, firstly, in accompanyin' Mr. Patch to St.
Andrews, secondly, in gettin' mysel' filled fou', an'
thirdly, in fleein' like a vagabon' to Lon'on, didna
meet wi' his approoval. At denner time I had
laiser to peruse the entire contents, an', my certie,
gin he didna dicht me up, clean steek, for my
undutifu' behaviour, he never did anither thing
ahent it! His reproaches and admoneetions were
truly hard to thole, but they were meant for my
guid, an I houp I ha'ena been unmindfu' o' them.
Nevertheless, noo that I was in Lon'on, at onyrate,
he highly approved o' my resolution to tarry there
for a time, sae that I micht perfect my professional
eddication, an' though he could ill affoord to forgo
my services, yet he was in houps o' gettin' ane o'
Sandy Reekie's loons for an apprentice, an', takin'
everything into consideration, he thocht he wad
be able to warsle through withoot me.

Havin' tranquilleezed the minds o' my East
Neuk freen's, an secured for mysel' a sitiwation,
whaurin I could earn a decent livin' an' obtain the
very best insicht into the deeper mysteries o' my
profession, the only circumstance that remained
to mar the habeetual serenity o' my mind was the
absence o' Tibbie Monypenny. Duly as the Mun-
nonday mornin's cam' roon' I despatched a letter
to Tibbie an' Tibbie despatched ane to me.

"Absence mak's the heart grow fonder," an' my
sojourn in Lon'on addit very materially to my

former estimate o' Tibbie's charms, as weel as to the fervour o' my affection for her. I had muckle ado at times to keep the peace atweesh inclination an' duty. The tane threatened to carry me awa capteeve to Buttonhole that I micht renew my interviews wi' her. The tither admonished me to be doin' whaur I was, for a year or twa, that I micht enhance my professional reputation.

Durin' the first few months o' my sojourn in Lon'on every laiser moment I had to spare was spent in ramblin' through the city. In this wey I acquired an insicht into subjecks that my faither, an' mither, an' Tibbie, were as ignorant o' as the pagans o' Patagonia.

Amid a' my wanderin's I never forgot the sleekit scoondrel wha sent me the gowk's errand to the Bank o' England, an' syne mairched aff wi' my four an' saxpence. I had gotten a glisk o' the rogue aince in Hyde Park, an' aince in Fleet Street, but he aye managed to mak' aff afore I cud lay haun's on 'im. The third time is said to try a', hooever, an' sae it did in this case. I had been doon at Greenwich by steamer on a holiday trip. Whan I gaed on buird on the return voyage, wha did I see pacin' back an' fore amang the passengers but my four-an'-saxpenny freen'? Luckily amang the passengers there was an officer o' justice, wha lookit as gin he had baith the wull an' the abeelity to mak' himsel' serviceable. I lost nae time in apprizin' him o' the character an' quality o' the gentleman i' the fashionable suit, an' wi' the prodeegious bunch o' gowd seals danglin'

14

frae his fab, an' sae whan we reached the Pier
below Lon'on Brig, Mr. Skrudge, for that was the
Dogberry's name—politely stappit inbye till 'im,
tappit him gently on the shoother, an' tauld him
that the Lord Mayor was wantin' to see 'im at
the Mansion Hoose on certain urgent private
business. The rogue, jealousin' what was brewin',
made a bolt to get awa; but, aha! Mr. Skrudge
was ower souple for him, an' sae he grippit his
airm like a vice, an' had the handcuffs on's shakle-
banes in naetime.

"Ve're hold acquaintances, I b'lieve, Mister Pil-
kim," Skrudge remarkit as they were stappin'
ashore. "Haint ve not, now? Seen heach hother
before—eh?"

Mr. Pilkhim swore maist blasphemously, affirmed
that his name wasna Pilkhim ava, but Smith, an'
threapit doon oor very throats that he had never
seen Skrudge afore in his life—never!

The upshot o' the business was that neist mornin'
Mr. Pilkhim, *alias* Smith, was brocht up afore the
Lord Mayor at the Mansion Hoose, whan, on the
joint testimony o' me, an' the Governor o' the
Bank o' Englan', an' Skrudge, the rascal was fun'
guilty o' the twafold crime o' highway robbery an'
conspiracy, in sae far as he had not only pilkit my
pouch o' four an' saxpence, but had likewise sent
me on a gowk's errand, wi' the view o' molestin'
an' insultin' ane o' His Majesty's maist respectit
lieges in his ain hoose. His doom was four calender
months on the treadmill.

Whan the coort was skailin', the Governor cam'

bustlin' up to me, grippit me by the han', which he sheuk heartily, thankit me warmly for what I had dune to promote the ends o' justice, an' concludit by slippin' a twenty-pound Bank o' Englan' note into my loof.

" But, beggin' yer honour's pardon ! " said I, "this siller disna belang to me—what am I to do wi't ?"

" Keep it," said he, " and double it as soon as you can. That is the way to make a fortune, sir, —I had no more when I began life. I promised you twenty pounds' reward if you could bring that fellow to justice, and you've done it. The money is yours, sir—fairly and honourably earned I assure you."

Hame I gaed as heich as the hills, an' that very nicht I sat doon an' wrote a glowin' accoont o' the haill transaction, for the edifeecation o' my East Neuk freen's.

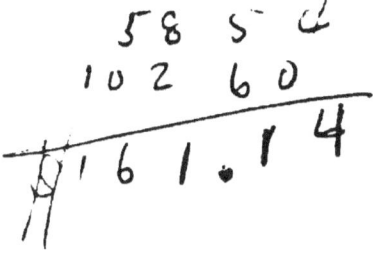

CHAPTER XXI

A FALSE ALARM

WEEKS an' months sped awa in rapid succession. A sense o' laneliness crap ower my heart at times, for whan the mind an' body are in different places, ye canna resist a feelin' o' desolation even in the midst o' a crood. Ilka day or twa there cam' a bit letter either frae my faither, or frae Andra Sooter, or, best o' a', frae Tibbie Monypenny. Thae blessed messsengers greatly cheered an' encooraged me to persevere in the wey o' weel-doin'. But for sic cheerin' missives what wad life be to mony ane, but a boundless desert whaurin there is neither a milestane to measure the lanesome road, nor a refreshin' spring whaurwith to cool the parched tongue.

Meanwhile I applied every faculty o' mind an' body to the details o' business, wi' the result that M. Drapeau not only increased my wages suner than I had expeckit, but hintit that if I continued to behave mysel' as I had dune, he wad by-an-bye promote me to a foremanship I grew belyve to be sae dexterous in the manœuvrement o' the measurin' tape, that my services cam' to be indispensable in that depairtment. Whan M. Drapeau was sum-

monsed to Buckingham Palace, or to Windsor
Castle, as he aften was, to tak' the dimensions o'
Royalty, I generally gaed wi' him as his private
secretar', to set doon the heads an' parteek'lars i'
the measure-beuk. But circumstances tane place,
by-an'-bye, renderin' it necessary for me to bid adieu
to M. Drapeau, an' return to the hoose o' my faithers
i' the East Neuk o' Fife.

I had been in Lon'on nearly a year an' a quarter.
Durin' that time I had written reeg'larly to Tibbie
an' she as reeg'larly to me. For aboot a twalmonth
o' this time she had been livin' at hame wi' her
faither's fouk at Breeriebuss. Amang the ither
interestin' topics discussed in her epistles, she aften
enlairged on the subjeck o' my hame-gaun, declarin'
that she cudna live lang withoot me,—that she
was lanely, wretched, doon i' the faiple an' sae
furth—an' that her health wad inevitably suffer by
my continued absence. She had said a' that sae
aften, hooever, an' still lived on notwithstandin',
that I began erelang to pey unco little heed to
threats o' that kind. Of course, in framin' my
replies I professed to be greatly concerned for her
weelfare, an' at the same time cheered her up, as
best I cud, by layin' doon a plain statement o' the
advantages an' blessin's that wad flow to us in
after-life frae the exerceese o' a little patience an'
self-denial i' the ootset o' oor career. In this
view o' the case she never but expressed her entire
acquiescence, but still an' on, she was wearyin' sair,
sair, to see me. There were twa o's wearyin',
hooever, though I made less wark aboot it than

she did. My notion was to stay wi' M. Drapeau for the space o' twa twalmonths at the very least, afore enterin' into the bonds o' matrimony, an' settin' up in business on my ain coat tail.

Aftner than aince Tibbie had mentioned anither circumstance that bred nae little trouble in my breist. The coachman chield at Burleyrackit had never gien' up manœuvrin' wi' the view o' supplantin' me on the throne o' her affections. He had made sundry errands to Breeriebuss to see her, after she had left Burleyrackit. She gi'ed him unco little cuttin's, but that didna hinder him frae comin' back again. Aince he had fa'en in wi' 'r at St Andrews market. He filled her pouches wi' fairin', though she tauld him plainly that she wantit to hae naething to do either wi' him or his sweeties. Reason or nane, hooever, he wad hae been hame wi' her that nicht, gin she hadna ta'en refuge wi' Mrs. Paitrick, Peggy's mither, wha keepit a mangle at the Wast Port. Sae positeeve was he that she was obleeged to threaten him wi' the beagles o' the law gin he didna gang aboot's business in a peaceable wey. By guid luck Andra Sooter was i' the market that day, an' as he seldom gaed to St. Andrews withoot peyin' his respecks to his future mither-in-law, he happened to stap in juist as the coachman was standin' atweesh the door-cheeks, layin' aff some o' his impiddence. But the sicht o' Andra wi his cairt whup tied roon' his shoothers like a sash, garred my lad sing silent in a jiffey, an' mairch aff as gin his nose had been bluidin'. Andra was determined that she sidna receive ony farrer molestation that nicht, an' sae he convoyed her hame to Breeriebuss, an' saw her ower the threshold o' her faither's door, aiore pairtin wi'r.

I'm aware that there are women wha, for the depth an' constancy o' their affection, are as far superior to men as the heavens are heich aboove the earth. Yet there hae been instances enoo o' an entirely opposeete character, to warnice us against placin' ower muckle confidence in the stabeelity o' female flesh.

Juist at the time whan I was switherin' an' dritherin' ower considerations o' this sort, there occurred an ill-faured dackle in the weekly bulletens frae Breeriebuss. First ae week passed an' syne anither, withoot bringin' an explanation o' Tibbie's unaccoontable silence. Every ither day or sae I sent aff a lang screed till'r, implorin' her to render a reason hoo she had gi'en up wreatin'— pledgin' my word o' honour to be hame an' mairry her i' the spring—an' gi'ein' utterance to a vast deal o' nonsense an' extravagance, I dinna doot. But feint a scribe o' a pen did I receive frae her in reply. In this distressin' sate o' maitters, I had anither veesitation o' the poetics. I gi'ed vent to my woundit feelin's in the followin' lugoobrious ditty :—

WHAT CAN THE MAITTER BE?

As blithe as the mavis that sings frae the tree,
As licht as the lammie that links ower the lea,
As bauld as the eagle that dairts through the sky,
Sae gladsome, licht-fittit, an fearless was I.

But noo I am douce, dowie, dweeble, an' skair,
I'm the sport o' the mullygrumps, sorrow, an' care ;
Like a Death's Head my head is, wi' queer, ghaistly grin—
It is grey i' th' ootside, an' achin' within !

My cheeks, aince sae ruddy, roond, chubby, an' dimpled,
Alas ! they are sunken, wan-coloured an' crimpled,
My legs that were aince fat an' plump as my cheeks,
Alas ! they're like pirn-sticks buskit in breeks !

I hechle, an' clocher, an' toyt but an' ben,
Like a puir feckless grandsire o' three score an' ten,
My voice aince sae musical, lichtsome, an' cheerie,
Has sunk to a grunt that is perfectly eerie !

I am daesed,—I am doitit—my appetite's gane—
Something lies at my breist cauld an' hard as a stane,
Sleep has fled frae my een—frae my stammack digestion—
Oh what can the maitter be ?   That is the question !

Oh what can the maitter be ?   What wad ye think !
I'm neither consumptive nor dottled wi' drink,
But Tibbie, the kittie ! has played me a pliskie,
Mair deidly by far than consumption or whiskey !

I'm jiltid, I'm lichtlied, forhoo'd an' forsaken,
My fond houps lie withered, my puir heart is breakin',
If she dinna relent an' forget an' forgi'e,
As sure as I live, in a fortnicht I'll dee !

This effusion I copied oot in a fine, bauld roon'
haun'—exceedin'ly unlike the calligraphy o' a
man wha was sae infirm baith in min' an' body,
as to hae only a fortnicht to live—an' sent it aff
to Breeriebuss, alang wi' a prose discription o' my
feelin's an' sentiments equally extravagant, naething
doubtin' that the force o' the prose an' verse
combined wad work the charm intendit.   But alas !
the oracle still remained as dumb as ever.

Four weeks had passed awa withoot bringin' me the accustomed love-letter frae Breeriebus. At last, ae nicht as I was sittin' in my roomie, wi' my haun' on my haffet, my een fixed on vaucancy, an' my thochts far awa in the East Neuk, I hears the postman come up the stair, chap at the door, an' haun' in something for "Mr. Thomas Bodking." My heart lap to my mooth! Surely here wad be the end o' my miseries noo! I banged to my feet, opened the door, ran oot to the lobby, an' received —a newspaper! Nae letter—naething to assure me that Tibbie's hairt still beat in unison wi' mine. I was plunged into the depths o' despair! I flang mysel' doon on a chair, tore open the paper, an'— oh, horror o' horrors!—the very first thing my een lichtit on was the followin' announcement,—

"Married at Breeriebuss, Fifeshire, on the—th instant, Mr. John Jehu, coachman to Nicholas Bowman, Esq., of Burleyrackit, to Isabella, eldest daughter of Mr. William Monypenny, farmer, Breeriebuss."

It was a mercy I didna rin aff on the spur o' the moment an' fling mysel' ower Lon'on Brig.

The thochts that visited my sleepless pillow that nicht I sanna attempt to describe.

I cudna doot I had tint Tibbie for ever an' aye. But I was determined to see to the bottom o' the business. Face to face I wad meet her an' gar her gi'e some accoont o' hersel'. I had made her a present o' a magneeficent fur tippet, an' I had likewise coft her a pair o' gowden ear-rings. Thae purchases, alang wi' sundry ither nick-nacks,

the haill soom amountin' to sax guineas—I had
sent aff till'er by the St. Andrews Packet, an' for
which I held her receipt. Noo, though I didna
value the articles a flee, yet, was I to lat her dance
aboot wi' John Jehu, buskit up an' beautifeed wi'
my braverie ? No very likely !

By neist mornin's dawn I liftit my fevered head
frae the pillow, colleckit a' my effecks, an' stowed
them carefully past in my kist. I sewed up my siller
—amountin' to thirty-five guineas—inside the band
o' my cream-coloured cassimer breeks, in which
I had decidit to array mysel' on my traivels. After
wreatin' twa or three lines to M. Drapeau apprisin'
him o' my sudden depairtur' to Scotland, an' biddin'
fareweel to Uncle Sandy's fouk by word o' mooth,
I set aff an' tane an ootside seat on the Lon'on an'
Edinbro' Coach, for in thae days there was nae sic
thing as a railway.

The mornin' was cauld, clear, an' frosty, an' the
season approachin' the hin'er-en' o' December,
whan I faun' mysel' perched on the tap o' the
coach in the society o' three stalwart, red-nosed,
farmer-lookin' chields frae the Lincolnshire Fens.
They had been up to Lon'on on matrimonial
business, an' were evidently bent on keepin' up the
festeevity as lang as possible, judgin' frae the
frequency o' their applications to the gin bottle
that ane o' them carried in's oxter pouch. The
only ither ootsider, forbye mysel' an' the driver,
was a thin, black-aviced elderly woman, spairely
clad in mournin' weeds, an' bearin' on her pale
sickly coontenance the veesible imprint o' recent

sorrow an' sufferin'. Whan we were crossin' the knap o' the last knowe, whence a view o' the city cud be had, I noticed that she turned her head an' gazed backwart wi' pathetic earnestness—as gin she had been takin' a last fond look o' some person, or scene or objeck beloved—an' whan she resumed her former attitude, I saw she was a' shakin' wi' emotion, an' that tears were silently coorsin' doon her withered cheeks.

We reached Edinbro' on the day an' at the oor appointit withoot accident. It was wearin' late, an' there bein' nae means o' crossin' to Fife that nicht, I was forced to pit aff the further prosecution o' my journey till neist mornin'. Durin' the nicht, there cam' awa the awfu'est storm o' snaw an' win' that ever blew oot o' the skies. A' neist day it continued withoot devald, insomuch that there was nae possibeelity o' crossin' the Firth till the mornin' o' the second day, whan the storm had slackit a wee. Of coorse, the earliest opportunity was mine, an' sae I crossed to Pettycur by the first boat, sae as to try an' reach Breeriebuss that same nicht.

It was a lang an' dreich road in the best o' weather, but wi' the wredes o' snaw tooerin' sax feet aboon the hedge-raws an' dyke-heads, an' the drift fleein' on the wings o' the snell Boreal blasts, like stoure frae a pair o' corn-fanners—it was the wark o' a madman to attempt it on fit! To Breeriebuss, hooever, I had made up my mind to gang that nicht, whatever the consequences micht be. Therefore, pluckin' up a spunk superior to a' earthly obstacles, awa I gaed on my perilous journey. Owin' to the deepness o' the snaw, the only lan'marks I cud coont on wi' certainty were the hill-taps an' toonics that lay in my way. Hedges an' plantins were buried oot o' sicht. Occasionally whan I chanced to stray frae the direck road, I faun' mysel' actually walkin' ower the roofs o' cottar hoosies, as was made manifest by the volumes o' reek that cam' oozin' oot frae amang the snaw-wredes aneth my feet.

It was within an oor o' sunset. Darkness was beginnin' to creep on apace, whan, hungry, weary, an' fit-sair—wrackit in body an' cuisten doon in speerit—I drew near to the locality whaur, as far as I cud judge, Brecriebuss behooved to be sitiwate. But far an' wide as the e'e cud penetrate naething was veesible but a boondless waste o' driven snaw!

Selectin' ane o' the heichest wredes nearby, whaurfrae I micht mak' a survey o' the surroondin' territory, I muntit to the tapmost pinnacle o't, an' was gratifeed to see a stream o' peat-reek risin' frae the crater o' a wide, auld-fashioned clay lum, that micht or micht not apperteen unto the humble fairmhoose o' Breeriebuss.

Approachin' cautiously I glowered doon the vent. There I beheld a cruzie hingin' i' the cruik, blink, blinkin' awa. A tortoiseshell cat was sittin' at the cheek o' the fire, dozin' half asleep, an' wi' her tail neatly arranged in a semi-circle roon' her curpin'. A pair o' human legs, covered wi' knee brecks, blue-ribbit stockin's, an' corduroy cutikins, projeckit forward in close proxeemity to the ribs, but the body that the said legs belanged till was unfortunately ootside the range o' my field o' veesion.

I tane up a gowpen-fu' o' snaw, shapit it into the simeelitude o' a cannon-ball, an' drappit it gently doon the lum, exactly perpendeek'lar to the spot whaur winkin' baudrons was sittin'. It alichtit preceesely on her back. A frichtsome yell, an' a wild spring into the midst o' the fluir-head instantawneously follow't. The blue stockin's an' corduroy cutikins quickly disappeared, an' the venerable coontenance o' Mr. William Monypenny, fairmer o' Breeriebuss, was thrust forrit wi' the view o' investigatin' into the origin o' the snaw ba'. That it didna fa' frae the cluds was self-evident, seein' that it bore the unmistakable impress o' human fingers.

"Guid forgi'e me!" was his exclamation whan he beheld, atween him an' the sky, a "human face divine" glowerin' doon the lum. "Whaur come ye frae? what d'ye want? an' wha are ye?"

"I come frae the city o' Lon'on," said I, answerin' his questions in their order, "I want to ken hoo Tibbie cud hae the conscience to marry Jock Jehu, an' my name is Tam Bodkin!"

I wasna in a frame o' mind to waste mony words on 'im, an' every ither means o' entrance bein' obstruckit by the snaw wrede, I juist buttoned my coat, hauled my bannet ower my lugs, an' crap doon the lum like a sweep. I sprang into the fluir-head, an' Tibbie, wha was busy puttin' oot a bakin' o' bear-meal scones, gat oot wi' a lood skreich, an' sank back into my airms in a swoon.

The guidman flew into an awfu' pucker. Thinkin' that she wad never come till hersel' again, he ran an' flang a tanker fu' o' cauld water intil her face. Mrs. Monypenny an' the juveniles, wha had been ben the hoose cairdin' woo', hearin' the hubbub, cam' rinnin' but the hoose ilk ane like to ding anither ower in their headlang haste to ken what was wrang. Tibbie sune revived, hooever, an' I was beside mysel' wi' joy to fin' that the first use she made o' her returnin' strength was to fling her airms roon' my neck, an' gi'e me the kindly, couthie embrace o' auld langsyne.

"Na, na, Tibbie!" said I, pushin' her ootower a bittie, "this winna do noo, lass! ye're anither man's wife—ye maun hain a' thae favours o' yours for Mr. John Jehu!"

"The man's mad!" cried Mrs. Monypenny, standin' up in defence o' her dochter, "Tibbie is neither anither man's wife nor has she ony intention o' becomin' sae, as far as I think. But wha put that nonsense i' yer head ava?"

"Read that," I replied, producin' the newspaper announcement o' the marriage, "an' maybe that 'ill clear yer een!"

"A curn doonricht lees!" exclaimed Mrs. Monypenny.

"Doonricht lees!" repeatit Mr. Monypenny.

"Doonricht lees!" was the exclamation a' roon'.

"This is a droll business!" said I, "but hoo hae ye never written me for a month an' mair? Tell me that, Tibbie!"

"Oh, Tam, my dear!" said Tibbie, sabbin' an'

dichtin' the saat tears frae her een wi' the corner o' her apron, " I've written ye reeg'larly ilka week— ay, ilka day o' late—but hoo didna ye answer my letters as usual? "

" Mair marvellous still ! " said I.

" 'Od I cud wad my lugs that that fallow Jock Jehu has been at the bottom o' this business ! " said Mr. Monypenny, bringin' his richt neive wi' whack doon intil his left loof, " but I'se be at the foonda- tion o't afore I'm mony oors aulder ! "

I was mysel' again ! Tibbie was still true to me, an' that assurance was a reward mair than suffeccient for a' the toils an' sorrows I had passed through durin' the aucht days preceedin'.

CHAPTER XXII

I T need hardly be said that my sojourn wi' Mr.
Monypenny lastit langer than I had oreeginally
intendit it should do. As regairds my interview
wi' Tibbie, it proved to be as gladsome as I had
expeckit it to be grievous. After gettin' a chack
o' four oors I pu'd oot my watch, lookit at the time
o' nicht, an' essayed to resume my journey, sae as
to reach Buttonhole afore bed-time.

"No ae fitstap!" interposed Mr. Monypenny,
grippin' me by the shoother an' pushin' me doon
again on the lang heich leggit stool whaur I had
been sittin' alangside o' Tibbie, "no ae fitstap will
ye gang ootower this door the nicht!"

"Gang to Buttonhole in sic a nicht o' snaw an'
drift!" said Mrs. Monypenny. "Preserve's a'! the
man's surely no himsel'—it micht be the deid o'
ye!"

"An' mair than a' that," observed Tibbie, layin'
her han' in mine, an' glowerin' into my face wi' a
winnin' smile playin' aroon' her rosy cheeks an'
slae-black een, "hoo wad ye get oot? Ye ken it's
an easy maitter comin' doon a lum, but it wad be
a dour job gaun up again, an' there's no anither

feasible ootlet that I ken o', unless ye crawl through the wredes o' snaw like a mowdie-wart ! "

Little persuasion is needit to turn the bauks o' a waverin' resolution, whan inclination an' argument are heapit thegither into the selfsame scale, an' sae I agreed to accept o' the hospitalities o' Breeriebuss for that nicht, an' to pit aff my journey to Button-hole till neist mornin'.

Richt pleasantly did the e'enin' pass awa wi' cracks an' jokes. Mr. Monypenny was a denty, hearty, cantie, auld cock—wha never wantit a story, an' aye spak oot his mind like the honest man that he was. He gi'ed me a scrift o' a' the uncos that had transpired i' the East Neuk, durin' my sojourn in Lon'on. In this he was greatly assistit—espe-cially as regairds births, deaths, an' marriages—by the retentive memory an' voluble tongue o' Mrs. Monypenny. Tibbie's words were few an' weel-ordered. She said little hersel', but I cud see that she treasured up every word that I spak, as gin it had been a pearl o' great price.

Havin' listened to a narration o' a' my metro-politan exploits an' observations, I noticed that Mr. Monypenny suddenly becam' unco fidgety in's looks an' movements. He hirsled back an' fore on his chair as gin he had been sittin' on heckle-pins. He repeatedly pu'd aff an' hauled on his nichtcap, for nae parteek'lar reason that I cud discern. His cutty pipe made numerous errands to the ribs, an' after takin' half-a-dizzen blaws o't, he wad fling it doon again at the cheek o' the fire. He tane vaurious severe fits o' hoastin' that seemed quite

15

uncalled for by the requirements o' natur'. He
glowered up to the crap wa', an' doon into the
ase-hole. He excheenged stown glances wi' Mrs.
Monypenny, an' scanned my coontenance curiously,
wi' the tail o's e'e. He tried sundry plans to gar
Tibbie flit her camp to the ben-end o' the hoose
for the time bein', but withoot bringin' aboot the
desired result. In short, Mr. Monypenny had
clearly something on's stammack that he desired
to disburthen himsel' o', an' that something, it was
equally appaurent, he didna want Tibbie to hear.
As she refused to be admonished either by a wink
or a nod, he at last tauld her plump oot that her
absence wad be guid company.

"Gang yer wa's ben the hoose, Tibbie, my
woman, an' bide there till I send for ye!" said
her faither.

This order she blushin'ly obeyed withoot a
moment's hankerin' or hesitation. She micht hae
saved hersel' the trouble, hooever, seein' she tane
care to hearkin' to every word o' the interestin'
conversation that followed.

"Noo, Mr. Bodkin," began Mr. Monypenny,
drawin' his chair close inbye to my side, "I wad
like to hae a word or twa wi' ye on a delicate
subjeck. I believe ye've been lang in the wey o'
gaun aboot my lassie i' the coortin' line. Noo I
dinna wuss to urge ye on to tak' ony stap rashly
in a maitter sae kittle as the choosin' o' a wife.
But, ye see, it's high time we sid come to some
understandin' on the subjeck. Withoot gaun ony
far'rer aboot the buss wi' ye, I wad juist like to ken

yer intentions in keepin' up a' this corrieneuchin' wi' Tibbie?"

"Honourable!" replied I, scarcely able to utter the words by reason o' the vauried emotions that were jumblin' under my breist bane at that eventfu' moment. "Honourable—maist honourable, Mr. Monypenny! I've come a' the way frae Lon'on on Tibbie's accoont. That bein' the case, ye may be sure my affection for her is o' the real sterlin' metal."

"That is to say, Mr. Bodkin," said Mr. Monypenny, determined that there sid be nae mistak' aboot it, "ye mean to mairry Tibbie as sune's ye can conveniently do sac?"

"Exactly sae!" was my prompt reply, "that's preceesely what I mean. Ye see, I've saved a curn bawbees, an' learnt twa or three things in Lon'on that canna fail to be usefu' to me in my futur' professional career, an' I think we micht do waur than juist get oorsel's spliced withoot mair ado. It's best to strike the iron as lang's it's het. I've as muckle o' warld's wealth as 'll mak' a decent beginnin', an' though at first oor plenishin' may be sma', we can be like the craws—juist add stick to stick as we're able till sic time as we get oor nest made to oor minds."

"Weel, weel," said he, "as to the *time whan*— I'se neither mak' nor meddle wi' *that*; ye can settle that affair atween yer twa sel's. Baith o' ye are come to the years o' discretion, an' as it's yersel's twa that maun drink the yill, ye can e'en brew the browst to suit yer ain taste. I can freely testifee that whaever gets Tibbie for a wife 'll get a clever-handit, cleanly, eydent, weel-doin' kimmer, an' less than this I wadna hae said though she hadna been sae sib to me as she is."

"Weel-a-wat, she'll mak' a guid thrifty wife," said Mrs. Monypenny, brakin' the silence she had hitherto mainteened, an' speakin' in tremulous tones that testifeed to the fervency o' her maternal feelin's—"she'll mak' a richt valuable help-meet t' ye, Mr. Bodkin, if she tirn oot only half as dutifu' to you as a wife as she has been to me as a dochter. But hoo I'm to widdle through withoot 'er when she gangs awa is mair than I ken!"

"Gang yer wa's an' cry her but, guidwife," said Mr. Monypenny.

This order for Tibbie's recall frae exile had scarcely escapit frae her faither's lips, whan a toom herrin' barrel that had been stowed awa aboon the kitchen bed began to perform sundry mysterious antics. It rowed hither an' thither as gin the muckle mischief had been in't. At last an' lang, doon it cam' through a hole atweesh the bauks, an' lichtit i' the middle o' the floor wi' a noise like thunder!

"Preserve's a'!" skreighed Mrs. Monypenny, rinnin' in ahent her guidman's chair, an' flingin' her arms roon' his neck, "it's no the hoose comin' doon aboot oor lugs, is't?"

"I houp no," said Mr. Monypenny, lookin' a wee dootfu'; "for though there maun be a dooms heavy wecht o' snaw on the roof, yet I wad think the four new bauks o' guid Norrowa timmer I put in

last simmer sid be able to keep's a' snod an'
siccar."

"Loshie me, Mr. Bodkin!" said Mrs. Mony-
penny, "rin ben an' see what Tibbie's doin', for
she maun be frichtened oot o' her wuts by that
fearfu' rummill!"

Ben I gaed, neck or naething, an' caught Tibbie
i' the very ack o' scramblin' doon frae the bauks!
Ah, the sly taid! I saw through the haill business
at a glance! Anxious to hear what was passin'
atween her faither an' me, she had actually clum
up to the garret amang the lumber, cruppen across
the bauks on her hands an' knees, an' derned at
the hole through which the barrel had made its
descent.

On hearin' her presence was wantit i' the kitchen,
she had retraced her staps raither hastily an' in-
cautiously, whaurby she had disturbed the repose
o' the barrel, causin' it to tak' its flicht doon
through the hatch-hole as aforesaid.

Whan I gaed ben, I faun' 'er strugglin' half-
gaits doon the clay partition wa', makin' desperate
efforts to escape frae her equeevocal perdiccament
afore she sid be discovered. Her wee bit heartie
was playin' pittie-pattie, as I cud feel, whan I
claspit her i' my airms wi' the view o' assistin' her
to regain her fittin' on *terry firmy*. This I did wi'
a' the tenderness that I cud bring to the execution
o' sic a delicate an' delichtfu' duty, takin' care
afore lattin' her escape frae my embrace to press
her warmly to my bosom, an' to imprint half a
score o' glowin' kisses upon her cherry lips!

"Eh, Tam, ye scoondrel! is that you?" said she, in a stiflin' sort o' whisper. "Losh! I'm gled, though, for I thocht it was my mither, an' what cud I hae said for mysel' gin it had been her? But, for the life o' ye, Tam, never leet that I was i' the garret!"

"Sae ye've heard a' that passed atween the auld fouk an' me?" said I, chuckin' her under the chin an' gi'en' her anither embrace an' anither roon' o' kissin'.

"What wad ye do if ye kent?" she replied, haudin' up her mou' for the bestowal o' a fresh dose o' kisses, which she duly received as a maitter of coorse.

"Ah, Tibbie! Tibbie!" said I, claspin' her tremblin' haun' in mine, "but ye are a pawkie jaud, though!"

"Oh, Tam, ye cruel sinner!" said she, wrigglin' like an eel on a hook to free her han' frae my grasp, "ye're hurtin' my han', min. Lat go, this very meenit! Lat go, or I'll hae to cry oot, for I'm no able to thole ye ony langer. Weisht! Dinna ye hear a fit comin' ben? That's my faither, as sure's I'm livin'! Oh, lat go noo, Tam!"

Tibbie, I cud see, made maist praiseworthy efforts to feeze her fingers oot o' my loof as lang's I held them fast, but somehoo or ither, whan in obedience to her earnest an' aft-repeatit entreaties, I at last tane pity on her an' lat go my grip, her fingers still lingered i' my loof in saft an' playfu' dalliance, withoot an attempt to escape. At last I gi'ed her anither hearty cuddle, accompanied by anither hasty smourich, an' syne led her awa' but to the kitchen, to face the auld fouk.

The consternation caused by the fa' o' the barrel havin' calmed doon belyve, we a' huddl't roon' the bleezin' ingle, an' resolved oorsel's intil a committee o' the haill hoose, touchin' maitters matrimonial. The conclusion arrived at was that the nuptial day sidna be preceesly fixed till I had smelt my faither's breath on the subjeck.

Whan ten o'clock chappit, Mr. Monypenny, re-markit that as it was wearin' naur bedtime, it wad be necessary to close oor cracks for the nicht. Havin' raxed doon the Big Ha' Bible an' performed that pautriarchal duty sae touchin'ly describit i' the "Cottar's Saturday Nicht," he conduckit me awa to my bedroom—a wee, cozy, pantry bit placie, biggit as a tofa' at the back o' the hoose, an' wi' a door openin' aff the kitchen.

Neist mornin' I was up by the scraigh o' day, wi' the view o' lendin' a haun' at howkin' a hole through the immense snaw-wrede that lay heapit up mountain heich in front o' the hoose. It was aboot as dreich a job as ever I had putten a haun' till, but Tibbie bein' present, to cheer up my flaggin' energies wi' her witchin' smiles, I wrocht like a very teegar till the sweat was drappin' frae the neb o' my nose. At length an' lang I had the satisfac-tion o' seein' the wey cleared to the ooter warl'.

The storm o' the day previous had abatit. An eerie-like silence reigned ower the haill face o' creation. As far as the e'e cud survey the

landscape, naething was veesible, but a dreary
wilderness o' snaw.

Brakfast bein' ower, I bade a temporary fare-
weel to Tibbie an' Brecriebuss, an' set oot for
Buttonhole, which I reached safe an' soon' aboot
mid-forenune. Great was the steeriefyke oc-
casioned by my unexpeckit return. The meetin'
o' pawrent an' child, sister an' brither, was juist a
rehearsal o' the Parable o' the Prodigal Son. If I
wasna kissed an' embraced as he was, my haun', at
least, was weel shaken, an' my shoother weel
clappit, especially by my mither an' my sister
Chirstie, wha were like to devoor me wi' their
affectionate demonstrations. If the fattit cauf
wasna slaughtered for my especial enterteenment,
there was, at least, a guid fat hen transferred frae
the bauks to the kail-pat in honour o' my arrival.
In short, at Buttonhole as at Breeriebuss, I was
received wi' open airms, an' enjoyed quite a triumph
in a sma' wey. I was regairdit wi' feelin's o' awe
an' wonder as intense as if, instead o' havin' been
nae far'rer than Lon'on, I had, like Mungo Park,
juist returned frae a voyage o' discovery to the
city o' Cockatoo.

A' my Lon'on battles had to be focht ower again,
an' hunders o' questions had to be listened till an
anwered i' the same breath. I had acquantances
flockin' to see me frae a' the kintra roun', a' gapin'
wi' curiosity to see a man wha had been mourned
for as dead. I was as great a hero as Tam Thoom
or the Pig-Faced Lady. I had been not only
auchteen months in the metropolis, but I had seen

the King's Palace, baith ootside an' inside. An'
what was o' still greater moment in the estimation
o' the primitecve pautriarchs o' the East Neuk, I
had not only seen the king himsel' but had even
assistit in takin' the dimensions o' the Royal
corporation for sundry suits o' superfine Wast o'
Englan' wool-dyed cleedin'!

My Lon'on sojourn had rendered me a perfect
prodigy. My name was in everybody's mooth—
my acheevemcnts formed the sole topic o' speaki-
lation baith in kitchcn an' in ha' for a month an'
mair. Saunders Broganawl cam' to get a gallows
button sewcd on—Patie Baisler to get a pair o'
corduroy cutikins shapen—the smith to get a clout
put upon his breeks—Geordic Mortclaith to get
the grease ta'en out o' the collar o' an auld black
coat he had been presentit wi' as a New Year's
gift by the Rev. Gabriel Gowlanthump—Willie
Wabster to speer aboot the pattern o' a table-claith
my mither had commissioned him to weave as
pairt o' Chirstie's providin'; the haill rickmatic o'
them cam' on some piece o' business or ither, but
their main errand, as I cud easily see, was to draw
me into a recapectulation o' my Lon'on observa-
tions an' experiences. Mrs. Snifters, honest woman,
made nae twa-faced attempts to gang aboot the
buss in gratifeein' her curiosity. The first bonnie
day after the snaw was aff the grun', she cam' owcr
to Buttonhole ane's errand, "to get a description,"
as she observed, "o' the King, an' the Palace, an'
the Bank o' Englan'."

Mrs. Paitrick, Peggy's mither, cam' a' the gait

frae St. Andrews to speer gin I had never chanced to forgaither wi' her sister's man durin' my sojourn in Lon'on. As he drave ane o' Whitbread's ale carts, she was sure he wad be weel kent to everybody in Lon'on. She cudna understan' hoo I cud hae been there sae lang withoot gettin' some wittins o' 'm.

I seized on the first favourable opportunity for layin' my matrimonial projeck afore my faither an' mither. This I did, no withoot some sma' degree o' blateness. I was greatly pleased to fin' that their views an' mine perfectly complouthered. The only obstacle to my immediate union wi' Tibbie was the requirement that I wad hae to bide sax weeks within the boon's o' the pairish afore the banns cud be lawfully proclaimed i' the kirk. My mither was delichtit wi' the prudent choice I had made o' a wife, for Tibbie's kindness at the time whan everybody believed me to be dead, had made a maist favourable impression on her mind. My faither was quite agreeable that I sid work alang wi' him until Providence sid provide me wi' a mair eligible openin'. As to financial maitters, if need required he wad be ready to gang the length o' advancin' a few notes to set me up in business on my ain coat-tail.

A' thae odds an' ends bein' settled, I sat doon an' pen'd a lang letter to Uncle Jeames in Lon'on, thankin' him for his kindness to me whan I was an alien an' an ootcast on the warl's hie-road, humbly cravin' his pardon for havin' run awa in the rogue-like mainner I had dune, directin' him

to send doon my kist to St. Andrews by the first
Packet, an' tellin' him I was contemplatin' an early
approach to the hymeneal altar.

The sax weeks quaranteene precedin' my waddin'
creepit awa, as I thocht, at a snail's pace. As im-
patient was I for the happy day that was to see
me launch furth on the Paceefic Ocean o' matri-
mony as ony thochtless schule-laddie ever was for
the hairst-vaicance. The oors seemed days, the
days weeks, an' the weeks months. Had Tibbie
been at Burleyrackit the case wad hae been far
different. I cud in that case hae seen 'er every
ither nicht or sae. But Breeriebuss was ower far
awa for frequent interviews. I gaed twice a-week
to see her, but that didna satisfee me.

While in this impatient state o' min', I expe-
rienced a fresh ootburst o' the poetics. Seizin' " my
guid auld harp aince mair," I gi'ed utterance to my
feelin's in a flood o' sang, whaurof the followin' is
a swatch :—

THE BACHELOR'S LAMENT.

AIR—" *Toddlin' Hame.*"

"When cauld winter ruffles the leaves frae the tree,
I'm as weary a bodie as weary can be;
There's no ane to cheer me across the hearthstane,
A' the lee winter nicht I maun dosen my lane,
    Dosen my lane, dosen my lane,
A' the lee winter nicht I maun dosen my lane.

The thrush lo'es to sing i' the white-blumin' thorn,
The hare lo'es to gambol amang the green corn,
But naething in nature can mak' my heart fain,

For I ne'er can be blithesome while livin' my lane,
Livin' my lane, livin' my lane,
O I ne'er can be blithesome while livin' my lane.

I've an auld dowie chaumer juist twal' feet by ten,
An oot-hoose, an in-hoose, a but-hoose, an' ben,
A weel-plenished mailin' an' gowd, a' my ain,
But nocht can delight me when livin' my lane,
Livin' my lane, livin' my lane,
O, nocht can delight me when livin' my lane.

Though some blame the lasses I care not a flee,
I'll e'en tak' my fortune, whate'er it may be,
Guid fouk are richt scarce, but I'll surely find ane,
To mak' me far blither than livin' my lane,
Livin' my lane, livin' my lane,
To mak' me far blither than livin' my lane.

An' gin a sweet wifie should e'er be my hap,
I'll wake like a lav'rock, an' sleep like a tap,
I'll sing like a lintie, an' never complain,
But forget a' the sorrows o' livin' my lane,
Livin' my lane, livin' my lane,
O wha can be happy when livin' alane?"

CHAPTER XXIII

THE BEUKIN'

IN Scotland, at the time I'm wreatin' o', waddin's an' wooin's were maitters that dauredna be gane aboot openly an' aboon board, but in conformity wi' the admoneetions laid doon by the twa-faced hizzie i' the auld sang—

"Come doon the back stairs when ye come to coort me,
Come doon the back stairs when ye come to coort me,
Come doon the back stairs an' let naebody see,
An' come as ye were na a-comin' to me."

Use an' wont demandit that matrimonial undertakin's sid be envelopit in a certain degree o' mystery. The wricht employed to mak' the furniture was sworn no to tell wha the articles were for. It was the same wi' the tailor wha had the makin' o' the waddin' suit. In my case there was nae need for makin' ony lees aboot it. I tane care to mak' my ain bits o' duds whan naebody was present to spy ferlies. An' then, hoo mony drams ye had to drink whan preparin' for yer waddin' ! Ye had to drink a half mutchkin wi' the wricht, an' anither wi' the smith, afore yer bargain cud be said to be closed wi' them. Sax or aucht o' yer drowthie cronies,

hearin' that a marriage was on the carpet, wad
drap in by twas and threes, by the merest accident,
as it were, an' of coorse, the bottle had to be brocht
furth, gin ye didna want yer guid name for ever
tarnished in their estimation.   Then cam' the
Beukin', whan ye had to drink a cawker oot o'
the Dominie's bottle, besides fillin' yersel' an' yer
companion half-fou' at a public-hoose on the wey
hame.   After the Beukin' cam' the Feetwashin',
whan the bridegroom had not only to drink himsel'
blin', but had to gi'e half a score o' his maist intimate
acquantances as muckle licker as they cud pit i'
their hides.   Guid guide us a'! gettin' marriet was
nae easy maitter in thae days, either for purse, or
person.

    I had nae that little fash at first to fin' a hoose
at an easy distance frae Buttonhole.   There was a
toom ane owerbye at Skirlnakit, an' anither at the
Kirktoon, but baith o' them were far'rer awa frae
my wark than wad hae been convenient, besides
bein' sadly oot o' repair.   Whan I was in a swither
what to do, Andra Sooter kindly cam' to my relief,
an' bespak' for me the use o' a toom hoose at
Snipemire.

    While I was waitin' wi' as muckle patience as I
cud muster for the day destined to consummate
my fondly cherished desires, there comes to me a
letter frae Mr. Simon Patch, whom I had apprised
o' my arrival frae Lon'on.   Simon informed me
that he had juist compleetit arrangements for flittin'
his camp, bag an' baggage, frae Dundee to Aberdeen,
as successor to an auld maister o' his, wha was

retirin' frae business. Simon kin'ly offered to mak' me a present o' the guidwill o' his business, on condition that I sid tak' the lease o' his hoose aff his haun', an' keep on his youngest apprentice, wha cudna weel be removed to the Granite City, seein' that he had been bargained to bed an' buird wi' his mither—a puir weedow woman, wha lived i' the Bannethill, an' earned a scanty livelihood by windin' bobbins. Alludin' to oor St. Andrew's ploy, Simon delicately hintit that his present offer micht maybe mak' some amends to me for the evil he had been pairtly instrumental in leadin' me intil on that occasion. If I thocht o' closin' wi' his offer, he inveetit me to rin ower to Dundee immediately, an' he wad mak' a' needfu' explanations, an' introduce me to his principal customers.

Here was a peeled egg sic as few hae the like o' to sit doon till whan enterin' into the matrimonial state! I lost nae time in apprizin' my faither o' the generous offer I had received, an' if ever he harboured a grudge against Simon for trystin' me awa on that eventfu' pilgrimage to St. Andrews, he noo grantit him complete absolution. My faither advised me to pad aff to Dundee, an' strike a bargain at aince.

Neist mornin', afore daylicht, I was on my wey to Dundee. I gaed roon' by Breeriebuss in order to advert eeze Tibbie o' the stroke o' guid fortune that had sae unexpectedly fa'en to my lot an' hers. She was perfectly liftit up at the magneeficent prospeck o' takin' up hoose in sic a lairge an' fashionable toon as Dundee. Her pawrents bein'

equally weel pleased, everything lookit uncommon
bricht for oor matrimonial projeck.

Arrivin' in Dundee, I sune faun' oot Simon's
place o' business. It was in the tapmost flat o' a
hoose in the Nairrow o' the Murraygate. Simon,
wha showed me nae little kindness, introduced me
till's chief customers—the feck o' them bein' men
o' substance, an' ane o' them a Bailie, nae less.
Mrs. Patch was a warm-heartit, mitherly sort o' a
bodie, an' perfectly satisfeed in her ain mind that
her husband was ane o' the greatest o' men an' the
best o' husbands. Afore I had been mony meenits
in her society, I had received a parteek'lar accoont
o' the birth, cild, upbringin', vices, an' virtues o'
her youthfu' progeny, together wi' disquiseetions on
teethin', watery pox, measles, an' chin-cough, the
whole bein' exceedin'ly edifeein' an' encooragin' to
ane aboot to enter on the cares an' responsibilities
incidental to matrimonial life.

The ootcome o' my conference wi' Mr. Patch
was that a bargain was struck atween us twa. I
effeckit a legal transfer o' his lease on the terms
oreeginally proposed by him, an' I was to enter on
possession on my marriage wi' Tibbie Monypenny.

I stayed wi' Simon a' that nicht, an' hurried
back neist mornin' to Breeriebuss an' Buttonhole,
an' reportit progress. The waddin' was fixed to
tak' place at the expiry o' my sax weeks' sojourn
within the boon's o' the pairish, in conformity wi'
the rule anent the proclamation o' banns.

Dominie Squeeker, albeit by reason o' increasin'
bodily infirmities, he had gi'en up for some years

wieldin' the taws, yet continued to dischairge the duties o' the Session Clerkship. To him, therefore, I behooved to apply on the subjeck o' the contract. On the Saturday nicht set apairt for that purpose I set oot, accompanied by Mr. William Monypenny an' Andra Sooter, on my grand offeecial veesit to Mr. Squeeker. The puir auld Dominie was never better pleased than whan he had a waddin' contract on han', as it put a curn orra shillin's intil's pouch, besides supplyin' him wi' an excuse for weetin' his whistle wi' a dram.

We faun' the Dominie in capital trim. He crackit aboot the days whan I was under his scholastic jurisdiction, an' averred that I had been as camsteerie an' contermashous at times as ony body was fit to be, an' no withoot deservin' an' receivin' the average doses o' corporeal correction at his haun's, but he didna doot I had come to see the great benefit I had derived frae his chasteese-ments. He even hintit that I oucht to be deeply gratefu' to him for the mony severe thrashin's he had gi'en me. I frankly admittit the justice o' his observations touchin' my youthfu' mistymainners. I even tried to express my obligations till 'im for havin', on sundry occasions, thrashed me within an inch o' my life. I also mentioned for his special comfort that I had been ane o' the ringleaders in a certain diabolical conspeeracy, whilk resultit in his leavin' a portion o' his velvet knee-breekies stickin' fast to the seat o' the desk, whan he sprang frae his perch like a whirlwin' to tak' vengeance on the mutineers.

16

At the Horse Shoe, whaurto we adjourned, we
fell in wi' the smith, John M'Briar, Patie Baisler,
an' a curn mair chields, wha where thrang ower
a bowlfu' o' toddy. Seein' the Dominie an' Mr.
Monypenny in my society, they were at nae loss
to guess the object o' my veesit to the Kirktoon
that nicht. Needless to say, I cam' in for a guid
hantle o' guid-nater't banter, an' jokosity, an' in
the midst o't, Jock Jehu's name happened to come
abune buird.

" Ay, losh ! what'll Jock be thinkin' the morn's
forenune, whan he hears the purposed marriage
proclaimed ? " said the smith.

" Wha ? Coachy ? What is there to gar him
think mair nor ither fouk ? " inquired John
M'Briar.

" Ou, hae ye no heard ? " said the smith. " D'ye
no ken that Jock has been layin' a' oars i' the
watter to supperseed oor freen' Tam in the affec-
tions o' that bonnie bit lassie o' his ? "

" Ay, ay," said Mr. M'Briar, " has he really been
tryin' the trick wi' Tam that Jacob played to his
brither Easy ? Weel, I juist canna thole thae kind
o' cattle that are aye for takin' whangs o' ither
fouk's leather. Isna there plenty o' lassies i' the
kintra-side that hae never had an offer ava ? "

" Ay, scores o' them," replied the smith, " an' the
warst fau'red o' them guid eneugh for Jock Jehu."

" Weel, than," said Mr. M'Briar, " hoo sid he no
try for ane o' them ? Onyhoo, he sid haud his
han's affen ither fouk's property, an' be hanged
till him ! "

"'Deed, ye've said the truth, John, gin ever ony
body said it," observed Patie Baisler ; "but hae ye
heard o' the soople scheme the scoondrel fell upon
to brak' aff the coortship atween Tam an' his
intendit ? "

" No ; what was't ? " asked Mr. M'Briar.

"The smith there'll tell ye ; he kens better
aboot it than I do," said Patie, castin' an inquirin'
e'e towards Burnewin.

" Ou," began the smith, "a man was tellin' me
hoo he had seen i' the papers a notice o' Jehu's
marriage wi' Miss Monypenny, an' a' body I've
spoken till on the subjeck are i' the belief that
Jehu was the owthor o' the leein' intimation
himsel'."

" But dear me," said Mr. M'Briar, "what guid ·
cud he expeck that to do him ava ? "

" A warl' o' guid, gin everything had gane till's
mind, replied the smith. " Ye see, Jehu had a
notion i' his noddle that Tam wad maybe see the
paper—indeed, I've heard it jealoused that he got
the new laundrymaid at Burleyrackit, wha wreats
a hand geyan like Miss Monypenny's, to address a
copy o' the paper to Tam in Lon'on—was that the
way o't, Tam ? "

" Weel," says I, "the paper cam' to me onyhoo,
an' in it was the leein' intimation. Wha contrived
the lee, an' wha sent the paper, hooever, are ques-
tions I canna answer, though I've my ain thochts
on the subjeck."

" Aweel, ye see," resumed the smith, "it's the
opeenion o' some fouk I've spoken till, that Jehu

thocht, by this mean trickery, to pit a stop to the correspondence atween Tam an' Tibbie, an' then he wad hae had some sma' chance o' wormin' himsel' intil her favour. Mair an' far'rer, he's sair lee'd on gin he didna intercept the love-letters atween Lon'on an' Breeriebuss. A man was tellin' me—though it micht breed mischief gin I were to mention names—that whan he gaed to St. Andrews for the Laird's letters, he pretendit to the postman that he had been bidden speer gin there was ony letter for Miss Monypenny o' Breeriebuss. If there was, then he wad get it awa wi' him, on pretence o' handin' it to its richtfu' owner, but what he did wi' a' the letters he got, he kens best himsel'—feint ane o' them reached Breeriebuss."

" Oh, the vile scoondrel that he is ! " exclaimed Mr. Monypenny, waxin' wroth at the diabolical revelation the smith was unfauldin', " but I'll hae him weel soused for that, though ! "

" Na, na," interposed the smith, tryin' to saften him doon a wee, " ye maun do naething o' the kind. Ye see, my informant gi'ed me the story in a great secret, an' afore he wad tell me I had to promise no to open my mooth aboot it. Sae, for my sake, ye'll juist let him gang for the rogue that he is."

" But hoo had he managed wi' the letters addressed to me ? " said I, " Tibbie's letters, ye ken ? "

" Ou, ay, that's weel mindit," said the smith, pourin' ower a gless o' toddy to clear his wizzen, " I was forgettin' that pairt o' the story. Weel, ye

see, Tibbie's letters bein' aye left wastbye at Janet
Wabster's, to be sent on to St. Andrews by the
carrier, Jehu, pretendin' as usual to be very ob-
leegin', wad halt ilka day on his wey to the Post
Office, an' offer to tak' what letters she had alang
wi' him for naething. To this proposal Janet had
nae objections to offer, as she thereby gat a' the
pennies till hersel', that itherwise wad hae gane
intil the carrier's pouch. Whenever there was a
letter addressed to Tam in Tibbie's hand-wreat, ye
needna doot it was curnabbit furthwith."

" Haigh, I'se gie the fallow a fleg for his impid-
dence, if I sid do nae mair ! " cried Mr. Monypenny,
bringing his ponderous neive doon on the feckless
fir table wi' sic a dreedfu' thump, that the toddy-
bowl stottit aff its bottom an' lichtit on it braidside,
skailin' a' the guid swats, whilk flowed ower the
surface o' the buird, juist like the water that
followed the children o' Israel through the wilder-
ness o' Zin, whan the wrathfu' prophet smote the
rock in Horeb. The liquid element, makin' tracks
for Patie Baisler's edge o' the table, wad sune hae
overflowed its banks an' wat a' the legs o's breeks,
had he no preventit it by clappin' his mou' to the
current, an' sookin' it up wi' a' his micht an' main.
John M'Briar, seein' hoo quickly the sap was
vainishin' doon Patie's throat, an' richtly jealousin'
that gin he didna help himsel' nae ither body wad
do sae, fell to the sookin' likewise. The smith,
never hin'most whan there was drink to be drucken,
fallow't the general example. By their unitit
efforts the decks were cleared in a wonderfu' short

space o' time. Not a solitary syllable was uttered
by onybody there present, except by Mr. Mony-
penny, wha sat reproachin' himsel' wi' havin' been
instrumental in the skailin' o' the sup guid drink.
The honest man insistit on bein' at the expense o'
frauchtin' the bowl afresh, an' sae makin' amends
for his faut. This, hooever, I wad by nae means
hear tell o', as the mischanter was entirely due to
a pardonable excess o' zeal on his pairt for the
vindication o' my honour an' that o' my beloved
Tibbie. I ordered ben anither half mutchkin, an'
pey'd the lawin' oot o' my ain pouch, an' Mr.
Squeeker declared I had ackit in the emergency
like a perfect gentleman.

While the second browst was a-brewin', John
M'Briar had been sittin' earnestly cogitatin', an' I
was in expectation o naething short o' a nuptial
ode frae him as the fruit o' his silent meditations,
whan, startin' to his feet like a bein' possessed, he
cried oot that a brilliant idea had juist flashed
athort his mind.

" Yea, John, what is't, man ? " inquired the smith.

" What wad ye think o' gettin' Jehu decoyed
into the lateran the morn's forenune, an' garrin'
him mak' the marriage proclamation wi' his ain
mooth ? " said Mr. M'Briar, chucklin' at the thocht
o' the embarrassment Coachy wad be sure to feel
at bein' placed in sic a delicate sitiwation.

" Capital ! " exclaimed Burnewin, clappin' 's black
horny looves thegither wi' glee at the bricht idea.
" Maist beautifu', I declare ! Od man, John, ye're
a droll shaiver, for wha but yer ain sel' wad hae

thocht o' sic a queer projeck! To be sure! Get
Jehu into the lateran the morn. Mr. Squeeker
winna objeck to onything sae rizzenable as that.
Wha are ye to hae helpin' ye the morn's forenune,
Mr. Squeeker?"

"Well, Sir," replied the Dominie, "I was just
thinking of applying to our friend Mr. Baisler here
for a day's work—as I'm not very fit for duty
myself now—but if you would like Mr. Jehu to go
in for a day, I sha'n't object. The fellow can't
sing much, as we all know, but he can roar loud
enough, and he is willing to make himself useful
in that way——"

"As weel as in vaurious ither weys," said M'Briar,
parenthetically, an' glowerin' me hard i' the face at
the same time.

"In fact he is quite proud of it," continued the
Dominie, "and I believe, by asking him to take
my place to-morrow, I shall not only oblige you,
but do him infinite honour in his own eyes. I
shall speak to him on the subject."

"Dinna tell him wha's to be cried till he's safe
i' the box," said M'Briar, "or ye'll fin' he winna
gang in ava."

"Oh no, I'll take care that he doesn't receive the
lines till he is in the lateran," said the Dominie.

Havin' arranged this little plot to oor satisfac-
tion, we toomed oor jorums, pey'd the lawin' an'
pairtit for the nicht.

CHAPTER XXIV

THE WADDIN'

N EIST mornin', the Smith, John M'Briar, Patie Baisler, an' several ithers, wha had been adverteezed o' the rod that had been laid in pickle for the coachman, were at the kirk betimes to see hoo the bools wad row. The plot turned oot a perfect success. Puir Jehu mountit the rostrum an' surveyed the congregation wi' the air o' a man thoroughly satisfeed wi' himsel' an' wi' a' the warl', never suspectin' i' the meantime that a score o' een were closely scrutineezin' his movements, or that an ordeal sae bitter an' distastefu' was in store for him.

Juist as Mortclaith gi'ed the bell the hin'most clink, an' as the venerable coontenance o' the Rev. Gabriel Gowlanthump appeared atween the door cheeks, Mr. Squeeker hirpilt his wa's inbye to the lateran an' handit up the intimation o' my intendit marriage. Alas, for puir Jehu! what a red face he tane till himsel' whan he unfauldit the paperie, an' cuist Kis een across the contents! Andra Sooter, wha cam' ower to Buttonhole i' the gloamin', an' tauld me a' aboot it, declared that the puir sinner lookit the very pictur' o' meesery. Bitter as the pill

was, hooever, it had to be swallowed. Springin'
till's feet like a jack-i'-the-box, he tried sair to hide
his confusion, but a' wadna do : his knees smote
forgainst ilk ither, his teeth rattled in 's head like
Jim Crow's clatter-banes, his voice had a husky
soon' aboot it, startlin' to them wha were un-
acquantit wi' the cause thereof. He bummilled
through the proclamation juist as gin he had been
a condemned criminal standin' on the staps o' the
gallows, makin' his last deein' speech an' confession,
an' momentarily expectin' Hangie to pu' oot the
pin an' set him a-dancin' upon naething. Never
was mortal man in a state o' greater mortifeecation
than was Jehu that day. At the skailin' o' the
kirk he slinkit his wa's hame, withoot loungin'
aboot at the Style, (as was his wont after bein' i'
the lateran), to receive frae his cronies the lauda-
tion he considered to be due to his mervellous gift
o' sacred sang.

In this wey was Jehu constrained to len' a hand
in promotin' my marriage wi' Tibbie Monypenny,
after he had employed a' his airts an' blandish-
ments to bring aboot a very different result.

To me the period o' bridegroom-hood was ony-
thing but a time o' idleset. I was keepit trottin'
here an' there attendin' to this, that, an' the ither
thing, till I was naur trachled aff my feet. Ae day
I wad be in at St. Andrews, pushin' them on wi'
the makin' o' the mahogany things. Neist day I
wad be ower at Dundee, layin' in providin' o'
vaurious kin's. Ae nicht I wad be alang at the
wricht's to see what progress he was makin' wi'

the beds, the nicht followin' I wad be wast at Breeriebuss, takin' Tibbie's advice anent certain kittle points wherein she claimed to exerceese a co-ordinate jurisdiction. Gang whaur I likit my han' was never oot o' my pouch, indeed it has seldom been oot o't sinsyne for langer than sax oors on end, except when I've been sleepin'. I wasna lang in findin' a use for the five an' thirty guineas I brocht wi' me frae Lon'on.

The maist vexin' thing ava was that I cudna set my nose oot-ower the door withoot bein' glowered at as gin I had fa'en frae the cluds. Whan I passed the Kirktoon to St. Andrews, the minister's servant hizzies wad be oot goupin' an' govin' after me as gin I had been awin' them something, an' makin' my approachin' waddin' the subjeck o' speakilation. John M'Briar's auldest dochter—a daft, ram-stam, hallokit quean—she maun hae a rub o' the bridegroom's shoother, an' sae maun Andra Sooter, an' sae maun ilka ane I forgaithered wi'. Whan I paid a veesit to Breeriebuss ony nicht, my movements were narrowly watched by Tibbie's neebors, unless I creepit alang dyke sides, an' through fields as gin I had been on some unlawfu' business. It was kent to a meenute whan I arrived, whan I left, an' what I had been doin'. As for Tibbie, she was equally up to the e'choles in business, an' equally an objeck o' public interest an' observation. Nicht an' day was she thrang at the needle—makin' her tyken, blankets, sheets, codwares, an' a' the ither nameless nick-nacks in-cludit in the inventory o' a bride's plenishin'. She had to enterteen a' her female acquantances, wha cam' frae far an' near to see her braverie.

The feet-washin' ploy, on the eve o' the waddin'-day, was anither business that had to be gane aboot, an' what fun an' gilravage we did kick up at that job! Andra Sooter scrapit frae the boddom o' the whey-pat a curn coal bleck, which he wrocht up, wi' cawnel creesh, into a black clorty compound, wherewith he mairtered my feet to sic a fearfu' extent that it seemed as gin they wad never look like Christian feet ahent it. Havin' abused me to their hearts' content, they at last fell foul o' ane anither's faces, makin' perfect frichts o' themsel's, an' playin' a' manner o' pranks that could be thocht on.

The momentous day, destined by the pooers o' fate to make me either happy or meeserable through a' the subsequent stages o' my earthly pilgrimage, dawned at length upon this oor sin-laden planet. The ne'er an e'e did I steek a' the precedin' nicht—not that I enterteened evil forbodin's by ony mainner o' means,—but the excitement o' the feet-washin' ploy, addit to the thocht o' what I had afore my han', had the effect o' banishin' the drowsy god entirely frae my pillow. By the skraigh o' day I was on fit, wanderin' aboot the hoose like a ghaist, rehearsin' in my ain mind the programme o' the furthcomin' performance, an' studyin' in an especial mainner the pairt in the drama I wad hae to play, sae that whan the curtain raise I micht be able to acquit mysel' to the admiration o' a' beholders.

As we had to be in Dundee that nicht, the

nuptial knot had to be tied on the back o' denner-
time. Determined to do the thing in style, I had
trystit a chaise an' pair frae the Fleein' Horse to
transport mysel' an' my freen's frae Buttonhole
to Breeriebuss, an' the happy couple frae thence to
Newport after the ceremony was ower. The chaise
was grandly daikered oot wi' evergreens. The
horses sportit a profusion o' pink ribbons aboot
their heads, an' their lugs were clothed in things
like white doddie-mittens. The Rev. Gabriel
Gowlanthump was to offeeciate as the high priest
o' Hymen; Andra Sooter was to be best man; an'
my sister Chirstie best maid.

The livin' cargo in the chaise comprehendit Mr.
Gowlanthump—wha was pickit up at the Horse
Shoe, whaur he had been imbibin' a wee sirple o'
Mrs. Snifters' "entire" afore settin' oot, wi' the
view o' infusin' a little warmth intil's fushionless
carkitch—the best maid an' best man, Miss Peggy
Paitrick an' mysel' inside; while Sandy Reekie an'
my brither Jock, wha had come frae Glesca for the
great occasion, sat on the dickie aside the driver.
As for my faither, he had gane to Breeriebuss i'
the cuddy cairt an oor or twa previous; while my
mither was owerby in Dundee settin' things to
richts against oor hame-gaun.

"Smack went the whip, round went the wheels,"
an' awa' we gaed, amid a perfect hurricane o' cheers,
an' an avalanche o' auld bauchles. Mrs. Wabster,
Miss M'Briar, an' a curn mair idle dames, had come
to see us aff, ilk ane o' them providit wi' a lapfu'
o' auld shoon procured for the occasion frae Saunders

Broganawl, which they shoored upon us wi' com-
mendable veegour. On turnin' the geyl o' the
hoose a volley o' musketry, let aff by the young
blacksmith billies, salutit oor lugs, frichtenin' the
horses an' garrin' them spang forrit at a smairt
canter. The haill kintra side seemed to be in a
perfect steer aboot my marriage. Ilka door atween
Buttonhole an' Breeriebuss had its parteek'lar
collection o' onlookers. Every tongue was busy
discussin' the meerits an' demeerits o' the bride an'
bridegroom. A' the while frae ayont yaird-dykes
an' swine's cruives auld roosty blunderbusses keepit
up an incessant pluff, pluffin' in a mainner that
was mair startlin' than edifecin'.

Whan we arrived at Breeriebuss, we faun' every
thing ready for action. The denner dishes were
set doon, Tibbie was arrayed in her braw white
goon, an' Mrs. Monypenny was trottin' but the
hoose an' ben the hoose in a state o' great agitation.
Tibbie lookit charmin', of coorse—a' smiles an'
blushes! Her slae-black e'en, her rosy cheeks an'
her cherry mou', lookit blacker, rosier, an' cherrier
than I had ever seen them do afore. In her breistie
there was a flutter o' excitement—that was clear!
There was a crystal blob o' saat watter in ilk e'e as
she cam' ben leanin' on her faither's airm—that was
veesible! There was a slicht quiver on her lip as
she uttered the irrevocable "yes"—that was per-
ceptible! But the flutterin' heart, the tear-bedewed
e'e, an' the quiverin' lip only addit till her charms
in my estimation.

As we joined hands I pressed her loof in mine

wi' a' the ardency o' unswervin' affection, an' received frae hers a gentle squeeze in return which betokened the existence o' a reciprocity o' feelin' exceedin'ly cheerin' an' refreshin' to the soul.

Mr. Gowlanthump performed the ceremony wi' great unction and solemnity. He warned Tibbie that it was her pairt to love, honour and *obey*, an' he tauld me plain oot that it was my duty to love, honour an' *command*. At the conclusion there was a shakin' o' han's a' roon', an' a general kissin' o' the bride, causin' Tibbie to blush to the very tips o' her lugs at havin' her cherry lips thus pree'd " afore folk."

Havin' partaken o' a chack o' dinner—mair for form's sake than for ocht else, hooever, for Tibbie an' me had an appetite for naething that day but a feast o' love—the chaise was re-yokit, an' awa we birlt to the Waterside amid the fareweels, congratulations, an' blessin's o' the haill company.

A grand supper an' ball in honour o' the auspeecious event tane place at nicht in Mr. Monypenny's strae-barn. The feck o' the neebors, baith auld an' young, were inveetit to be present; an' there they danced to the stirrin' strains o' Blin' Archie's fiddle, feastit themsel's on pies an' roast-beef, an' drank to the health an' happiness o' the newly waddit couple till four o'clock neist mornin'.

As for Tibbie an' me, we reached Dundee safe an' soon', an' tane possession o' oor ain fireside. My mither met us atween the door-cheeks, an' brak' the customary cake o' shortbread aboon the bride's head for luck as we crossed the threshold.

Thus was I led, in the coorse o' Providence to set up in business on my ain accoont, an' to tak' into the concern a sleepin' pairtner in the person o' Tibbie Monypenny. This latter stap I've never seen reason to repent o', as it has proved an unspeakable blessin' to baith parties.

CHAPTER XXV.

JEAMES WITHERSPOON, wha had been land-steward on Burleyrackit, for a wheen years afore an' after my marriage, havin' saved some bawbees, settled doon belyve as a farmer i' the Howe o' the Mearns. While at Burleyrackit he had fa'en on wi' my sister Chirstie, an' in due time he marriet her. The name o' his farm was Crummiehillocks, near by the toon o' Lawren'kirk. Bein' a famous haun' at buyin' an' sellin' nowte, Jeames cam' aften to Dundee, to attend its famous Stobs' Fair, an' he seldom cam' withoot bringin' his gudewife alang wi' him, to see her sooth-aboot freen's.

Of coorse, it wasna to be expeckit that Mrs. Witherspoon wad come trauchlin' sae far ilka year to see us unless we returned her veesits noo an' than. But afore the railway had been startit through the "Howe" a journey to Lawren'kirk, was nae sma' undertakin'. After we cud gang by rail hooever, we had nae excuse for bidin' at hame. Sae it was arranged atween Jeames an' me ae year whan he cam' to Stobs' Fair that Tibbie an' me

256

wad gang the length o' Crummiehillocks at the neist New Year's time.

The weather whan we set oot, was snell an' frosty. The dubs were bund in icy fetters an' the grun' clad in a snawy mantle. Tibbie fortifeed her chowks wi' a new sable boa I had coft for the occasion, sae that feint a feature o' her face remained veesible, except the neb o' her nose, which was as blue as a blawart. As for me I enveloped my body in a big coat, an' coiled a white worstit gravat roon' my craig, an' cud thole the cauld withoot a murmur.

On reachin' Lauren'kirk we faun' Jeames Witherspoon in a' his glory waitin' at the Station to gie us a warm welcome an' a ride in's dogcairt to Crummiehillocks. Jeames had been thochtfully layin' in provinder, for in the cairt there were twa greybeards ane o' them fu' o' genuine "Fettercairn," an' the ither chairged wi' what he ca'd "the real North Port." Jeames huild the whup reekin' aboot the pownie's lugs, an' we drave on like Jehu to Crummiehillocks whaur we faun' Mrs. Witherspoon overjoyed to forgaither wi' us aince mair.

It was close on four-oors time whan we reached Crummiehillocks. Mrs. Witherspoon was busy settin' doon the tea dishes. Havin' excheenged salutations wi' Tibbie an' me, she informed us, that in order to gie proper pomp to oor veesit, she had inveetit a curn o' the neeborin' farmers, an' their families to drink a cup o' tea wi' us that nicht.

A wee afore five o'clock the company begoud to arrive. Some cam' in spring-cairts, some on horse-

17

back, an' ithers on shanks-naig. First cam'
Saunders Branks, Mrs. Branks, an' Miss Branks
frae Pirwickety, a ferm o' twa ploos' labour, lyin'
close beside Crummiehillocks. Saunders cud name
a' the dealers in cattle an' horses atween the Moray
Firth an' the Firth o' Forth. He had been as far
north as John o' Groat's an' as far sooth as Morpeth
in pursuit o' nowte. His gudewife was a perfect
model o' a woman, for she listened to a' he had to
say an' said naething in return, but juist sat an'
glowered intil her gudeman's face in silent admira-
tion. Miss Branks was a rosy cheekit, bouncin'
dame o' nineteen or twenty ; she was a wee thocht
blate afore strangers, but was nane the waur o'
that. I sune saw that she was ower the lugs in
love wi' ane o' the guests named Mr. William
Rouster, a theological student frae Aberdeen, an'
cousin-germain to Peter Hoggie, anither ane o' the
guests, wha had a sma' tackie ca'd Heathcrie-
Knowe, lyin' some four or five miles to the nor'ard
in a cosy glack o' the Grampians. Next cam'
Andra Swingletree o' Puddlemadubhie an' his
better-half. His better-half she was in twa senses,
for Andra, like "Heather Jock," was "lang an'
thin," while Mrs S. was shapen on the model
o' a sackfu' o' caff wi' a raip tied roon' the middle
o't. They were accompanied by their dochter,
Miss Swingletree, wha seemed to hae great faith in
the efficacy o' red ribbands to add to her personal
chairms. It was easy to be seen that she was ettlin'
to get hersel' installed as the gudewife o' Heathcrie-
Knowe. No the least noteworthy personage

present was Simon Yettlin the blacksmith, wha farmed ten or twal acres o' land, tane a pooerfu' dram whan he cud get it, kent mair aboot State affairs than statesmen did themsel's, an' cud lat aff an ill-faured aith at times whan the "speerit" moved him.

The company bein' a' assembled, Mrs. Witherspoon rang the bell, an' up cam' the servant lassie wi' the teapat i' the tae han' an' a brass kettle i' the tither. Jeames, no bein' muckle o' a spokesman himsel', glowered at the embryonic divine, an said in solemn tones, "Maister Rouster, ye'll gie's a word afore we start." Sae Mr. Rouster winkit his een an' set aff like a day's wark.

Afore he was half-through wi' his guid words Simon Yettlin was gauntin' like to rive his jaws.

Rouster havin' feenished his bit jobbie, we a' fell tooth an' nail to the demoleetion o' the stacks o' provinder, under which the table was literally groanin'. There was rowth o' fish, flesh, an' fowl— mountains o' buttered toast—oceans o' the richest cream—an' a hearty welcome to eat an' drink yer fill! At a farmer's table ilk ane lays his lugs into what's set afore 'im in sic a wey as to show that he's no ashamed to eat whan he's hungry, nor to drink whan he's dry. To sum up a', i' the words o' the poet,—

> "The company made a most splendid appearance,
> And ate bread and butter with great perseverance."

Tea bein' ower, Jeames says to Mrs. Witherspoon, heigh oot, "Gudewife, hae ye ony het watter?" Mrs. Witherspoon winks to the servant lassie, wha was brushin' up the crumbs, an' whispers intil her lug, "Jenny, fetch up the warm watter." Nae mention was made o' the whiskey bottle, but weel kent Jenny that the whiskey was even mair indispensable than the het watter. Up she comes in a jiffey, wi' a trayfu' o' tum'lers, glesses, an' toddy aidles; an' i' the midst o' them too'ered aloft twa lang-neckit bottles—ane o' them labelled "North Port," an' the ither "Fettercairn."

The next few minutes, naething was heard but the clatter o' crystal, an' naething seen but speeritual oam ascendin' to the ceilin' in fragrant volumes frae half-a-dizzen o' tum'lers. Healths were drunk a' roon', an' in proportion as the maut got aboon the meal, the conversation becam' fast an' furious. Saunders Branks began an animated accoont o' his experiences wi' the thimble-riggers at the last Paldy Fair, an' boastit hoo he had gi'en them in their cheenge whan they thocht to get him to stake a five-pun' note on the chance o' catchin' the pea. "Weel kent I far the pea was," said Saunders, "but it wadna be for a five-pun' note that I wad gang to tempt Providence in that wey."

Simultaneously wi' Saunders' disquiseetion on thimble-riggin', Andra Swingletree was discussin' wi' Mr. Hoggie, the best wey o' curin' the "staggers."

Meanwhile, Jeames Witherspoon hadna his tongue in's pouch, for Simon Yettlin an' he were discussin' the question o' bane-spavin in horses.

At the ither end o' the table, Mr. Rouster was tryin' to mak' the maist o' his sma' stock o'

academic lore, wi' the view o' ticklin' the lugs o'
Miss Branks, wha sat a' een an' mou' as at the
feet o' a Gamaliel, drinkin' in the Greek, Latin,
an' Hebrew quotations o' her beloved, as gin she
understood every word o' them, an' fixin' her
earnest gaze upon his blue sparticles, wherefrom
there shot love-shafts that pierced to the innermost
core o' her palpitatin' bosom.

Amid a' this logic choppin', hooever, the joram
was never negleckit for a single moment. It con-
tinued to circulate wi' the utmost reegularity, an'
the faster it gaed roon' the faster an' looder grew
the fun. Even Mr. William Rouster caught the
infection belyve, an' turnin' to Andra Swingletree,
wha was a famous han' at a sang, bawled oot in
guid braid Scots—"Come awa' noo, Puddlie man,
an' gie's a sang!" Nae sooner said than dune.
Andra tossed aff a gless o' toddy, gied twa hoasts,
an' set aff at the gallop wi

JANET JAMIESON.

A WOEFUL BALLAD.

Come all ye pretty fair maids, and listen to my lay ;
Likewise ye gallant ploughmen all, give heed to what I say.
It was a blooming modest maid, was hoeing on the farm,
And she did spy a gentle-man, with gun beneath his arm.

The gentleman came up to her, and thus to her did say—
" What is thy name, where is thy hame, my pretty maid, I
    pray ? "
" My hame is there, kind sir," she said, " beside yon wood so
    green :
My name is Janet Jamieson, as I've inform-ed been."

" O Janet Jamieson," he said, " thou art a lovely queen ;
And fitter far for lordly hall than hoeing neeps, I ween.
It's come along with me, sweet maid, and I will busk thee
rare,
In ribbands, silks and satinetts, and gold beyond compare.

" It's come along with me, sweet maid, and give to me thine
hand,
And thou shalt ride a milk-white steed, with servants at
command."

" Oh no, no, gentle sir," she said, " I fear that cannot be,
I'm not a match for you, kind sir, as you may plainly see.

" And I do love a gallant swain, who drives the cart and
plough :
To marry him at Whit-sunday, to Heaven I've pledged my
vow."

" To go with me thou must consent," this gentleman replied ;
" Or with this gun my life I'll take, this moment by thy side.

" I've sought through all great London town, some one my
wife to be ;
But never maiden have I seen, to be compared with thee."
Oh, then, unto his flattering words, the maiden gave consent,
And to his hall that very night along with him she went.

But, Oh ! alas ! and lack-a-day ! a week had not passed o'er,
When this false-hearted gentleman did turn her from his
door.
She wandered east, she wandered west, asham-ed to be
seen,
But never sought her father's cot, beside the wood so green.

She wandered south, she wandered north, she shunned the
face of men ;
Her food the hip, and wild ber-rie, her home the lonesome
glen.
She wandered up, she wandered down, and long ere
Christmas tide,
A shepherd found her clay-cold corpse upon a bleak hill-
side.

The cruel gentleman, also, he never more did thrive ;
For in the wars of Hindostan, it's he was killed alive.
Now all ye swains and maidens gay, come, listen every one,
And take a lesson from the tale of Janet Jamieson.

Andra's health an' sang was proposed by Jeames an' drunk by the haill company wi' a' the honours. Mr. Hoggie fired aff, "The Ploughman's courtship," wi' great glee ; the haill company joinin' i' the chorus, snappin' their fingers an' stampin' wi' their tackety shoon like mad.

Amid a' this merriment the bottle keepit movin' roon' the table juist like clock-wark. Ae browst o' toddy after anither vanished like lichtnin', an' ilka new browst addit new veegour to the general hilarity. As they were speakin' an' laughin' a' throughither, it dang me to mak' sense o't. A' I cud catch was a mixed reel-rall o' words whaurin " stots," " queys," " neepseed," " horse-dung," " clover," " harrows," " farrow-soos," an' " fanners," were the maist emphatical, but what it was a' aboot was a mystery to me.

Supper was set at the dead 'oor o' nicht, an' hoo Mrs. Witherspoon's pies an' stuffed chuckies disappeared! By this time Simon Yettlin was half-blin', but he wad persist in carvin' the chickens, contrary to his wife's advice, whan the fork slippit aff the breist-bane, wi' the result that he jaupit wi' the jice a' the young leddies' white goons, greatly to their vexation. Simon atoned for's faut by tholin' the full bellum o' Mrs. Yettlin's tongue for the space o' five meenutes.

Supper ower there was anither roon' o' toddy ; the lang neckit bottles had been toomed an' filled ower an' ower again i' the coorse o' the e'enin', but nane o' the guests seemed to be muckle the waur o' their deep potations. Only " Yettlie," as they ca'd the smith, appeared to hae drucken mair than was guid for him. Whan we a' raise an' stood han' in han' roon' the table wi' the view o' singin' " Auld Langsyne " afore pairtin', Simon cud hardly balance himsel' ava. He sweyed back an' fore like a barn door in a windy day, an' cud get naething oot except the final " Langsyne," wi' an unco sleepy like drone. As for me, I didna exceed twa tum'lers ; for whan Tibbie saw the wey they were gaun to wark, she trampit on my fit, an' winkit hard i' my face, as gin she wad hae said, " Tak' care o' yersel', Tammas ! drink at leisure, lad ! "

The leddies havin' rigged themsels oot in their bannets an' plaids, the men-fouk yokit their gigs, or saddled their pownies, an' after shakin' han's a' roon' " each took aff his several way." Afore leavin', hooever, Mr. an' Mrs. Swingletree garred Tibbie an' me promise to gang to Puddlemadubhie neist afternoon, an' patroneeze their New Year's pairty, which was to consist mainly o' the persons we had forgaithered wi' that nicht.

On arrivin' at Puddlemadubhie the followin' day we haundit ower the leddies to the care o' Mrs. an' Miss Swingletree, while Jeames, an' me, an' Mr. Swingletree proceedit on a tour o' inspection roon' the farm steadin.'

This jobbie bein' feenished we set aff to the mill-dam to hae a roon' or twa o' slidin' on the ice. The dam was a hunder yairds or twa in

length, an' the ice being as smooth as gless we had
scouth to cut as mony capers on't as heart cud wuss.
Jeames an' Andra were expert haun's, but as for me
I hadna tried slidin' sin' I was a laddie i' the East
Neuk, an' consequently I faun' it a dreigh job to
keep my heels an' my head on the plumb. I was
as aften on my beam-en's as on my feet. Aye whan
I came doon wi' the tither bump Andra lauched,
an' Jeames lauched an' I lauched, an' we lauched
a' throu'ither, an' ye never heard sic lauchin' 's we
had. We had gane on at this rate for better nor
half an oor, whan I cam' doon wi' a sairer bump
than ordinar', an' the ice gi'ed wey under me, an'
in I plumpit ower the head. Jeames an' Andra
bein' at the tither end o' the dam whan the thing
happened, there was naebody naur bye to gie me
a haun' oot. They heard the crack, hooever, an'
missin' sicht o' me, they guessed what was up, an'
cam' rinnin' to my succour. Gettin' a grip o'
me by the heels, they hauled me oot juist as I was
gettin' into the dead thraws. Saunders Branks
cam' on the scene at this preceese nick o' time, an'
wi' his assistance Jeames an' Andra managed to
land me on *Terry-firmy.*

We had juist turned the corner o' the hoose
whan Tibbie, an' Mrs. Swingletree, an' Miss
Swingletree, an' Mrs. Branks, an' Miss Branks, an'
Yettlin an' his wife, an' the Heatherie-Knowe fouk
(for‒they had a' arrived while we were on the ice),
burst furth frae the front door like bees frae a bike.

" Oh, Tammas! Tammas! " exclaimed Tibbie,
wi' an ootgush o' affection that half-blindit 'er, an'

rushin' forrit an' takin' me a' in her airms, "ye'll be brocht in a corp to me some o' thae days yet! What for are ye sae venturesome? Gin ye dinna regaird yer life for yer ain sake, hae some sma' respeck for the feelin's o' yer puir wife! Oh, Tammas! Tammas! promise me this very instant, an' afore a' thae witnesses, that ye'll never, never do the like again."

Jeames an' Andra convoyed me upstairs to a bedroom. My teeth were rattlin' i' my head wi' the cauld. Wi' Tibbie's help I cuist aff my dreepin' duds, tumbl't into bed, an' crap ower the head amang the blankets. Mrs. Swingletree, bein' a thochtfu' bodie, filled three or four greybeards wi' het water, an' laid them roon' me. Andra brewed a tum'ler o' double-strong toddy, an' compelled me to sook up the last drap o't; an' I felt muckle the better o't, for the sweat brak' oot a' ower my body, an' i' the name o' nae time I grew as cosie as a pie.

My share o' the tea was brocht to me on a server, it bein' the general opeenion o' the women-fouk that it wadna be safe for me to quat my cosie biel', at least until I sid hear the clatter o' the toddy-ladles. The ringle o' the crystal, therefore, was the signal for me to creep intil the dry duds Andra Swingletree had providit for me, until sic time as my ain toggery sid be dried at the kitchen fire.

Havin' completit my toilet, I stappit doon' to the dinin' room. Nae sooner did I show my neb in ower the threshold o' the door, than the young

leddies got oot wi' a lood burst o' merriment.
Tibbie sprang till 'er feet, tane me by the shoothers,
an' shoved me afore her upstairs again to the
bedroom.

" The sorra's i' the man !" said she, as sune's
she cud gather breath to set her tongue a wallopin'.
" Hoo wad ye mak' an' eediot o' yoursel' an' me
baith, by facin' sic a respectable company in that
frichtsome nicht-cap? Tak' it aff this very instant,
or haud awa' to yer bed again ; for feint ae fit sall
ye enter the dinin'-room, wi' that bogle on yer
head'! "

" Nicht-cap ! " said I, puttin' up my han' an'
puin' it aff by the croon. " Losh, an' ye're richt,
Tibbie. What fouk dinna see doesna vex them.
I'm sure I kent as little aboot that nicht-cap bein'
on my head as the child unborn."

Havin' made me wise an' warl' like, as she
express't it, Tibbie pronounced me fit to rejoin the
company, an' doon' I cam' accordin'ly.

I needna describe at length the farther occur-
rents o' the e'enin', as they were, in maist respects,
a repeeteetion o' what had tane place the previous
nicht at Crummiehillocks. Saunders Branks re-
peatit the story o' his interview wi' the thimble-
rigger at Paldy Fair, Andra Swingletree gi'ed us
the wofu' ballad o' " Janet Jamieson," Peter
Hoggie rehearsed " The Ploughman's Courtship,"
while I contributit my mite to the fun, by singin'
" The tailor fell through the bed, thimbles an' a' " ;
only for " bed " I substitutit the word " ice."

Mr. Swingletree had been sittin' in a fidgetty

frame o' mind for some time, evidently meditatin'
on what he cud do i' the wey o' distinguishin'
himsel'. A' at aince he bangs up till 's feet, gies
twa or three tremendous thumps wi' his horny
knuckles on the table by wey o' commandin'
silence, an' aff he set wi' the followin' sang which
he had made up for the occasion; for Andra was
baith a poet an' a musician in his ain humble wey.
Deed, at versifeein' he was maist as gleg as my
auld East Neuk freen', John M'Briar,. o' Puddin-
mire.

THE SOCIAL BOARD.

AIR.—*Guid nicht an' joy be wi' ye a'.*

This nicht aroond the social board,
　Richt blithe am I to see ye set ;
Guid-wife gae fill the bottle fu',
　An' haud the kettle reekin' het.
The winds without may rair an' rout,
　We sanna mind the winds a flee ;
Wi' hearts combined, the cog we'll synd,
　An' push aboot the barley-bree.

There Bodkin sits, for logic bright
　There's nane can cope wi' Teelyour Tam
When next he ventures on the ice,
　He'll mind his douk in Puddlie's dam.
Here's Tibbie, too, as cosh an' clean,
　An' blithe and an' braw as ony bride,
An' if a faut she has, I ween,
　It's ane that leans to virtue's side.

Here's Crummie, too, the wale o' cock's—
　May health and wealth aye be his lot ;
An' Pirrie wi' his frosty beard,
　A sterlin' judge o' stirk an' stot.

There's Yettlin', skilled in pleughs an' graith,
An' deep in metaphysic lore ;
An' Rouster, wha in poopit yet
Will wag his pow an' stamp an' roar.

There's Heatherie frae the norlan' hills,
As wicht a lad as ere was seen ;
An' wives an' lasses, roon' my board,
I'm blithe to see yer sparklin' een.
Then fill yer glasses, ane an' a',
Till ower ilk brim the nectar swells ;
An' let us drink—hip—hip—hurrah—
A bumper to oor noble sel's !

Puddlie's sang was hailed wi' thunders o' applause, an', at the urgent soleecitation o' divers persons i' the company, he was obleeged to respond till an *encore*.

By-an'-by the swats began to ream sae divinely in the noddle o' Mr. William Rouster, that in presence o' the haill company, he actually imprintit twa or three smacks on the blushin' lips o' Miss Branks. Mrs. Branks wad hae lodged her protest against sic liberties bein' ta'en wi' her dochter, had the fire-edge o' her wraith no been bluntit by Andra observin' that Mr. William an' his *inamorata*, bein' o' a devout frame o' speerit, were juist actin' up to the Scriptural injunction that bids fouk salute ane anither wi' a kiss. Kissin' bein' infectious, Mr. Hoggie played the same trick to Miss Swingletree ; an' as Andra had pleadit justification in the case o' Miss Branks, he cudna for shame's cause say a thrawn word in regaird to the kissin' o' his ain dochter.

Amid siclike ploys the nicht flew awa. The
oor havin' at length arrived for oor depairtur', I
re-arrayed mysel in my ain duds, which had mean-
while bein' birslin' at the kitchen fire, an' tane the
road to Crummiehillocks. A fearfu' nicht it was.
The win' was ragin' an' roarin' through the glens
wi' fearfu' soughs. The howlets were greetin' like
the Babes i' the Wud, an' aye there cam' the
ither hurricane o' snaw an' hailstanes. It was as
dismal a nicht "to tak' the road in as e'er puir
sinner was abroad in." Tibbie clung close to me,
while I pressed her tremblin' airm to my heart, in
token that, whatever dangers micht arise, she cud
aya coont on my coorage an' devotion to shield
her frae a' harm.

After surmountin' a warl' o' dangers an' diffee-
culties ower num'rous to enumerate, we reached
Crummiehillocks safe an' soon'. Neist mornin' we
bade farweel to Jeames an' Mrs. Witherspoon, an'
set oot hamewards.

CHAPTER XXVI

A DENTAL OPERATION

THAT memorable veesitation to the Howe o'
the Mearns i' the dead o' winter, gi'ed Tibbie
a dose o' the teethache.   She had had sundry pain-
fu' attacks o't afore, but wad never hear o' puttin'
hersel' into the haun's o' the dentist.   Doctors an'
dentists she had little faith in.   There was a cousin
o' hers—a shoemaker in Edinbro'—wha in standin'
thereoot to see Burke hangit, in the February o'
auchteen twenty-nine, got a sair dose o' the teeth-
ache.   He wad hae the tooth drawn, but the doctor's
nippers happenin' to slip, the puir fallow got's jaw-
blade broken.   He suffered a warl' o' agony for the
space o' four months.   Never was he able to whustle
the "Flooers o' the Forest" ahent it, although
afore that mischanter he had been considered a
perfect prodigy o' a whustler.   Tibbie had never
forgotten that melancholy catastrophe, an' frae
that time furth she resolved, be the consequences
what they micht, never to alloo a doctor or dentist
to put's nippers inside her mou' on ony pretence
whatever.

We hadna been lang hame frae Crummiehillocks whan I noticed that something was far wrang wi' 'er. Her chowks had begun to swall, an' I concludit that she was in for what Burns ca's "the hell o' a' diseases." Ae mornin' aboot four o'clock I waukened oot o' a soon' sleep, an' faun' her sittin' up i' the bed in an awfu' pickle. Her head was rowed up in a flannel petticoat. Doon her cheeks cam' hap-happin' the saut burnin' tears, an' frae the benmost recesses o' her heart cam' mony a lang an' bitter sigh. I canna tell hoo muckle concerned I was to see her in sic a purgatory o' pain.

"Tibbie, my dawtie," said I, "tell me what's the maitter wi' ye, an' I'm sure I'se pour the balm o' Gilead intil yer troubled soul gin ye really think I can do onything for yer easement."

"Oh, Tammas! Tammas," said she, "I wish I were dead, for I canna thole that teethache ony langer. My very head's like to rive. I've tane twa patfu's o' salts an' senna, for-bye a half-gill o' the best double-strong rum, an' I doot the balm o' Gilead wad do me nae guid, although ye had a haill bottlefu' o't. Oh dear, what'll I do? what'll I do-o-o-, Tammas?"

A fresh ootburst o' tears deprived her o' utterance, an' she duntit her head against the bedpost in the paroxysim o' her exceedin' great agony.

"Weel, weel, Tibbie, my 'oman," said I, puttin' ane o' my airms roon' her neck, an' clappin' her on the shoother wi' the ither han', "gin the balm o' Gilead winna do, what think ye o' the warm guse?"

Ay, ay, Tammas, it likes the heat, an' I wad try

ony—ony thing ye like to name, for a maument's lecchinse frae this dreadfu' tortur'; for oh, it's stoondin' sair, an' sair, sair to bide!"

Sae up I gat, lichtit the fire, an' toastit the guse, until she was juist within an ace o' bein' red-het. Then I rowed her up i' the dishclout, for fear she micht set fire to the bed-claes, an' syne laid her doon on the pillow; an' wi' my ain hands placed Tibbie's cheek in close proxeemity till 'er. For twenty minutes or sae, the heat had a soothin' effeck, an' Tibbie was beginnin' to craw a wee thochtie croose again. But, wow, alas, the agony returned wi' tenfauld veegour, an' hurried her back to despair.

What was to be dune? Gang for the doctor an' get the tooth drawn? Na, na; Tibbie was sworn against that. She wad raither bear the ills she had, than flee to ithers that micht be waur, gin waur cud be.

By the exerceese o' a little persuasion on my pairt she consentit to lat me see the sair tooth. It turned oot to be ane o' her e'e teeth. It was quite slack i' the gum. There bein' a hole i' the braid side o't, I proposed to stuff up the cavity wi' a bit pottie. To this she consentit, because, as she was convinced that the teethache proceedit frae the gnawin' o' a sma' worm i' the nerve o' the tooth, she imagined that if the hole could be hermetically scaled up, the worm wad dee for want o' breath. It was my private opeenion, hooever, that the tooth cud be easily pu'd oot by means o' a rosety string kinched roon' the root o't, although,

18

of coorse, I keepit Tibbie i' the dark on that point. Whan makin' ready the pottie, therefore, I at the same time prepared a string, composed o' sax plies o' the very best corduroy threed, which I anointit wi' roset. I cuist a kinch on the end o't, an' had a'thing ready for ony opportunity that micht present itsel'.

"Noo, Tibbie," said I, "gape weel till I get in the stuffin'."

Sae she opened her jaws as wide as their swollen condition wad permit, an' in the twinklin' o' an' e'e I had the rosety string firmly secured roon' the rotten stump. Noo, thinks I, for the grand pu', but I hadna the pooer to budge. I shook a' ower frae tap to tae, for what wad Tibbie say to the business? To draw her tooth wad be a michty offence ; but to practeese a deception on her at the same time wad be in her een an oonpardonable · transgression. Frae this state o' perplexity, hooever, I was relieved by a happy idea that cam' intil my head like an inspiration.

I've already observed that I had ae end o' the string roon' the tooth. I noo secured the ither end o't to the guse, an' I says till 'er "Tibbie, that guse is spoilin' the blankets. I feel a strong smell o' oo'en clouts burnin'. Ye're nearer her than I am, fling her oot ower to the floor-head."

Nae suner said than dune ; but gin ye had only heard the unearthly squeel that Tibbie uttered whan her tooth followed the guse !

"Oh, Tammas! Tammas!" she cried, "my head's awa', an' I'm as dead's a door nail." Her heart actually gaed awa' for a few seconds ; though, by gude luck, her head was aye to the fore.

I was michty fleyed at my ain handiwark. Luckily I had the presence o' mind to dash a tea-cupfu' o' cauld water ower her temples. Wi' a deep sigh, she cam' till hersel' again, an' glowerin' roon' her, wi' a wild expression on her coontenance, rendered a' the wilder like by the blude that was oozin' oot frae the wicks o' her mou', she exclaimed, " Tammas, whether am I in this warl', or the ither warl', or whaur am I ? "

I clappit her on the shoother, an' soothed her as best I cud, assurin' her that she was in her ain hoose at hame, an' had juist wi' her ain richt hand acheeved a great victory ower a very troublesome enemy.

Bein' convinced that she was still a leevin' mortal, she brichtened up belyve an' put her airms roon' my neck. I put my airms roon' hers, an' wad hae kissed her too, had it no been for the blude whaurwith her lips were a' besmeared. As it was, hooever, I contentit mysel' wi' simply layin' my cheek on hers, and gi'en' her a promisc'us hug.

" Oh, Tammas," she said, " that pottie maun surely be a pooerfu' thing, for I verily thocht my head was aff wi't. But, it has made an effectual cure o' me, for the pain's clean awa'. But, bless me, whaur awa is my stump o' a tooth ? "

" Have a care o's a', Tibbie, hae ye tint yer tooth ? Are ye sure ye haena swallow't it ? The like has happened afore noo."

" Feint a swallow did I swallow it, Tammas ;

but there's nae tooth here, onyhoo," she observed, as she stuck her finger i' the hole.

"That maun be something very mervellous indeed, Tibbie. But bide a wee 'oman ; are ye sure ye didna fling it ootower the bed wi' the guse? Losh an' ye've just dune that, Tibbie! Heard ye ever the like o' that? Ye see, I was under the needcessity o' havin' the string fastened roon' it, sae as to get the pottie properly fastened, an' the ither end had somehoo or ither got entangled wi' the guse, an' that's hoo it happened, Tibbie. Gin ye're no pleased at the loss o' yer tooth, ye've yersel' to blame for't, for it was you that flang the guse ootower the bed."

"It maitters na wha did it, Tammas, sin' it's dune," said Tibbie, smackin' her lips ; "an' fegs, it's weel awa' frae me, for I'm sure I've never blindit nicht nor day for twa or three weeks wi't."

I wad hae been mair than mortal had I no been mair than weel pleased wi' the success o' my experiment. I' the coorse o' half-an-oor Tibbie fell asleep, an' as it was the first time she had closed an e'e for three nichts rinnin', I let her sleep on undisturbed till the back o' denner time.

To this day yet Tibbie ascribes the extraction o' her tooth to a happy accident, raither than to the dexterous management an' sagacity o' her beloved husband. It wad be a sin to mak' her ony wiser on the subjeck ; for as the poet saith, "Where ignorance is bliss 'tis folly to be wise."

CHAPTER XXVII

A MANG the mony apprentice loons I've had through haun's frae first to last, nane o' them a' cam' up to Willie Clippins. As a laddie, he was honest, eydent, truthfu', an' giftit wi' by-ordinar' smeddum. Afore he was weel oot o' 's time, he was juist aboot as gleg at a' the kittle points o' the tailerin' business as I was mysel' ; an' that's sayin nae that little. By-an'-by, I felt that I cud gang frae hame, or tak' a day or twa i' my bed, onytime I likit, wi' a perfectly easy mind, seein' I cud trust to him to keep a' the macheenery rinnin' smoothly in my absence.

Willie had been three or four years workin' wi' me as a journeyman, whan ae day he tane occasion to hint to me that he had thocht o' takin' till himsel' a wife, in the person o' Miss Mary Ann Wagstaff, a lassie he had been acquaunt wi' for some little time. I had been expeckin' some sic revelation afore lang, for I had been noticin' frae sundry signs that the coortship atween them twa was rapidly aproachin' a crisis.

A pair o' braw embroider't slippers had made their appearance in Willie's bedroom. Questioned

277

by Tibbie whaur he got them, an' hoo muckle they cost, he either cudna or wadna enter into ony explanations on the subjeck. He got them in a present, he said, but wha frae he wadna tell. Tibbie had gotten a glisk o' a gowd ring in a leather case standin' on the mantelpiece. It was an "engagement ring." It didna surprise me, therefore, to hear that Willie was meditatin' gettin' marrict, an' settlin' doon into the quietude o' domestic life.

It had lang been my intention to tak' the young man into pairtnership wi' me, as sune as he was o' legal age an' able to pick his lane. I was noo firmly resolved to carry oot this intention withoot a maument's further delay.

On my makin' mention o' the co-pairtnery business till 'im, William, ye may be very sure, was juist as heigh as the hills.

Thankin' me in the maist gushin' terms he cud gether frae the wreatin's o' his favourite poet, Byron, he closed instantauneously wi' my offer o' a business pairtnership ; an' sae windy was he at this oonexpeckit stroke o' guid fortun', that he cudna settle at's wark until he had run aff at the gallop an' tauld Mary Ann the haill story.

I wad be sayin' what's no true, gin I uttered a single syllable calculatit to convey the remotest idea to the mind o' the reader that the senior pairtner was ae whit less pleased wi' the new arrangement than was his junior associate, albeit their satisfaction sprang frae different soorces. I'm no ashamed to own that self-interest had

something to do wi't on my side, as weel as on
his.

Everybody kens that tailerin' is no like some
trades, sic as weavin', brakin' stanes, howkin'
drains, an' preachin', that are aye the auld thing
ower again. Tailerin' is a scienteefic business.
Nae man is cut oot for't oonless he has within his
harran-pan the stuff philosophers are made o'.
Onybody can be a shoemaker ; for gin ye stick to
yer last ye can never gang far wrang. But it's a
different thing bein' a tailor ; whan folk wear up
into years, as was the case wi' me at the time I
speak o', they are bound to fa' ahent in some
things. Therefore, frae that day furth, I laid on
my junior pairtner the onerous duty o' fallowin'
oot the wheemsicalties o' the fashions. Wi' him
measurin' an' shapin', an' me haudin' the needle
an' the guse reekin', we managed, atween the twa
o's, to maintain the reputation o' the establishment
in a' its pristeene glory.

Havin' settled wi' Willie aboot the pairtnership,
he produced frae the ooter pooch o' his overcoat,
a braw beuk, bun' in morocco leather, an' gowd-
letter'd. This he slippit doon afore me, timidly
remarkin' that it was an album he had gotten frae
a young leddy, wha wad be greatly delightit gin I
wad wreat a bittie o' poetry in't, an' pit my name
at the bottom o't.

I saw frae the inscription on the fly-leaf wha it
belanged till—Mary Ann, of course. I likewise
noticed that it had been presentit by " a very par-
teek'lar freen' "—William, of coorse. Bein' willin'

to do the young leddy a favour, I sat doon an
wrote as follows :—

IN A LEDDY'S ALBUM.

A leddy's album ? Bide awee
My han' o' wreat she'd like to see ?
I'd been mair vogie, truth to tell,
Gin she had "axed" to see mysel'.
She asks but little, weel-a-wat.
My autograph ? She's no want that !
I'm juist as vexed as vexed can be
That mair than wreat I canna gie,
For had I lived in single state
She'd got my hand as weel's my wreat.
But Tibbie's to the fore, an' so
I daurna coort anither jo ;
An' were she i' the mools, I'd swither
Awhile ere bucklin' till anither.
Besides, a kimmer young an' spruce
Micht scorn a carle that's auld an' douce,
An' michtna care to wair her han'
Upon a feckless weedow-man.
As for my autograph, I dreed it
She'll hae eneugh ado to read it ;
For, wow, my wreat is far frae braw—
'Deed scarcely legible ava ;
But since she's greinin' for't, the jillet,
Sic like's it is, she's welcome till it.

TAMMAS BODKIN.

CHAPTER XXVIII

TIBBIE bein' oot ae day for some bits o' errands, an' the hoose bein' quiet, I fell into a twa-handit crack wi' Willie aboot ae thing an' anither, an' at last I broached the subjeck o' matrimony.

"Noo, Willie," said I, " I maun hae a word or twa wi' ye aboot that sweetheart o' yours, an' hoo ye maun behave yersel' after ye mak' her yer wife. I think very muckle o' yer choice, Willie. Mary Ann Wagstaff is juist yer very marrow, sae far as I can judge frae the ootside o' her, an I houp for your sake as weel as her ain that her moral qualities are but a faithfu' reflex o' her bonnie, bloomin', lauchin' coontenance, that mak's her presence a perpetual sunsheene."

I cud see that Willie was in an unco steerifyke whan I touched on this delicate subjeck. His face grew as red as the fire, he bit his lip, he tried sair to clear his throat o' something that refused to yield to hoastin' an' haughin'. He held the needle fleein' wi' a veegour an' a velocity nae ordinar', an' hung doon's head like a bulrush.

"Ye are but a young man yet," said I, "an' canna

281

be expeckit to hae a' the wut i' the warl'; therefore I houp ye'll pey due attention to what I'm aboot to say to ye. Ye maun bear in min' that marriage is a very solemn undertakin'. After ye get a wife ye'll be nae langer yer ain maister. Ye'll be to a certain extent under petticoat government. I am, Willie—every marriet man is—an' it wad be needless to deny it. Noo, ye'll need to mak' up yer min' aforehan' whether ye wad be willin' to lat Mary Ann wear the breeks. It wad be ower late to consider that important maitter after the marriage knot has been tied. Ye maun bear in mind that there's nae gettin' oot o' that scrape aince ye're fairly intil't. Sae ye wad better look afore ye loup."

Here the young man begoud to claw his head violently, but still he said naething.

Resumin' the thread o' my discoorse, I said :— "A young man wad be a' the better o' ha'ein' a puckle siller in's pouch afore undertakin' the cares, responsibeelities, an' expenses o' a wife. I've aften had occasion to notice that ower mony o' oor profession think themsel's perfectly able to set up hooses o' their ain as sune as they hae saved as muckle as 'll buy them a guse, lawbrod, sheers, thimble, tape measure, an' a bawbee's worth o' needles. Noo, the maitter o' auchty or a hunder pounds i' the kist-neuk to set up hoose wi' wadna be a castawa'. A' that cudna be accomplished in ae year or twa, an' gin ye wad tak' my advice ye wadna think o' rinnin' yer head intil the hymeneal branks, afore ye are sax-an'-twunty at least. It's very dootfu', though, whether Mary Ann wad be willin' to wait for ye a' that length o' time. Judgin' frae human natur', an' especially frae woman-natur', I dinna think she wad ; an', to tell the truth, gin she got anither offer she cudna be expeckit to wait, for in a few years' time she winna be the fascinatin' fairy that she is enoo. Na, na, afore anither twal-month is ower her head she'll be sighin' till hersel' an' sayin' in the words o' the auld sang—

> "Oh, gin I could get but a husband,
>   E'en though he were never sae sma' ;
> Juist gie me a husband, I'll tak' him,
>   Though scarce like a mannie ava.
> " Come young, or come auld, or come doited—
>   Oh, come an' juist tak' me awa',
> Far better be married to something
>   Than no to be married ava."

"Noo, dinna suppose that I wad hae ye gaun back wi' yer word to Mary Ann, gin sae be ye've made a clair promise to her, for that wad be a blackgaird trick. I'm sure ye wad never prove yersel' a rogue either to man or woman. The wretch wha pledges his heart an' han' to a young kimmer, an' syne forleits her, maybe to dree the warl's shame an' scorn, an' at ony rate to sab awa' her very soul in secret sorrow, is as fause as Waghorn, wha, we are tauld, was nineteen times fauser than the de'il. Na, Willie, my man, there maun be nae drawin' back. Gin ye've pledged yer troth to ane anither, ye maun juist abide by the consequences. Dinna ye be the first to gang back wi' yer word, at ony rate. For my pairt, I

never kent what it was to get the lichtlie mysel'.
But I can easily imagine that while 'slichtit love
is sair to bide', the stangs o' a guilty conscience
maun be ten times waur to thole. Keep aye a
clear conscience, Willie, lad, an' ye'll aye sleep
soon'ly ; oonless ye hae the toothache, or put yer
stammack oot o' order by eatin' cheese to yer
supper, or swallowin' a dose o' Colocynth's pills.
Are ye hearin' what I'm sayin'? "

" Imphm," was Willie's answer.

" That's richt, lad! An' noo I wad gie ye a word
or twa o' advice that may be usefu' to ye whan
ye become a husband. Ye see, thae women-fouk
dinna like to be gainsaid wi' regaird to onything
they set their hearts upon. Gin Mary Ann ever
signifee that she's in want o' a new goon, ye mauna
mak' ony mou's aboot it, but juist fork oot. Ye
may hae yer ain thochts aboot it for a' that : but
for the very life o' ye, say naething. It's juist ane
o' the frail pairts o' the weaker vessels that they
maun aye be upsides wi', an', if possible, ahead o'
their neebors in grandeur. Noo, seein' that it
wad be useless to fecht against what is born i' the
flesh, my advice to you is, for the comfort o' baith
pairties, to mak' a virtue o' needcessity by lattin'
Mary Ann busk hersel', an' daiker oot her house,
in accordance wi' her ain pecooliar notions. I
speak frae experience ; for never yet did I set my
face against onything that yer mistress proposed
i' the millinery or upholstery line o' business,
withoot comin' aff by loss in the lang run, an' wi'
my dignity, of coorse, greatly disfeegur'd i' the

conflict. In choosin' a wife, the main thing is to look for a guid, discreet, sensible, thrifty, clever, cleanly, painstakin', diligent, mitherly, kind-heartit, guid-natur'd, cheerfu', sonsy, weel-faured, strappin' quean. Gin she possess a' thae qualities, she winna gang far gleyed, though she get ever sae lang a tether. But gin a puir man happen to tie himsel' till a dame wi' naething but guid looks to recommend her, he'll rue his bargain afore the close o' the hinnymune, an' that's juist as sure as he's a leevin' mortal. A guid wife disna need controllin', Willie, an' an ill ane winna be controlled. In short, ye maun juist mak' up yer mind to lat her hae her ain wey, whether richt or wrang. I houp ye are lendin' a lug to a' this, na ? "

" Imphm," said Willie, an' he garred the needle flee wi' extra veegour.

" Very weel, Willie my man, there's anither thing I maun warn ye against. Ye mauna tak' it upon ye to poke up the fire withoot her leave, first socht an' obtained. I've lived mony years wi' yer mistress noo, an' a' that time I've been diligently studyin' her method o' steerin' up the fire ; but albeit an apprenticeship o' five years made me perfect in my ain profession, I've never to this day yet learned to redd the ribs to her entire satisfaction. Whan I presume to lift a poker to the fire i' the mornin' it never burns richt, somehoo, the haill day thereafter. An' as for spittin' on the grate, Willie, that's ane o' the seven deadly sins very hard to be forgi'en. Whan ye've been oot amang the gutters, dinna neglect to dicht yer feet on the mat as ye come in again. See that they get the reegulation number o' rubs, too, for gin ye dinna gang through a' the ceremony made an' providit, ye may juist as weel lat it alane a'thegither. It maitters na a flee although yer feet be cleaner than the thing ye're dichtin' them on. They maun, a' the same, gang through the process o' purifeecation withoot a glumsh, itherwise ye may look oot for stormy weather. Are ye hearin' what I'm sayin', na?"

"Imphm," said Willie, throwin' additional veegour intil's wark.

"Weel, weel, see that ye mind it. Anent the commissauriat, Willie, gin Mary Ann chance to lat a pap o' soot fa' into the kail pat, as may happen wi' the maist carefu' cook at times, ye mauna say a thrawn word aboot the kail. They may be like to choke ye, but ye maun sup them wi' a cheerfu' coontenance an' a ferocious appetite, askin' nae questions for conscience' sake. Better still, gin ye roose them up to the skies as bein' the best kail ye ever preed in a' yer life, that will please Mary Ann as naething else will. As a general rule I wad say, lat yer praise o' the cookery be in what's ca'd inverse proportion to the quality o' the vittles. An', Willie, pay parteek'lar attention to this—whan ye gang to the kitchen to heat the guse, dinna ye be liftin' the pat-brod an' glowerin' into the pat to spy oot ferlies. Gin ye do sae ye'll maybe get a blenter i' the side o' the head wi' the theevil, whilk wad be humblin', if not painfu'. Ye're no wearyin' o' this lectur' are ye?"

" Imphm," quo' Willie ; "that is—no, no, not in
the least."

" I'm near han' through wi' what I intendit to
say, lad. In the next place, gin ye catch Mary
Ann standin' afore the press wi' the lids closed on
her head an' shoothers, ye'll maybe conclude in
yer ain mind, an' no be very far gleyed either, that
she's treatin' hersel' till a cup o' tea on the sly,
atween han's as it were. Dinna ye lat yer een see't,
nor yer tongue speak aboot it, for it's nae tint what
a frien' gets. An' mind this Willie, ye mauna set
yersel' up as bein' qualifeed to tie yer neckerchief
as weel as, or better than, Mary Ann, for that wad
maybe gi'e great offence. Juist lat her undo *your*
knot an' tie it ower again as she sees meet, gin you
wuss to possess yer soul in peace. Then supposin'
that her sister, or her cousin, or her auntie, or ony
ither o' her male or female relations, sid come on
a freen'ly veesit o' a month or sax weeks, ye maun
be sure to abdicate the muckle chair in their favour.
Although the weather be cauld ye mauna refuse
to sleep on a shak-doon i' the garret, sae that
Mary Ann an' her sister may enjoy the luxury o'
sleepin' thegither. Gin Mary Ann tak' three or
four oors to gang an errand that micht easily be
dune in twenty minutes, ye may hae yer ain thochts
aboot it, but for guidness sake dinna think heigh
oot. D'ye hear ? "

" Imphm," said Willie ; an' he clawed his head,
an' lookit as gin he wished the lecture endit.

" I'm naur a close noo," said I ; " but pey strict
attention to this, Willie; gin Mary Ann be addickit

to snorin' in her sleep ye mauna wauken her an' complain in a crabbit-like tone that ye canna get a wink o' rest by reason o' the unearthly noises she's makin', but juist ye lie still an' listen till't, an' think it the sweetest music ye ever heard. Weel do I mind hoo deeply I offendit yer mistress on a memorable occasion, by introducin' an Ameerican invention, consistin' o' an indiarubber acoustic tunnel to catch the diabolical soon's as they issued frae her nose, and to convey them direck till her ain lug. It was a self-actin' macheene, an' wauken't her the instant she began trumpetin'. I tried the experiment aince, an' it succeedit to admiration. But it was attendit wi' results that warned me against a repeteetion o't. Noo, Willie, I see ye're wearyin' o' this lang discoorse o' mine, but it will do ye guid, lad, gin ye lay't to heart. I've gi'en ye some insicht into the science o' matrimonial economy, an' gin ye dinna conduck yersel' prudently as the husband o' Mary Ann Wagstaff, dinna lay the wyte on my shoothers."

Willie uttered a deep sigh an' thankit me for the mony valuable hints I had gi'en 'im, an' said he wad do his very best to act up to them whan the time cam'.

The news o' the furthcomin' purpose o' marriage havin' been bruitit abroad, a report sune brak oot i' the neiborhood that a certain designin' limmer ca'd Jellycoe was threatenin' to forbid the banns. Willie, it turned oot, had forgaithered wi' 'er aince or twice at picnic pairties, an' had maybe oxtered her aboot at times. Onywey, she tane it intil her

head that she had a better richt till 'im than Mary
Ann had. It was currently reportit that she had
instruckit Messrs. Pettie & Foggie, solicitors, to
wreat to him demandin' compensation to a ruinous
amount in the name o' damages for an alleged
breach o' promise. Through the instrumentality o'
a rival firm o' lawyers, hooever, Messrs. Peelreenge
& Skinflint, to wut, Willie managed to get aff
wi' fleein' colours, they havin' proved, as clear as
noonday, that the case frae beginnin' to end had
been gotten up solely wi' the view o' takin' a
wheen pounds oot o' the young man's pooch.

I wasna at the kirk on the proclamation day, but
Tibbie was ; an' she cam' hame wi' the interestin'
intelligence that Miss Jellycoe, wha was present in
a pew in front o' the letterin, tane a braw red face
till hersel' whan she heard William's purpose o'
marriage proclaimed ; but that she hadna daured
to utter a single syllable by wey o' protest against
the carryin' oot o' the said purpose. Everything,
in short, had passed aff in a mainner perfectly
satisfactory.

The week followin' the *Adverteezer* cam' oot wi'
the followin' announcement,—

" Married, at Fiddler's Entry, Dundee, on the
8th inst., by the Rev. Andrew Wagstaff, A.M.,
uncle of the bride, William Clippins, Esq., clothier,
Crinoline Crescent, to Mary Ann, youngest daughter
of James Wagstaff, Esq., Fiddler's Entry."

Tibbie an' me were at the waddin', of coorse, an'
bestowed oor benedictions on the happy couple.
Whan the bride cam' into the room, hingin' on her

19

faither's airm, I noticed that she had been greetin', though for what reason I cudna understan'. Thinks I, my lass, gin Willie had drawn back, or gane aff wi' Miss Jellycoe, yer tears wad hae sprung frae a deeper soorce. But it wad seem to be fashionable for brides to greet on occasions o' that kind. For ae thing it gars them look tender, emotional, interestin' in a certain sense; an' Mary Ann was resolved not to be ahent 'er neebors in this respeck. Maybe her tears welled up frae the sweet fount o' joy in her breist, instead o' frae the brackish pools o' sorrow. The highest manifestation o' joy bears a close simeelitude in some natur's to the ootflow o' the direst grief in ithers. This proves the truth o' the auld sayin' that there is but a single stap atween the sublime an' the rideeklous. But frae whatever cause, it was clear that Mary Ann had been greetin'. Yet was she beautifu' exceedin'ly. Yea, a' the mair charmin' was she for the warm flush that emotion had imprintit on her " vermeil cheek "; an' whan she stood by Willie's side, an' whan her lily han' was lockit in his, an' whan she breathed the faint monosyllabic " yes " that pledged her to be his faithfu' wife till death sid them pairt, I thocht I had never seen a mair promisin' couple set oot on the journey o' matrimonial life—never, at least, sin' Tibbie an' me had dune sae, mair than twenty years previous.

The nuptial knot was speedily tied, an' then ensued a roon' o' kissin' an' congratulation ; an' this ordeal chased awa' the tears frae Mrs. Clippins' cheeks, an' plantit smiles thereon.

The eatin' an' drinkin' pairt o' the ceremony bein' ower, the company proceedit to Crinoline Crescent in four cabs, the horses an' their drivers bein' daikered oot wi' the reegulation profusion o' flooe'rs an' waddin' favours. We drave aff amid a shoo'er o' auld bauchels, an' a deafenin' roon' o' hurrahs. On reachin' the Crescent, Tibbie, wha had set aff aforehan', met the bride atween the door cheeks, an' brak' aboon her head a cake o' shortbread, as had been dune to her whan she was a bride. The young couple had secured appairtments i' the flat below us.

Hoo the remainder o' the e'enin' was spent, what was said, what was dune, wha got the ring an' wha the thimble whan the bride's cake was dividit, hoo lang the dancin' was keepit up, whan the company brak' up, wha was the fiddler, an' a' the rest o't, wad be ower lang a story to tell. Suffice it to say that the haill affair gaed aff wi' great glee ; an' although the bride's brither, Tam Wagstaff, tane maybe a gless or twa mair than was guid for him, an' had to be beddit upstairs in my best bedroom, yet on the whole the festeevities passed ower wi' a reasonable degree o' quietness an' decorum.

CHAPTER XXIX

THE HARVEST HAME AT COCKMYLANE

MY auld-time pairtner i' the coortin' line o' business, Andra Sooter, had been for a guid wheen years marriet to Miss Peggy Paitrick. They had settled doon upo' the farm o' Cockmylane, a bit placie, lyin' mid-gaits atween Leuchars an' Ferry-partan-Craig. Bein' near Dundee we aften pey'd freen'ly veesits to ane anither. Tibbie an' me were aye sure to be at Cockmylane, an' Andra an' Peggy juist as sure to be in Dundee, whanever ony ploys by-ordinar' were on fit in either o' oor hooseholds. In the annual Maiden ploys at Cockmylane, Tibbie an' me were aye inveetit to bear a haun', an' muckle guid diversion we've had at them, weel-a-wat.

At the end o' the hairst followin' oor pilgrimage to Crummiehillocks, we were inveetit to Cockmylane, to tak' pairt in the usual hairst festeevities.

At that period o' her life Tibbie cud never gang half-a-mile frae hame withoot haein' a radicle basket on her arm. What she aye got to carry in't aften astonished me. On this occasion she put intil't a braw net-mutch, rigged oot wi' red ribbands an' gum-floo'ers. Amang oor fellow-pas-

sengers i' the ferry-boat to Newport there was
a drove o' camsteerie Heelan' stots, wi' horns as
lang as my ell-wand an' as sharp as my bodkin.
Whan Tibbie's attention was itherwise engaged,
forrit comes ane o' them, whups his horn through
the bow o' her basket, whisks it aff her airm
marches awa to leeward wi't, an' i' the twinklin' o'
an' e'e ower gaed the basket into the water! For
an instant it bobbit back an' fore on the crest o'
a wave, an' then doon it sank into the yawnin'
flood never to rise again! Tibbie was like to gang
by hersel' at the tynin' o' her creel, an' wad hae
been owerbuird after 't gin I hadna grippit her by
the goon-tail an' held her back by main force.
But gin the Heelan' stot didna get's kail through
the reek he did naething. Kennin' nae dialect
but Gaelic, hooever, he juist chow'd his cud an'
never let on.

Tibbie an' me havin' been taucht to han'le the
heuk in oor youth, we aye thocht it a gran' ploy
whan at Cockmylane i' the hairst time to get a
day's shearin', juist for the fun o' the thing, an' to
keep oor han's in use. Sae afore gaun to bed that
nicht I instruckit Andra to hae a' the necessary
gibbles ready for us by next mornin'. At an early
'oor he was up to spy out the state o' the weather,
an' the day bein' fine, he tane doon frae the
kitchen bauks his toutin' horn, gaed roon' to the
midden-head wi't, an' frae that vantage grun' blew
a blast that waukened the echoes o' the wuds an'
rocks for twa or three miles roon.'

The shearers sune begoud to mak' their appear-

ance. The cottar-wives cam' creepin' slowly frae
their hooses, after lockin' their doors ahent them.
Some o' them had a string o' weans at their tails.
But the feck o' the shearers were fee'd han's frae
Dundee—aboot twa dizzen o' them a' thegither,
wha sleepit on shak-doons i' the laft aboon the
horses.

There was a red-haired limmer frae Dundee, wha
spak', not only for hersel', but for anither half score
o' ordinary haverils. On oor wey to the field her
bletherin' tongue never lay aff Tibbie an' me—a'
in an underhaun' wey of coorse, for she durstna
mak' a cheep whan Andra was within lug-shot.
She wondered what guid the like o' Tibbie an'
me cud do on a hairst rig. We were twa puir,
fizzenless, han'less lookin' craiters, wha seemed to
hae been brocht up on sowens an' soor-dook. But
she wad gie them a heat afore the end o' the day,
or her name wasna Phemie Fairntickle. A' this,
an' a hantle mair to the same effeck, I heard—

> "An' muckle thocht oor guidman to himsel',
> But never a word he spak' O."

Very weel, to wark we gaed, an' in a jiffy Phemie,
wha happened to be in oor band-win, was ower the
end-rig, bruindin' an' bleezin' awa juist as gin
naething cud haud her again. Ilka neffow she
brocht oot-ower she cuist a deevilish glower athort
her left shoother, to see what progress Tibbie an'
me were makin'. Afore I got thoroughly het my
leddy had shot aboot sax ell ahead o' me, an' I
daursay she was thinkin' hersel' cock-sure o' an

easy victory ; but, aha ! there's aye twa at a bargain makin'.

I cuist aff my waistcoat, flypit up my sark-sleeves, whilk was like drawin' the swird an' flingin' awa the scabbard, an' says I, " Noo Tibbie, tak' care o' yer cuits, or I'll maybe ding the neb o' my heuk into them. Juist mak' ye the raips an' I'll fill them." Then began the tug o' war ! Straucht across the rig frae fur to fur I walkit, whankin' doon whatever opposed my progress— corn, thristles, carl-doddies, brume-cowes ; every green herb, in short—an'ilka time I cam' oot o' the corn I brocht nae less than a sheaf in my oxter. Tibbie had eneugh ado to hau'd me in raips, an' as for the bandster, if Andra hadna gi'en him a haun' noo an' than, we wad hae tint sicht o' 'm afore we got half-gaits to the lan' end.

By brakfast time I had shorn twa stooks for Miss Fairntickle's ane—greatly to her mortifeeca-tion, as it wad seem ; for Andra tauld me afterwards that she actually grat wi' spite an' vexation at bein' beat. 'Od she was a speerity hizzie, though ; for after fortifeein' hersel' inwardly wi' a haill aitmeal scone, an' four tinnie-fu' o' yill at brakfast, she wad try what cud be dune to regain her laurels. But she micht juist as weel hae tried to reap the whirlwin' as to think she wad get the better o' me, for I to the kempin' again like mad, until the sweat was workin' through the band o' my breeks. Tibbie thocht it was a piece o' doonricht folly to mak' a toil o' a pleasure.

" Tammas," said she, " gin I were you, I wad see

them a' far eneugh afore I wad fornyauw mysel' at
that rate, to keep upsides wi' a wheen glaikit cutties
like them.

" Upsides ! " said I, " that wad be a sma' maitter.
I'se haud *oot afore* them, lass, ay, though they sid
loup oot o' their skins. 'Od I'se whauk their
wheerikins to them ! "

Durin' the dinner oor, whan we were a' sittin'
roon' a stook restin' oor hochs, some mendin'
their finger-steils, some pykin' oot thristles, some
sharpin' their heuks, an' we men-fouk blastin' awa
at oor cutties, a conspeeracy was got up amang the
young queans, whaurof Phemie Fairntickle was the
concocter, to the intent that Tibbie an' me sid be
put through the bagenin' ordeal furthwith. Sae
withoot a word o' warnin' they grippit me by the
legs an' shoothers, an' fell a-duntin' my body on a
stane wi' micht an' main ; an' an unco yellochin'
an' din they made aboot it. Phemie Fairntickle, of
coorse, was the ringleader at this business. Tibbie
seein' me i' the gled's han's, an' fearin' that Miss
Phemie micht mischieve me oot o' spite, bang'd up
an' flew to my rescue. Afore she had poo'er to
interpose wi' either tongue or han's, hooever, twa
a' the bandsters claught hands o' her, an' treatit
her to a second edeetion o' what I was gettin'.
Thereafter there was a general duntin' a' roon',
withoot respeck o' age, sex, or station, an' great
was the gilravage that gaed on for some minutes,
until Andra pu'd oot's watch, bang'd till's feet, an'
said, " Billie's, we maun till't again—the oor's oot."

Twa oor's hard wark brocht us to the en' o' the

chapter. Miss Fairntickle focht sair to be "in at the death," thinkin' to nip "the maiden" oot amang my fingers. In this, hooever, she was disappointit aince mair ; for I juist grippit her by the shoothers, an' set her gently doon on a big burry thristle, in the attitude o' a dog barkin' for a piece. By the time she cud warsel up till 'er feet again, my heuk had sneckit doon the hin'most handfu' o' corn, which I waved roon' my head amid the cheers o' the assembled shearers.

Hame we a' gaed to wash oor faces an' busk oorsel's oot for the grand Maiden Ball in the e'enin'. Tibbie's braw net mutch, specially rigged oot wi' red ribbands for the occasion had gane doon the Tay. But Mrs. Sooter had in her kist-neuk an orra ane, that answered my guidwife till a shavin'. In this mutch, therefore, she arrayed hersel' for the ball.

Great store o' commestables an' comdrinkables had been laid in for the maiden feast—pies, stuffed chuckies, beef, ankers o' whisky, an' oceans o' sma' yill. The neeborin' farmers an' their dependants havin' been inveetit the assembly was mair numerous than seleck. We, that were o' the better sort, were enterteened i' the parlour. The Jocks an' the Jennies enjoyed themsel's i' the kitchen an' the barn-laft, the latter havin' been cleaned oot for a ball-room, an' brilliantly illuminatit by twa dizzen o' penny cawnels stuck into turnips, an' arranged at wide intervals alang the crap-wa's. It reminded me o' Mr. M'Kickie's " Temple o' Terpsichore."

On enterin' we faun' the floor in possession o' a score or twa o' rural nymphs an' swains loupin'

bawk-hcicht; an' a fell noise they were makin'.
The plooman chiel's yokit a-stampin' on the dails
wi' their cuddy-heels, snappin' their hard horny
thooms, an' "hoochin'" an' whistlin' juist as gin
they had been red-wud. The floor was bendin'
an' groanin' under the wecht o' its livin' fraucht,
an' the stoor was fleein' aboot like drift. Ale was
circulatin' frae han' to han' in tankards, toddy in
tea-cups, an' oon cakes an' cheese in wechtfu's.
At the end o' the reel, ilka Jockey tane his Jenny
into his brawny airms, gi'ed her an' awfu' hug as
gin he had been gaun to burke her, an' awfu'
smoorich as gin he had been gaun to wirry her, an'
then flang himsel' doon on a furm beside her wi'
sic a fearfu' pergaddus, that naething but whunstane
an' yettlin' cud weel withstand it, insomuch that in
twa instances that cam' under my notice the furms
rent in twain, sendin' a' that sat on them intil the
floor-head, amid a rivin' o' rotten dails an' a skirlin'
o' lasses that garr'd the very roof an' rafters dirl.

Wi' the view o' gi'ein' the genteel portion o' the
company an' opportunity o' displayin' their salta-
tory attainments, Andra demanded the "Hay-
makers," an' tane up Tibbie for his pairtner, while
I had Mrs. Sooter for mine. The fiddler struck up
the requiseete tune, an' awa we gaed in gran' style,
flingin' oot oor legs in a' directions like the spaikes
o' a windmill. Everything gaed richt until we had
to join han's an' whirl roon' like teetottums.
Then it was that, through the combined agencies
o' my tae an' the tail o' Mrs. Sooter's goon, oor
haymakin' enterprise was brocht to an untimely

end. Whether it was my tae or Mrs. Sooter's skirt that was blameworthy I sanna say, but the upshot was that baith o' 's were laid prostrate i' the floor-head. Tibbie an' Andra, bein' at that moment in the ack o' whirlin' roon' us, were sookit into the vortex an' upset likewise, sae that here were haill four o's sprawlin' i' the floor at aince. On regainin' oor fittin' it was fund that Tibbie an' Mrs. Sooter had gotten a' their duds camshachled, which put dancin' oot o' their heads for the time bein'. As for me, I had sae nearly gotten my win' dung oot wi' my doon-come, that I had need o' a snifter o' caller air to mak' me feel comfortable. Sae whan Andra was gaun roon' the barn snuffin' the cawnels wi' his fingers, I slippit doon the trap an' held awa to the corn-yaird. The nicht was pick mirk—"no a star in a' the cairy." Leanin' mysel' up against a stack, an' croonin' ower a verse o' a sang laigh in to keep up my speerits, I suddenly discovered the airms o' a winsome young damsel roon' my neck, an' faun' her warm rosy lips in contact wi' mine ! I saw of coorse, that it was a mistak' on her pairt, but I hadna the heart to dispel her enchantment.

"Eh Jamie," she whispered intil my lug, "I was fear'd ye wadna keep yer tryst, for, d'ye ken, I thocht Meg Morrison had ye twined roon' her finger wi' her braw red ribbands an' a' her orders, an' I'm sure, Jamie, ye've danced far aftner wi' her the nicht than wi' me, but it disna maitter—ye'll never thrive gin ye dinna keep yer promise to me. An' that Meg Morrison tae—I'm sure I dinna ken what a' body sees in her—a black, ugly-look'n' scunner!" an' sae on she gaed wi' great glibness, sometimes flytin', sometimes greetin', an' sometimes imprintin' a series o' kisses on the frontispiece o' the personage she tane for her beloved Jamie. I said but little, an' that little below my breath ; for, as I tauld her, my word micht be heard by some listener gin I spak' looder. Gin I had spoken in my nat'ral key, of coorse, she wad at aince hae kent my voice to be the voice o' Esau, an' that wad hae spoilt the sport. The short an' the lang o't was that Phemie—for it was nane ither than Miss Phemie Fairntickle—put me up to a thing or twa touchin' her coortship wi' Jamie Johnstone, wha drave the second pair at Cockmylane, an' was a geyan ramblin' sort o' billie amang the lasses, as Andra tauld me afterwards.

Havin' carried on the joke wi' Phemie as far as was consistent wi' decorum—I bein' a married man, ye'll observe—an' fearin' likewise that Jamie micht at ony moment put in appearance, I tauld her to rin up to the laft for my bannet an' that she wad fin' it lyin' in a partcek'lar corner o' the crap-wa'. I promised no to budge oot o' the bit till she cam' back, but nae suner was she up the trap than I was at her heels. Slippin' me doon on a furm close by the door, I sat watchin' her leddy-ship's movements. The first sicht that met her een was Jamie Johnstone dancin', wi' Meg Morrison for his pairtner! Hoo she glowered roon' her in a state o' bewilderment, an' hoo red grew her face whan she at last realised that a' her sighs, an' vows, an' kissin', an' embracin', had been waired on the wrang man! An' what man? Me she had nae suspeecions o', as there was I sittin' i' the laft as sober's a judge. But whan the neist man cam' up the trap, hoo she did hing her head! Ay, he micht hae been the very rogue wha had played her the begunk, an' therefore was she ashamed to glower him i' the face. She graipit i' the crap-wa' for the bannet I had sent her for, but, alas, nae bannet was to be fund! The case was transparent. She had "waukened the wrang man,' while Meg Morrison had gotten a grip o' the richt ane. This was a twafauld mortifeecation that Phemie cudna thole. She embraced the earliest opportunity o' growin' sick, whaurupon ane o' the cottar wives tane her hame an' gi'ed her a bed for the nicht.

Sairly flabirgastit as I was wi' my hard day's kempin,' it was marrow to my banes whan Mrs. Sooter cam' in aboot eleven o'clock, an' summonsed the genteel pairt o' the company to the dinin'-room, whaur Tibbie an' her had been engaged for an oor previous in settin' oot a feast o' fat things, that micht hae saired ony prince in a' Christendom. We that were douce married fouk spent the rest o' the nicht in eatin' an' drinkin', singin' sangs an' tellin' stories; but as for the lads an' lasses, they "held the puddin' reekin'" till four o'clock the followin' mornin'. Indeed, the ploughmen billies left aff only whan it was time for them to gang hame an' yoke, an' weary shanks there maun hae been amang them lang ere the fiddler struck up the grand finale o' " Bab at the Bowster."

CHAPTER XXX

TIBBIE KISSED I' THE TUNNEL

M Y brither Jock had been settled in Glesca for a guid wheen years in company wi' Uncle John, my faither's youngest brither. They carried on a prosperous an' profitable business, an' had a fine wey o' doin'. As lang as the auld fouk were to the fore, John made frequent pilgrimages to Buttonhole, an' on thae occasions he wad sometimes mak a rin ower by to Dundee i' the hamegaun, to see Tibbie an' me. As I had ill-gettin' awa' frae hame i' the earlier period o' my business career we had never fund it convenient to veesit him in Glesca, albeit he had aften been very pressin' wi' his invitations.

Ae simmer, hooever, business bein' raither slacker wi' me than ordinar', an' havin' tane in William Clippins into pairtnership wi' me, the guidwife an' me made it up atween us that we wad mak' a rin through to Glesca for twa or three days. This maitter bein' settled, Tibbie lost nae time in settin' aboot makin' preparations for the trip. She providit hersel wi' a braw new goon, a braw new shawl, an' a braw new bannet, wi' a forest o' gum-floo'ers on't—a' i' the very pink o' the fashion.

It was a bonnie mornin' i' the month o' June whan we set oot for the city o' St. Mungo's. We had made it up atween us that we wad gang through Fife i' the wa'-gaun, an' haud roon' by Perth i' the hame-comin'. Oor ootward voyage was marked by nae incident worthy o' bein' committit to paper. Oor Glesca freen's, wha had been duly forewarned o' oor impendin' veesit, were at the Station on oor arrival, an' received us wi' open airms. They treatit us wi' unspeakable kindness, an' great was oor pleasure at the mony bonnie an' wonderfu' sichts we saw. We cud hae spent twa weeks instead o' twa days wi' oor kind Glesca freen's, an' we were sair pressed to do sae, but business requirements at hame forbade oor acceptance o' their proferred hospitalities.

On the mornin' o' the third day after oor arrival, we tane the train for Dundee. John, an' a wheen ither freen's we had fa'en in wi' i' the city, convoyed us to the railway station an' saw us aff.

> "And pledgin' aft to meet again,
> We tore oorsel's asunder."

The first pairt o' oor hameward journey was uneventfu'. We had a haill compairtment o' the carriage to oor twa sel's. On reachin' Larbert, hooever, in staps a little fat, podsy bodie, wi' a double chin, an' a paunch hoaved oot wi' roast beef an' maut licker, until it was as capaucious as the bag o' the Great Heelan' Bagpipe. He was the very pickter o' health, guid natur', an', I may add, impiddence.

Little passed atween us in the wey o' cracks till we cam' within sicht o' Stirlin', whan I happened to remark till 'im, pointin' wi' my finger in the direction o' St. Ninians, " The field o' Bannockburn, sir."

" Well, sir, and what about it ? "

" Dinna ye ken ? That's the famous field o' Bannockburn, whaur the gallant Bruce smote the English invaders wi' a very great slauchter."

" Never heard of it, sir."

" Weel, yer eddication maun hae been michty sair negleckit, than."

" Not much, sir, not much. I've read about Flodden, and I bet you haven't."

" Ou ay, min, I ken a' aboot that, tae. But gin there hadna been treachery on oor side Flodden wad hae seen anither sicht. An' there's ae thing to be said aboot oor King Jamie that canna be said aboot your King Ned ; Jamie stood till's guns as lang's the breath o' life remained in's body, but hen-hearted Neddie tane till's heels an' fled,

> ' Ower the borders an' awa'
> Like Jock o' Hazeldean,'

leavin' nae fewer than thirty thoosan' o' his subjecks ahent him. 'Deed, aye, min, an' there they lie yirdit on the banks o' the Bannock till this very oor an' day yet."

My fallow-traiveller made nae reply to this, but juist sat gruntin' till himsel', an' twirlin' 's thooms.

We werena weel awa' frae Stirlin', whan a dog begoud to wurr an' bark, as I thocht under the seat

Tibbie was sittin' on.   I glowered in, but naething
i' the shape o' a dog was veesible.   Next I heard
a cat miowin' an' spittin', appairently within the
preecincts o' the carriage.   I gi'ed anither keek in
below, but feint a cat was to be seen.   By-an'-by
a cock yokit to the crawin', an' syne a curn hens
began kaiklin'.   I keepit an e'e on Tibbie, an' saw
she was shakin' a' ower, an' lookin' maist meeserable.
At last I speered at the Englishman gin he had
been hearin' the mysterious soon's.   He said he
had, an' said, by wey o' explanation, that i' the
neist carriage there was a menagerie o' wild beas'.
This was sma' consolation to Tibbie, for, as she
said, "What gin they brak oot? they micht devoor
us."

Next we heard a gryce squeakin', seemin'ly
frae the interior o' Tibbie's radicle basket.

I keepit a watchfu' e'e on oor freen's movements.
I noticed that at ilka grunt the swine gi'ed, the
muscles o's throat were movin', an' his muckle
paunch was heavin'.'

At Auchterarder the train haltit for a wee.   I
ca'd for the station-maister, an' complained till 'im
aboot the diabolical on-gaun's o' oor fallow-trai-
veller.   To the station-maister the fallow statit,
that he was a professional venturolocust, an'
that he earned an honest penny by gaun' through
the kintra gie'in' public enterteenments.   To lat
us see that he was tellin' the truth, he gi'ed us
some swatches o's poo'ers o' speech, includin'
eemitations o' cats, dogs, bantam-cocks, an' swine,
a' sae true to natur' that, gin thae craiters had

20

been present, they wad hae tane him for ane o' their ain breed.

Resumin' oor seats aince mair, the train set aff what it cud flee. Tibbie an' me an' the venturolocust were the sole occupants o' the compairtment as formerly. We passed Forgandenny an' the Brig o' Earn, an' naebody cam' into the carriage to disturb oor meditations. The venturolocust was now as mim as a moose. Nae mair barkin', an' miowin', an' cock-crawin' wi'm.

Afore ye cud hae said sax the train played plunk into Moncrieff Tunnel, wi a skreigh an' a roar that rendered speakin', or at least hearin', entirely oot o' the question. The darkness, too, cam' ower us as suddenly as it did ower Alloway's auld hauntit kirk, whan Tam O' Shanter cried oot, " Weel dune, Cutty Sark ! "

Whan we emerged frae the tunnel I noticed that Tibbie was scarcely like hersel'. Her cheeks were ower red for ae thing—I cud see that, although she keepit her thick oo'en veil drawn closely doon ower her face. A closer inspection revealed the fack that the veil was runkled mair than ordinar'. Further observation showed that her curls had been subjeckit to some sort o' pressure, an' the preen o' her shawl was feezed roon' to her shootherhead, insomuch that it lookit like a Hielanman's plaid. Mairover, I cud discern through the texture o' the veil that she was bitin' her nether lip an' lookin' unutterable things at me, an' by-an'-by she put her fit on my tae an' gi'ed it a veecious nip, in token that she was dissatisfeed wi' my conduck in some respeck ; though in what partee'klar respeck I cudna say, nor in presence o' the Englishman durst I venture to speer.

Maitters were in this powster whan the train drew up at the platform, whaur there was a great crood, into the whilk the Englishman vainisht in a mysterious manner.

Kennin' that we had but little time to pit aff, Tibbie an' me hurried oot o' the station an' awa' into the toon, whaur we inquired for a hoose o' enterteenment, and bein' direckit to an inn nae far bye, we entered an' ordered tea for twa.

While the tea was maskin', it occurred to me that I micht fill up the interval by inveetin' Tibbie to explain hoo it cam' aboot that her cheeks were sae red, an' hoo her veil an' her shawl were sae greatly carfuffled an' malagruized.

"'Deed, Tammas," said she—an' she spak' very veecious-like, not havin' recovered her wonted serenity, as I cud perceive—"'Deed, Tammas, mony ane speers the gait they ken weel eneugh, an' sae it fares wi' you."

" Me ! " said I ; " what hae I dune to call furth yer displeasure ? The woman's mad ! "

" Ou, ye'll pretend to be ignorant, nae doot, but that's aye the wey wi' you men. Ye either ken a'thing or naething—juist as it suits yer ain purpose ! "

" Gude guide's, woman, explain my offence," said I. " What did I do ? "

" Juist kissed me whan we were comin' through the tunnel, Tammas—that's what ye did, an' I

wad hae thocht naething o't aitherns gin ye hadna
rubbit my face sae cruelly wi' yer hard beard, an'
naffled a' my veil, an' ruggit at my shawl till I
thocht ye wad hae haen it aff my back. Cud ye
no hae waitit till we got hame?"

"Tibbie!" said I, haudin' up baith my hands,
"that story is perfectly mervellous! perfectly
mervellous! I never laid a lip upo' yer face,
nor a han' upo' yer raiment, either in the tunnel
or oot o' the tunnel, an' gin onybody has dune't,
dod! the Englishman has been the loon!"

"Are ye tellin' the truth?" said Tibbie, lookin'
very anxious like.

"Tellin' the truth, 'oman!" roared I, at the pitch
o' my voice, for my briest was noo rinnin' ower wi'
richteous indignation at 'the thocht o' what that
villain o' a venturolocust had daured to do to my
guid-wife, an' that at my very lug. "Tellin' the
truth!" I repeatit. "Surely I haena kissed ye sae
seldom aewey an' anither that I need to mak' ony
mystery aboot it. A man may fin' it convenient
to kiss his sweetheart i' the dark to save her
blushes, but he can surely affoord to kiss his wife
in braid daylicht."

"Sorra tak' him!" exclaimed Tibbie, dichtin'
her een, for by this time the tears were beginnin'
to mak' their appearance ; "but gin I had a grip
o' 'm, I wad gar him he soused for this, for it's
clean against the law o' the land to do sic a thing
to ony honest 'oman, contrair' to her wull an'
pleasure."

"I'll hae the case putten into the han's o' the

Shirra," said I, "an' that's as sure 's I'm sittin' on this chair!"

"Oh, what'll I do!" cried Tibbie. "It was ill eneugh for the man to kiss me, Tammas, but—but —oh, dear me!—I—I— kissed the man, Tammas, an'—an' kittled his oxters, an'—an' whan he rubbit my cheek wi' 's beard, I gi'ed 'im a blenter i' the side o' the head wi' my nieve—juist as I do to yersel', Tammas, whan ye're ower rouch wi' me. Oh, what'll I do? for I think black, burnin' shame o' mysel. An' what'll the man be thinkin' but that I'm juist as great a blackguaird as he is himsel'?"

"My beloved spouse," said I, speakin' couthily till her, "dinna tak' it sae muckle to heart. I ken brawly ye wadna hae dune 't willin'ly—an' I'll forgi'e ye, Tibbie my 'oman,—but that unsanctifeed vaig o' a venturolocust—I'll hae him——"

"Deed, Tammas, ye wad be a great simpleton to pass 'im," interjeckit Tibbie, stampin' her fit on the floor, an' lookin' the very pickter o' veeciousness.

"Pass him!" cried I. "Pass him, did ye say? If it sid cost me a' I'm worth in this warl' I'll never rest till I hae the villain punisht for his misty mainners. There's no a particle o' doot but he has laid himsel' open to be prosecutit for an indecent assault on a respectable leddy; an' gentry o' that kin', I can tell ye, fin' little mercy whan brocht afore the tribunal o' justice."

"A' that may be true eneugh," said Tibbie; "but ye maun min' what I was tellin' ye."

"An' what was that?"

"Juist this Tammas, that I kissed the venturo-locust; an', ye ken, that may mak' a' the diffcrence i' the warl' i' the e'e o' the law."

" Ay, Tibbie, but ye can gie yer solemn aith that ye did it against yer wull, by mistak, as it were, an' that'll mak a' square."

" No against my wull, Tammas—I'm ashamed to think that I did it quite volunteerly."

" But what o' that whan ye did it unwittin'ly? A clear case o' mistaken identity on your pairt, Tibbie; but can the Englishman say as muckle for himsel'? Weel-a-wat, no! *Malice perpense*, as the lawyers say—*malice perpense*, Tibbie—assault an' battery—a maist heinous offence, and gin there is law to be gotten on this side o' Lon'on, either for love or siller, I'll put it in operation!"

" An' wad I hae to be examined as a witness, Tammas?"

" Nae doot o' that, Tibbie. Ye'll hae to tell a' hoo it was dune—lat them see exactly hoo the man kissed ye—necessar' for the ends o' justice that ye sid do sae; withoot that it wad be nae evidence ava."

" An' wad I hae to lat them see hoo I kissed the man, Tammas?"

" To be sure ye wull, Tibbie, an' also hoo ye kittled his oxters, an' hoo ye struck him i' the side o' the head. Ye maun keep naething back, for ye'll be bund by a solemn aith to tell the truth, the haill truth, an' naething but the truth."

" Well, as sure's oucht, Tammas, I cudna! No, I cudna stan' up i' the Coort afore sae mony men-

fouk, an' rehearse a' the operation that tane place
i' the tunnel.   I wad be sure to faint an' fa' doon.
Sae gin they dinna tak' my word for't, I'm dooting
we'll jist need to lat the vaigabon' awa' wi' his
ill-gotten kiss."

"Weel, weel," said I, burstin' oot a-lauchin',
" we're equal—equal noo, Tibbie, lass.   After this,
ye'll no need to cast up to me ony mair that
clandestine roon' o' kissin' an' clappin' I gat frae
Phemie Fairntickle under clud o' nicht i' the corn-
yaird ower-bye at Cockmylane.   Ye mind o'
that ? "

" Ay, ay, Tammas, but I never wytit ye for
that, excep'in' maybe in fun."

" Nor 'ill I ever blame ye for this affair, Tibbie,
unless it be in fun, likewise ; for weel do I ken
ye wad never hae kissed the venturolocust gin it
hadna been dune i' the dark by mistak'.   But an
I had ye hame, lass, ye'se get as mony legeetimate
smourichs as ye can set a face till."

At this point o' the conversation I pu'd oot my
watch, an' observin' that it wanted only seven
meenutes o' train time, I peyed the lawin' an' aff
we startit for the Station.   We keepit a gleg
look-oot for the venturolocust, but frae that day
to this never mair did we see or hear tell o' 'im.
We wandered up an' doon the platform, glowerin'
into the faces o' a' the men we cud clap an e'e on,
but feint ane o' them had the slichtest likeness to
the venturolocust.   The train comin' up belyve,
we tane oor seats, an' were in due coorse safely
landit at Dundee.

CHAPTER XXXI

ODDS AND ENDS

" I ADD no more!" quoth a certain paper-readin' divine, steekin' the Beuk wi' a lood bang whan he cam' to the end o's discoorse.

"Because ye canna, sir!" growled an auld wife, wha had been sittin' on the poopit-stair durin' service, watchin' his "paper-wark" wi' nae freen'ly expression on her coontenance.

Like this paper-readin' parson I maun add no more, but I'll defy ony wife, either auld or young, to say I canna. The truth is, I maun steek *my* beuk, no that I've naething mair to say, but that I dreed I've said ower muckle already—to unco little purpose, I was gaun to add, but na—I leave the reader to find oot that fack for himsel'.

Yet, gentle reader, a few "last words" ere we pairt. Whan I send hame a suit o' claes, I aye put the orra clippin's into the pouches—they're very serviceable whan repairs come to be needit. In previous chapters I've gi'en ye the claes, as it were, —in this ane ye'se get the clippin's. It's three score years naur-haun sin' I left the East Neuk. In that period aboot twa generations o' men an' women hae come an' gane. My heart grows grit whan I think o't.

My faither an' mither—are they still livin'? Na, baith dead! It's forty years an' mair sin' they "slept the sleep that knows no waking!" My faither, like a guid sodger, dee'd in the execution o's duty. It was in the dead o' winter, an' there was a heavy fa' o' snaw on the grun', whan, sair against my mither's will, he set oot ae mornin', accompanied by his 'prentice loonie, to "whip the cat" at the fairm o' Windywa's, sitiwat some three mile an' a half to the soothward o' Buttonhole. Durin' the day a hasty thow had set in, an' by mid afternoon rain cam' on, sae by the time it was gloamin' dark the fields an' roads were soomin' knee deep wi' snaw-broo. The guidwife o' Windywa's kindly entreatit my faither an' his 'prentice laddie to tarry a' nicht, but this he refused to do, for he kent that gin he didna gang hame my mither wad be uneasy aboot him. Na, to Buttonhole he wad gang at whatever risk, though the laddie micht bide a' nicht, as he was lame o' a leg, an' ill able to trauchle i' the dark through the slush an' gutters.

Aboot nine o'clock my faither left Windywa's his liefu' lane. Neist mornin' his mortal remains were fund at the bottom o' a deep pool in the Mossy Howe burn! The fatal pool wasna aboon half a mile frae Buttonhole, an' mony a happy 'oor had I spent soomin' paper boaties on't whan I was a bairn, little thinkin' that it was to prove the death o' ane sae near an' dear to me.

My mither, wha had wandered aboot the doors the haill nicht through, lookin' anxiously an' earnestly for his hame-comin,' was the first to fin' his clay-cauld corp at daybrak the followin' mornin'! Puir woman! she never got aboon that tragical event. An ill cauld she caught on that mournfu' nicht, added to the dreedfu' shock impairtit to her naterally delicate constitution, threw her into a gallopin' consumption, an' afore the ensuin' Can'lemas, I saw her clay tawbernacle laid beside that o' my faither in the hoose appointit for a' livin'. This was a sair bereavement to me, for as lang as they lived Tibbie an' me were frequent veesitors at Buttonhole, an' sometimes they wad come ower i' the simmer time an' spend a curn days wi' us in Dundee.

The decease o' my faither an' mither havin' constituted me heir to the family inheritance o' Buttonhole, it becam' a serious question whether I sidna bid fareweel to the pleasant banks o' the Tay, an' settle doon on my paternal acres, as my forbears had dune for mony generations; but considerin' that the conversion o' sma' fairms into big anes, an' the substitution o' spinnin' mills for spinnin' wheels, had greatly thinned the population i' the East Neuk, an' considerin' also that I had established a roarin' trade in Dundee, I finally resolved to remain whaur I was, an' put a tenant on Buttonhole. As Mr. Archibald Stitch, an auld apprentice o' mine, was gaun mad to get marriet aboot that time, I offered him the bit placie at a fair rent, an' the guidwill o' my faither's business for naething, for which he was abundantly thankfu', an' there he sat doon wi' a cantie bit wifie, an' brocht up a big family.

On the back o' this calamity cam' the death o' Tibbie's mither, fallowt i' the coorse o' natur' by that o' her faither, an' their wa' gang brak the hindmost link that bund her affections to Breeriebuss.

Burleyrackit, too, cheenged han's. Squire Bowman havin' drunk himsel' oot o' hoose an' ha', gaed to Lon'on an' set up a horse-brakin' business, an' there he dee'd in a state o' great poverty an' meesery.

Ilka simmer for lang I made a point o' spendin' a day at Buttonhole, pairtly to see hoo Archie was managin' maitters, but chiefly that I micht drap a tear o' filial devotion ower the lowly graves o' the dead, an' pu' a gowan frae the sod that wraps their honoured clay. The last time I veesitit the auld kirkyaird, an' that was a guid wheen years syne, I faun' the sexton measurin' aff the sax feet by twa that constitutes the final earthly inheritance alike o' the loftiest an' the lowliest. I drew near till the "hoary-headed chronicle" wi' some vague notion that I was aboot to excheenge sentiments wi' my auld freen' Geordie Mortclaith ; but, alas! mony years had gane sin' Geordie's honest head had been clappit by this "trusty brother of the trade."

"A braw day, freen'," I remarkit.

"Deed is't—a bonnie day," said he, castin' on me a glower o' mingled curiosity an' suspeecion."

"Aye plenty o' wark—I suppose," said I.

" Feint a muckle doin' in my way enoo," he replied, wi' a sigh ; "only the third job I've ha'en for aucht or nine weeks."

" The less wark ye get the better," I said, smilin'.

" Weel, I daursay you're no far wrang," he said, " but still an' on, ye ken, fouk maun live."

" Or rather fouk maun *dee* that ye may live."

" Weel, that's maybe geyan like the wey o't."

" But wha are ye howkin' this hole for—if ane may speer ? "

" Ou, it's for auld Patie Baisler. He has been in a grainin' wey for mony lang, an' on Munonday nicht he wore awa."

" Yea, though ! my auld freen' Patie dead ! That's sorrowfu' tidin's."

" Ye kent Patie then ? " said the sexton, scruti-neezin' me wi' his little grey een frae underneath the rim o' his greasy weather-beaten bannet.

" As weel as I kent yer predecessor, Geordie Mortclaith."

" Ye kent Geordie then ? "

" Ay, an' hunders forbye him wha hae come through your hands lang ere noo, I dreed. Mr. Gowlanthump——"

" Was dead afore my day ; but ye'll see his headstane at the north dyke there."

" An' Mr. Squeeker——"

" Was the first corp I buried."

" Mrs. Snifters o' the Horse Shoe Inn—she's dead too, I believe."

" Ou, ay ; dead mony a year an' day syne. Ye see she grew ower frail to mind the drink sellin',

an' sae she gi'ed up the leeshince, gaed to live wi'
a dochter in Edinbro', an' dee'd there."

"Ye'll mind o' Saunders Broganawl?"

"Ou, ay, he lies yonder," an' he pointit to a
little grassy mound near the kirk style.

Havin' speered a few mair questions,—no for
information, hooever, sin' I was as weel versed
in the dead-rolls o' the pairish as he was, but juist
because I felt a mournfu' interest in hearin' auld
fameeliar names—I bade him guid day, an' left him
to pursue his solitary meditations amang the tombs.

THE END

www.ingramcontent.com/pod-product-compliance
Lightning Source LLC
Chambersburg PA
CBHW020951030726
47496CB00005B/1450